Köln blut rot

Erstausgabe November 2008

Umschlaggestaltung und Satz:
Kölnisch-Preußische Lektoratsanstalt
Druck: Aalexx, Großburgwedel
ISBN 978-3-940610-06-5

Frank Schätzing

Vorwort

Von Tünnes und Schäl, den Kölner Erzhalunken schlechthin, erzählt man sich, sie seien eines Nachts aus dem Brauhaus Päffgen gestolpert und die einsame Friesenstraße entlang gewankt, woraufhin der Tünnes plötzlich „Oh Jott!" gerufen habe (Gott ist gemeint und nicht der zehnte Buchstabe des Alphabets), gefolgt von: „Schäl, luur ens! Do litt e Bein!"

Schäl bleibt stehen, besieht sich das desperate Körperteil und sagt sehr ernst: „Du häs rääch, Tünnemann, do litt e Bein. Kumm, loss mer schnell wigger jon." Doch keine 20 Schritte weiter geht das Drama in die nächste Runde: „Schäl, Schäl! Do litt ene Ärm." Und tatsächlich liegt da im Straßengraben ein bluttriefender menschlicher Arm, so entsetzlich anzuschauen, dass Schäl – „Dat is ja furschbar!" – auch diesmal zum Weitergehen drängt, bloß weg hier, weg!

An der nächsten Straßenecke dann der Klimax des Grauens: „Schäl! Do! Do litt ene Kopp!"

Bibbern, Zähneklappern. „Du häs rääch, do litt ene Kopp", flüstert Schäl schmallippig und wachsweiß. „Kumm, loss mer wigger jon." Doch diesmal rührt sich der Tünnes nicht vom Fleck, schaut vielmehr wie paralysiert auf das abgetrennte Haupt, geht näher ran, stutzt und stößt atemlos hervor: „Ävver dä kennen ich doch. Dat es doch der Schmitze Jüpp!" Legt die Stirn in Falten und sagt voller Sorge: „Dem weed doch nix passeet sin!"

Die Kölner Wurschtigkeit. Unterm Strich wird hier zwar ebenso gestorben wie anderswo auch, sei es eines natürlichen Todes oder dass dir jemand unter Einsatz von Messer, Pistole und Sprengstoff behilflich ist, den Weg aus dem Diesseits zu finden. Betreffs des Resultats ist man in Köln dann nicht weniger tot als etwa in Rom, Chicago oder Wanne-Eickel. Das Böse ist immer und überall, kaum ein Flecken auf der Welt, an dem man nicht Gefahr läuft, unvermittelt erschlagen, erschossen oder in die Luft gesprengt zu werden und seiner Extremitäten, seiner Gesundheit und ganz allgemein des Lebens verlustig zu gehen.

Wenn allerdings das Letzte, was man vernimmt, die Worte „War nit bös jemeint." sind, ist man mit tödlicher Sicherheit in Köln. Wo die übelsten aller Übeltäter kein Herz haben, hat der Kölner Killer immerhin eine Blutwurst. Eigentlich sucht er ja nur Kontakt. Vielleicht sollten wir also aufhören, von Mord zu sprechen als vielmehr vom Töten als höchster und finaler Form der Kommunikation, da man in dieser Stadt erwiesenermaßen so viel Wert auf geselligen Umgang legt, frei nach dem Motto: „Do simmer dabei, dat is prihima!" – „Kumm, loss mer fiere, loss mer seziere", singt auch der Serienkiller, bevor er sein Opfer in handverlesene Stücke schneidet. „Ich bin ene Räuber" hört der Überfallene in liebenswert weicher Mundart, bevor ihm Portemonnaie und Leben abhanden kommen. „Du kannst nicht treu sein, nein, nein, das kannst du nicht" singt der gehörnte Ehemann, die Axt geschwungen, und angesichts der solcherart steigenden Kriminalitätsraten hüben und drüben des Rheins ruft uns der Büttenredner mit Kassandra-Stimme zu: „Maat üch jet Freud, denn et Levve duurt kein Iwigkeit!"

Recht hat er. 16 Autoren, 24 Tote, eine Stadt. Kann ein Untertitel mehr sagen als diese dürre Statistik? Und doch wollen wir dabei sein, wenn das Blut fließt, solange es nur Kölner Boden benetzt, wie in diesem zum Sterben schönen Buch. Hier, wo Massenmörders Mutti uns mit den Worten versöhnt: „Dat war immer so ne liebe Jung!", wollen wir dem Bösen ins Auge sehen in Erwartung, dass es uns zuzwinkert und uns zu verstehen gibt: Pssst. Alles nur Spaß. Et hätt noch immer jot gegange.

Jürgen Ehlers

Enger Kontakt zu Tieren

„Der Flamingo ist tot."

Ich gucke in das Gehege. „Ja, wahrscheinlich", sage ich. Dafür habe ich einen Blick als Tierpfleger: Wenn ein Vogel mit den Beinen nach oben liegt, ist meistens irgendetwas faul.

„Vorhin habe ich ihn doch noch gefüttert!" Die junge Frau wirkt sichtlich geschockt.

„Ach, das macht doch nichts", sage ich. „Neulich das Spitzmaulnashorn, das war viel schlimmer. Drei Wochen lang haben wir davon essen müssen."

„Wirklich?" Das glaubt sie nicht.

„Ja, wir lassen nichts umkommen hier im Zoo", sage ich. „Die Eintrittsgelder reichen nicht weit; da müssen wir uns in der Kantine schon selbst versorgen."

Jetzt könnte sie mich natürlich stehen lassen und einfach weitergehen, aber das tut sie nicht. Sie steht nur da, guckt mich an und lächelt ein wenig.

„Ich hab Sie schon öfter gesehen", sage ich schließlich. Irgendetwas muss ich ja sagen.

„Ich habe eine Jahreskarte", sagt sie.

„So ein Besuch im Zoo ist immer ein Erlebnis", erwidere ich. „500 Tierarten aus allen Kontinenten und Weltmeeren. Denken Sie nur an die süßen Erdmännchen oder Ming Jung, das Elefantenbaby. Ich war selbst mit dabei, als der Kleine zur Welt gekommen ist."

„Enger Kontakt zu Tieren verändert die Menschen", pflichtet sie mir bei.

„Ja", sage ich. Ich denke, sie hat sich wahrscheinlich zu lange bei den Papageien aufgehalten. Ihre Haare hat sie zu roten Stacheln

geformt. Sie heißt vermutlich Stefanie – jedenfalls steht das auf der Kette, die sie um den Hals trägt. Oder ist das der Name ihrer Freundin?
Sie lächelt mich an. „Ich mag Tiere", sagt sie.
„Ich auch", gebe ich zu. „Nur keine Spitzmaulnashörner. Die sind so zäh."

Sie heißt wirklich Stefanie. Am nächsten Tag, kurz vor dem Mittag, ist sie wieder da. Sie fragt mich, ob ich Lust habe, mit ihr zum Essen zu gehen.
„Ja", sage ich. Es ist nicht oft, dass mich junge Frauen zum Essen einladen. Ob wohl noch mehr drin ist? Viel mehr sicher nicht, denke ich, das wäre schlecht für ihre Frisur. Wahrscheinlich muss sie überhaupt im Sitzen schlafen, damit die roten Stacheln nicht durcheinander geraten.
Wir gehen in ein vegetarisches Restaurant. Stefanie bestellt sich einen großen Teller voller Grünzeug. Ich esse Rote Grütze.
Stefanie lacht mich aus: „Ihr Männer seid doch unglaubliche Süßmäuler!"
Ich sage, dass sie auch ein süßes Maul hat. Da verschluckt sie sich beinahe an ihrem Salat. Ich löffle meine Rote Grütze und denke sehnsuchtsvoll an das Essen in unserer Kantine. ‚Wildente' stand für heute auf dem Speiseplan. So nennen sie das immer, wenn einer der Wasservögel hops gegangen ist.

Am Ende landen wir bei Stefanie zu Hause. Sie hat eine nette kleine Einzimmerwohnung. Hübsch eingerichtet, aber alles nur voller toter Gegenstände. Bücher und solches Zeug.
„Ist es dir eigentlich einmal in den Sinn gekommen, was so ein Zoo den Tieren antut?", fragt sie mich.
Nein, das ist mir bisher nicht in den Sinn gekommen.
„Kannst du dir denn gar nicht vorstellen, wie schrecklich es ist, das ganze Leben hinter Gittern zu verbringen?"
Ich erwidere: „Das ist eine Frage der Perspektive. Wenn man

von drinnen guckt, sind die Menschen hinter Gittern." Ich habe das mal ausprobiert, als der Bürgermeister seinen alljährlichen Rundgang gemacht hat. Es war ein schönes Gefühl.
„Die Freiheit ist durch nichts zu ersetzen!"
Ich erwidere, dass regelmäßige Mahlzeiten auch nicht schlecht sind. In diesem Punkte stimmen wir nicht überein.

Stefanie ist eine komische Frau, finde ich, aber im Bett ist sie jedenfalls ganz normal. Hier habe ich das Gefühl, dass wir uns wirklich verstehen. Und sie nimmt keine Rücksicht auf ihre roten Stacheln.
Am nächsten Morgen bin ich völlig unausgeschlafen. Ich werde viel zu spät wach; keine Zeit mich zu waschen, keine Zeit mehr für ein Frühstück.
„Hier", sagt Stefanie. „Für später!" Sie gibt mir ihren Wohnungsschlüssel. Sie ist wirklich eine tolle Frau.

Stefanie ist keine tolle Frau.
Kurz vor Mittag ist sie wieder da, bei mir im Zoo. Ich habe schlechte Laune, weil ich unausgeschlafen bin, und der Chef mich angeschnauzt hat, weil ich zu spät gekommen bin. Er mag das nicht, wenn der ganze Zoo schon voller Besucher ist, und von den Pflegern ist keiner zu sehen.
„Ich habe dir vorhin meinen Schlüssel gegeben", fängt sie an.
Klar, dass sie ihn wiederhaben will, denke ich. Will sie aber gar nicht.
„Findest du es nicht eigentlich angemessen, wenn du mir im Austausch deinen Schlüssel geben würdest?"
„Das geht nicht", sage ich. Ich wohne zur Untermiete. Die alte Dame würde in Ohnmacht fallen, wenn plötzlich Stefanie bei ihr auftauchen würde. Aber Stefanie will gar nicht meinen Wohnungsschlüssel. Sie will den Zooschlüssel.
Ich verstehe nicht: „Ich denke, du hast eine Jahreskarte?"
Sie schüttelt den Kopf. Den Schlüssel meint sie nicht. „Den zu den Tiergehegen!"

Auf einmal weiß ich, was das alles soll. „Animal Liberation", sage ich. „Gehörst du auch zu diesen Verrückten?"
Nein, gehört sie nicht. „Das ist sinnlos", sagt sie. „Wenn man die Tiere frei lässt, das bringt doch nichts. Ein Tiger in Köln, oder ein Löwe – der wäre doch verloren!"
Ich sage: „Unser Direktor hat einen Jaguar. Der kommt damit ganz gut klar."
Sie schüttelt unwillig den Kopf. Für Humor hat sie nicht viel übrig, das habe ich schon festgestellt. Und für Tiere? „Ich bin für die Erlösung der Tiere", sagt sie. „Der Flamingo – das war übrigens mein Patenkind."
„Dein Patenkind?"
„Ja, ich bin Tierpatin."
Ich starre sie an.
„Und seinem Patenkind, dem muss man doch einfach helfen."
Deshalb also die vielen Todesfälle in letzter Zeit. „Und das Spitzmaulnashorn – war das etwa auch dein Patenkind?"
Ja, war es. Viertausend Euro hatte sie dafür hingeblättert. Bloß, um es einzuschläfern.
Und ich hatte schon gedacht, womöglich sei unsere Tierhaltung doch nicht so artgerecht, wie mein Chef immer behauptet.
„Wozu brauchst du den Schlüssel?", frage ich. „Du kannst das Gift doch bequem über den Zaun werfen!"
Nein, sagt sie, sie ist zu klein; an einige Tiere kommt sie auf diese Weise nicht heran.

Was gibt es doch für Menschen! Ich habe Stefanie den Schlüssel nicht gegeben. „Das geht nicht", habe ich gesagt. Aber ich habe ihr etwas anderes vorgeschlagen, wie sie zum Beispiel an die großen Schlangen herankommen kann: Sex im Tropenhaus.
„Ist das nicht ziemlich dreckig?", hat sie gefragt.
„Nein, wir machen es auf dem Python. Wenn man sie aufrollt, ist das wie eine Luftmatratze."
Darauf ist sie sofort angesprungen.
„Was kostet denn so eine Patenschaft für einen Python?"

„Dreihundert Euro. Kaum mehr als der Flamingo.“ Ich habe gesagt, dass wir es ja erst ausprobieren können; sie muss das Tier nicht gleich adoptieren.
Sie sind ja ganz friedlich, diese Pythons, solange sie satt sind. Auch das habe ich Stefanie gesagt. Vermutlich hat sie daraus geschlossen, dass alle unsere Pythons satt sind.
Die Stefanie schläft fest nach dem Sex, so viel weiß ich schon. Und eine Schlange macht kein unnötiges Geräusch. Sie können den Kiefer aushaken, die Pythons, um größere Beute zu verschlingen. Nachdem sie sie erdrückt haben, natürlich. Schweine zum Beispiel. Stefanie ist nicht viel größer als ein großes Schwein.
Ja, ich weiß schon, was Sie sagen wollen. Menschennahrung – das ist eigentlich nichts für Schlangen. Aber mit der Stefanie, das ist eine Ausnahme, das muss einfach sein, bevor sie noch mehr Unheil anrichtet. Hoffentlich bekommt sie der Amanda. Nicht dass wir am Ende zwei Wochen lang gefüllten Python essen müssen. Ach nein, als Tierpfleger macht man sich da ja immer viel zu viele Gedanken. Wahrscheinlich geht alles gut.
Enger Kontakt zu Tieren verändert die Menschen, das hat sie selbst gesagt, die Stefanie. Wie sie wohl morgen aussehen wird? Ich bin gespannt.

Jacques Berndorf

Brunkowski

Es machte überhaupt keinen Sinn, so zu tun, als sei alles in Ordnung. Die Verwaltung hatte ihm eindeutig und schriftlich mitgeteilt, er solle seine Nebenjobs gefälligst nicht allzu weit und auf Kosten seines Berufes ausdehnen, und seine Frau hatte ihm abends bei einem Leberwurstbrot und einem Bier mitgeteilt, sie werde sich scheiden lassen, sie habe die Schnauze voll – und er sei ein lausiger Ehemann, und sie habe das Dasein mit ihm ohnehin zu viele Jahre ausgehalten, und im übrigen habe auch ihre Tochter geäußert, dieser Vater sei kein Vater, dieser Vater sei einfach unmöglich.
Er hatte lapidar geantwortet, er sei von Herzen froh, dass sie überhaupt ein Wort an ihn richte. Dann war er gegangen und zu Fuß bis zum Polizeipräsidium marschiert. Er hatte sich unterwegs vorgestellt, wie das werden würde, allein zu leben. Aber er hatte keine Antworten. Alleinleben kannte er gut von gewissen Straftätern, mit denen er häufig zu tun hatte. Alleinleben hatte ihn immer wieder geschockt, weil es mit maßlosen Batterien an leeren Flaschen zu tun hatte, an Betten, die seit zwei Jahren nicht neu bezogen worden waren, an Sofas, die vor Dreck starrten, an die seit einem Jahr nicht mehr geöffnete Post, an gebrauchte Kondome im Spülbecken in der Küchenecke.
Im dritten Stock begegnete ihm Matthias und war erstaunt. „Wieso bist du hier, Brunkowski? Du solltest zu Hause sein und schlafen." – „Ich weiß nicht, was ich hier soll", antwortete er wahrheitsgemäß. „Aber zu Hause ist die Luft nicht sauber". Mit Matthias konnte er so reden, Matthias wusste, wie das Leben geht, Matthias war ein angenehmer Vorgesetzter, einer, der niemals brüllte. „Ich habe was für dich", sagte Matthias. Dann

hockte Brunkowski auf diesem elendig harten Stuhl vor Matthias Schreibtisch.

„Also, wir haben da eine Sache in Chorweiler. Nichts Besonderes, nicht besonders schlimm. Zwei Jugendliche haben heute Morgen einen alten Mann in seiner Wohnung ausgenommen, achte Etage. Nicht einmal hundert Euro. Sie haben geklingelt, ihn angegriffen und mit Messern getötet. Wir haben die zwei schon hier, sie sind geständig, sie machen keine Schwierigkeiten. Genau gegenüber von dem alten Mann ist eine Wohnung, in der ein Siebzehnjähriger lebt, allein, wie er behauptet. Der muss etwas davon mitbekommen haben. Und du kannst es doch so gut mit Jugendlichen. Also, mach mir den Jungen zu einem guten Zeugen, irgendetwas ganz Sanftes, wenn du weißt, was ich meine. Er heißt Kevin Medock, er ist ein ganz Lieber, und er sieht ständig so aus, als würde er gleich heulen. Machst du das für mich?" – „Aber sicher", murmelte Brunkowski. – „Weil du doch so gut mit Kindern kannst", setzte Matthias hinzu und hatte dieses gütige Lächeln drauf.

Es war kein Dienstfahrzeug frei. Brunkowski ging deshalb rüber zu den Taxen, überlegte es sich aber und nahm dann die Straßenbahn. Zuweilen fand er es nötig, der Stadt ins Gesicht zu sehen, das konnte man nur in der Straßenbahn. Er setzte sich ganz weit nach hinten und betrachtete die Hinterköpfe der Leute und versuchte zu erraten, welche Berufe sie hatten. Dann meldete sich sein Handy, seine Tochter.

„Es ist klar, Papa, dass wir uns in vierzehn Tagen verloben. Jedenfalls hat Tobi gesagt, wir sollen eine Party schmeißen und einfach gut rüberkommen."

„Aha", sagte Brunkowski. „Und wer ist Tobi?"

„Du weißt doch! Tobi! Also der, mit dem ich zusammen bin."

„Ja, gut", lenkte Brunkowski ein. „Also Tobi. Was heißt das jetzt?"

„Dass ich eine Klamotte brauche. Ich muss ja ein bisschen was für die Show machen. Da habe ich auf der Hohen Straße was gesehen, das könnte hinhauen. Es sieht aus wie Jeansstoff, aber eigentlich ist es keiner. Und es hat Hosenträger mit roten Pailletten."

„Was heißt das jetzt?", fragte Brunkowski.

„Dass ich mir das holen will."

„Dann sag deiner Mutter, sie soll dir das Geld dafür geben."

„Du bist ein Schatz", sagte sie.

„Das bin ich nicht", sagte Brunkowski matt. „Das möchte ich gar nicht sein."

In dem Haus, in dem dieser Kevin wohnte, war der Lift kaputt, und er begann mit dem endlosen Aufstieg und legte ab und zu eine Pause ein. Irgendwo über ihm johlten Halbwüchsige, es dröhnte wie in einer Trommel.

Als er angekommen war, sah er zuerst auf das Namensschild des alten Mannes, den sie getötet hatten. Er hatte Franz Weber geheißen. Die Tür stand leicht geöffnet, er ging hinein und sah in einem Wohnraum die Techniker der Kripo arbeiten. Jemand entdeckte ihn und sagte: „Hallo, Brunkowski. Auch dabei?"

„Na ja", antwortete er vage. „Wie weit seid ihr?"

„Ziemliche Schweinerei", gab jemand Auskunft, den er nicht sehen konnte. „Es gibt überhaupt keine Stelle, wo kein Blut ist. Die haben den Alten richtig gehäckselt."

„Ich bin mal gegenüber", murmelte Brunkowski.

Er drückte auf die Klingel und hörte, wie sich jemand der Tür näherte.

„Brunkowski, Kripo", sagte er zu der geschlossenen Tür.

Die Tür ging langsam auf und jemand mit einer erstaunlich tiefen Stimme sagte: „Kommen Sie herein."

Brunkowski machte ein paar Schritte und fragte: „Kevin? Bist du Kevin?"

„Ja", nickte der Junge.

„Kann ich dich sprechen? Sind deine Eltern da?"

„Die sind nicht da. Ich lebe allein", sagte der Junge. „Das Wohnzimmer ist geradeaus."

Brunkowski war verblüfft über seine Sanftheit, die etwas Stählernes hatte, jeden Widerspruch unmöglich machte.

Das Wohnzimmer war aufgeräumt, sehr sauber, sehr hell, mit einfachen, aber hübschen Möbeln aus massivem Kiefernholz. Die Teppiche waren neu, sehr farbig, Brunkowski schätzte, dass man sie skandinavisch nannte – oder finnisch oder norwegisch. Eine Sitzecke, quadratische Polster in weinrot, ein kleiner Couchtisch mit einer Acrylplatte.

„Dann wollen wir mal", sagte Brunkowski und legte seinen Notizblock auf den Tisch.

„Was wollen wir mal?" fragte der Junge von irgendwoher. Dann kam er hinein und stellte zwei Gläser und zwei kleine Flaschen Wasser auf den Tisch.

„Na ja", murmelte Brunkowski. „Reden, meine ich. Über die eklige Geschichte da drüben beim alten Franz Weber."

Der Junge öffnete die Flaschen und goss ein. Dann setzte er sich auf einen Sessel. Er wirkte ganz ruhig, nicht im Geringsten aufgeregt. Er hatte ein sehr weiches Gesicht unter dunklen, halblangen Haaren. Er trug ein einfaches schwarzes T-Shirt zu blauen Jeans und weißen Laufschuhen, ein Allerweltsjunge.

„Ich muss mich wohl entschuldigen, dass ich dich duze", sagte Brunkowski mit einem schnellen Lächeln.

„Das macht nichts", erwiderte der Junge freundlich. „Ist schon in Ordnung."

„Du kannst ganz offen sein", sagte Brunkowski. „Wir haben die zwei Täter schon, und gestanden haben sie auch. Was hast du denn mitgekriegt von der Sache?"

„Nicht alles", sagte er. Es klang wie ein abschließendes Statement.

„Und du kanntest den Weber?"

„Ja, sicher. Wie man sich so kennt auf dem gleichen Stock, Tür an Tür."

„Wie kommt es denn, dass du hier allein lebst? Ich meine, hast du keine Eltern? Und wer sorgt für dich?"

Der Junge hatte sehr lange, elegante Hände, die seine Seele verrieten. Mal lagen sie still, mal sprachen sie miteinander, mal trennten sie sich und zuckten nervös, um dann starr und steif auf den Oberschenkeln zu liegen.

„Also, meine Eltern haben sich getrennt. Vor zwei Jahren. Mein Vater lebt in Düsseldorf, meine Mutter hat einen Neuen und ist in Nippes irgendwo. Ich wollte den Neuen nicht, und auch nicht die Freundin von meinem Vater. Und da habe ich gesagt, dass ich hier bleibe. Die Miete ist billig, meine Eltern zahlen zwei Drittel, den Rest bezahle ich."

„Und was arbeitest du?" Brunkowski hatte es längst aufgegeben, sich zu wundern, es gab merkwürdige Lebensläufe in dieser modernen Welt, bei diesen so modernen jungen Leuten.

„Ich hab zusammen mit einem Kumpel einen Kiosk, unten am Rondell. Läuft ganz gut."

„Keine Schule mehr?"

„Die Schulen hier sind Scheiße, auch wenn es immer heißt, sie tun, was sie können."

„Also, ein freier Unternehmer?"

„Das ging ja nicht. Ich bin nicht geschäftsfähig, der Kiosk läuft auf meine Mutter."

„Und wie oft siehst du die?"

„Eher selten, manchmal einmal im Monat, manchmal gar nicht, wenn sie rumzieht mit ihren Kerlen. Und dann weiß ich auch nicht, wo sie ist, und es hat keinen Zweck, nach ihr zu suchen. Manchmal rufen die Bullen an, weil meine Mutter irgendwo Scheiße gebaut hat und ausgelöst werden muss. Vierzig Bier und sechzig Korn, und so."

„Und das machst du dann?"

„Ja, klar."

„Warum ruft sie dann deinen Vater nicht?"

„Weil der sich weigert, sie überhaupt zu kennen." Feststellung einer Tatsache.

„Und was macht dein Vater beruflich?"

„Der ist in der Werbung. Oder vielleicht nicht mehr, weiß ich nicht."

„Also, Kevin, wann hast du deinen Vater zum letzten Mal gesehen?"

„Das ist mehr als ein Jahr her. Aber ich denke, Sie sind hier wegen Weber."
„Bin ich auch. Ich weiß nur gern, mit wem ich rede, und deshalb frage ich nach allen diesen Dingen."
„Ach so, ja klar. Sie kriechen in die Leute rein."
„Richtig, ich krieche in die Leute rein. Sag mal, kann ich mal zur Toilette?"
„Ja, klar. Draußen, zweite Tür rechts."
Brunkowski ging in die zweite Tür nach rechts. Die Toilette war sehr sauber. Er wartete eine Weile, ließ dann die Spülung rauschen, kam zurück in den kleinen Flur, öffnete die Tür zur Küche, dann die zu einem Schlafzimmer. Brunkowski glaubte es nicht: Alle Räume waren sauber, aufgeräumt, nichts stand herum, es herrschte eine beinahe sterile Reinheit. Er ging zurück in den Wohnraum und setzte sich wieder. Er sagte: „Entschuldigung, ich habe die Türen verwechselt." Er setzte sich wieder.
„Wer macht hier eigentlich sauber?"
„Ich", sagte der Junge. „Aber einmal in der Woche habe ich eine Putzfrau fürs Grobe."
„Und du hast hier keine Freundin, oder so?"
„Freundinnen machen Ärger", sagte er, und seine Hände verrieten Aufregung, tasteten nacheinander.
„Und die Jungens?"
„Wenn du merkst, dass sie alle auf einen Kasten Bier aus sind und auf Zigaretten für lau, dann lässt du das sein. Du kannst dich nicht mit diesen Schnapsdrosseln abgeben, das macht dich fertig. Und jeder sagt dir, du sollst ihm mal auf die Schnelle einen braunen Lappen leihen. Bis morgen nur, bis morgen."
Er war niemals ein Kind, dachte Brunkowski verkrampft, er hat das alles versäumt. Die gottverdammten Erwachsenen haben ihn hier zurückgelassen. Dann spürte er, dass er sehr wütend wurde.
„Also gut, reden wir mal über den Weber. Willst du erzählen, oder soll ich fragen?"
„Fragen ist einfacher, glaube ich."

„Wie lange kennst du ihn schon?"
„Also, solange ich zurückdenken kann. Er war immer da. Anfangs hatte er eine Frau, aber die starb dann, oder ging weg, oder was weiß ich." Seine Hände waren ganz ruhig.
„Also, seit ewig", bemerkte Brunkowski großzügig und machte eine kurze Notiz. „Wie war er denn so?"
„Also, was soll ich sagen. Ein alter Mann eben."
„Ich meine, war er freundlich oder eklig oder geizig oder mufflig oder nur mies?" erklärte Brunkowski.
„Also ... eher mies", sagte der Junge und seine Hände spielten miteinander.
„Und wie äußerte sich das?"
„Na ja, mal kannte er mich, mal nicht. Meistens nicht, meistens ging er an mir vorbei und sagte kein Wort, nicht mal Guten Tag oder so was. Obwohl ich gar keinen Wert darauf legte."
„Also kein erfreulicher Zeitgenosse?"
„Nein, das wohl nicht."
„Wie lief das nun heute ab? Also, da kamen die Beiden zu Weber rein, und du hast das beobachtet. Im Treppenhaus? Zufällig oder gezielt? Hast du irgendetwas geahnt? Kanntest du die Beiden?"
„Na sicher, ich habe schließlich den Kiosk hier. Ich kenne die seit Jahren. Seit sie jeden Tag Alkohol wollen, kenne ich sie, und manchmal haben sie mich gefragt, ob ich auch Happypills habe oder einen guten Stoff zum Rauchen. Und die meinten, das wäre witzig."
„Also gut", sagte Brunkowski, der es besonders gut mit Jugendlichen konnte. „Du hast also irgendwie gemerkt, dass sie beim alten Weber schellten, den Lift benutzten, und er ihnen öffnete."
„Klar! Weber hat zu mir gesagt: Wer kann denn da schellen? Ich will doch keinen Fremden sehen."
Es war die Sekunde in einem gemütlichen Verhör, die Brunkowski den Atem nahm. Es war die Sekunde, die alles auf den Kopf stellte, unerwartet kam, im Raum zitterte und nicht wieder versank. Brunkowski durfte jetzt nicht erstaunt sein, schon gar

nicht verblüfft, und erst recht nicht überrascht. Das ganz normale Leben musste weiterlaufen, als ob nichts geschehen wäre, gleichförmig, langweilig fast.

„Also gut, du warst also drüben bei Weber, es schellte, und er sagte: Wer kann denn das sein? Und dann? Was passierte dann?"

„Er ging zur Tür, ganz normal. Und dann standen sie vor ihm und sagten: Wir wollen deine Mäuse, Mann!" Seine Hände strebten zueinander, lösten sich, flatterten hin und her und fanden sich wieder.

„Hatten sie da schon die Messer in der Hand?" fragte Brunkowski.

„Ja, klar, aber das heißt ja nichts. Die spielen dauernd mit dem Messer rum, von morgens bis abends. Jedenfalls sagte ich: Lasst das sein, das ist doch Scheiße!"

„Und die sagten garantiert: Halt dich raus, du Arsch!", sagte Brunkowski.

„Genau!", sagte der Junge. „Aber die gingen sofort auf den Alten los. Und schneller, als man gucken konnte, hatte der zwei, drei Stiche weg und blutete im Gesicht wie ein Schwein. Der kapierte sofort, dass er keine Schnitte kriegen würde, und er nahm seine Geldbörse aus der Hose und reichte sie ihnen. Sie nahmen sie. Das war eigentlich alles."

„Heißt das, sie gingen raus aus der Wohnung?"

„Ja" nickte der Junge merkwürdig tonlos. „Sie gingen raus."

Brunkowski nickte und wartete. Als nichts mehr kam, murmelte er: „Aber sie kamen wieder, sie müssen ja wiedergekommen sein."

Der Junge sah ihn an, ganz ruhig, ganz gelassen, und seine Hände bewegten sich nicht. Er griff nach dem Glas mit dem Wasser und trank einen Schluck. Dann sah er wieder Brunkowski an, und Brunkowski wusste absolut nicht, was er sagen oder fragen sollte. Die Geschichte stand jetzt auf dem Kopf, die Geschichte machte keinen Sinn, und Brunkowski griff auf den einzigen Trick zurück, der ihm jetzt helfen konnte. Es war eine Frage, die man jedem Täter stellte, die unausweichlich eigentlich dokumentierte, dass Brunkowski keine Ahnung hatte, die aber todsicher das Rennen offen hielt, und die wahrscheinlich weiterführen würde.

Brunkowski fragte: „Seit wann lief das so?"

Der Junge war Brunkowski für die Frage dankbar, der Junge beugte sich weit vor und flüsterte: „Seit ich vierzehn Jahre alt wurde. So lange lief das."

Langsam!, befahl sich Brunkowski, überstürze nichts, mach es gemütlich, mach es so, dass er es leicht hat.

„Okay. Du stehst also, du stehst irgendwo in Webers Wohnung. Wo steht er?"

„Er steht in der Küche vor dem Herd und blutet wie ein Schwein. Und ich stehe in der Tür zur Küche und sage: Nie mehr, du dreckiger alter Mann, nie wieder!"

Sag jetzt nichts!, befahl sich Brunkowski. Er macht den nächsten Schritt ganz allein. Er griff nach seinem Wasserglas und trank einen Schluck, er bewegte sich kaum, er atmete nicht einmal laut, er war nur da, ganz geduldig und freundlich.

„Ja", sagte der Junge. „Dann kamen ja die Bullen, und ich habe einem Mann mit ganz dünnem Haar gesagt, dass ich gerne mit ihm sprechen würde. Aber dann sagte dieser Mann, dass er im Moment keine Zeit hätte, und er würde mir jemanden schicken. Und dann kamen Sie!"

Er hatte Matthias seine Geschichte liefern wollen, er wollte gestehen, er wollte aussagen, er wollte sich selbst in Sicherheit reden. Er ist bisher von Erwachsenen noch nie gut behandelt worden, sie haben immer auf ihm herumgetrampelt, ihn nicht ernst genommen. Und er wollte richtig ernst genommen werden. Er dachte, ich komme, um sein Geständnis zu hören. Lieber Gott, lass mich jetzt keinen Fehler machen!

Brunkowski sagte: „Also, mein Junge, wann fing das alles an?"

„Da war ich vierzehn", sagte der Junge. „Er hat mich beim ersten Mal bezahlt. Ich habe es ihm in der Küche gemacht. Später im Wohnzimmer. Meistens abends. Und er sagte: Wenn ich nicht weitermache, dann redet er mit meinen Eltern und mit den Leu-

ten, die immer am Kiosk saufen."
Brunkowski wusste nicht weiter, Brunkowski war ratlos, Brunkowski wollte ihn nicht zurückstürzen in diese widerliche Geschichte, in diese jahrelange Quälerei. Brunkowski wollte es kurz machen, Brunkowski flehte seinen lieben Gott an, nicht in Einzelheiten gehen zu müssen.
„Also, er steht da in der Küche und blutet wie ein Schwein. Und du sagst: Nie wieder, du dreckiger alter Mann. Und irgendwo war ein Messer, und du nimmst dieses Messer, und du bist völlig verrückt, und du stichst auf ihn ein und du hasst ihn und wahrscheinlich weißt du gar nicht, was mit dir passiert. Und er steht einfach da und blutet wie ein Schwein. Und du hast es getan und anschließend die Bullen gerufen. War es so?"
„So war es", nickte der Junge und weinte dann vollkommen lautlos.
„Entschuldige", sagte Brunkowski. „Ich muss mal eben telefonieren." Er rief Matthias an, er sagte: „Du musst ein wenig umdenken, ich komme gleich mit dem Kevin rein. Bis später!" Er sagte: „Weißt du, wir sollten jetzt am besten ins Präsidium fahren. Du kannst dir ein paar Sachen einpacken. Lass dir Zeit, wir haben es nicht eilig."
„Ja", nickte der Junge.
Brunkowski saß da und wartete geduldig. Dann meldete sich sein Handy, und seine Tochter quäkte: „Mama hat kein Geld im Haus!"
„Stell dich auf die Straße und halt den Hut hin", sagte Brunkowski.

Sibylle Spittler

Emily

Kommissar K. hatte eine dicke Freundin, die er sehr liebte. Ihr Name war Emily, und wenn er seinen Kopf zwischen ihren Brüsten vergrub, erinnerte ihn ihr Geruch an die weiche Frühlingsluft, die im März aus den Bäumen tropfte, und wenn sie fröhlich kicherte, kamen ihm die fetten, weißen Gänse in den Sinn, die ihn als Kind immer in den Arm gezwickt hatten, als er im Garten des Nachbarn Fallobst aufsammelte, während ihm der Duft reifer Äpfel in die Nase stieg.
Kurz, er fühlte sich zuhause.
Jetzt gerade war allerdings nicht der richtige Zeitpunkt für heimelige Gefühle, denn er saß in seinem Büro im Kölner Polizeipräsidium hinter seinem Schreibtisch, auf dem sich die Akten stapelten und der scharfe Geruch nach Papier die Schleimhäute reizte. Emily stand vor ihm und sah ihn kokett mit ihren dunkelgrünen Augen an, blaugrün, eine Farbe, die ihn an diese tiefen Seen denken ließ, über die er mal eine BBC-Dokumentation gesehen hatte. Unterirdische Seen. In Yucatán. „Du hast es versprochen!“ Cenoten, genau, so hießen sie, diese Seen. „Erinnerst du dich nicht?“ In Emilys Stimme schwang ein schmollender Ton. Tatsächlich erinnerte er sich ganz und gar nicht, aber das verschwieg er besser. Er musste sich zurückhalten, um seine Hand nicht auf ihren runden Hintern zu legen. Sein Kollege Grabbe feixte bereits hinter seinem Bildschirm. „Ich hab schon seit zwei Wochen die Karten,“ setzte sie, diesmal nachdrücklicher, hinterher. Sie beugte sich zu ihm, legte ihre Hand sanft auf seine Schulter. „Komm schon. Versprochen ist versprochen!“, gurrte sie. Grabbe guckte belustigt herüber, denn jeder hier im Büro wusste, dass er ihrem Drängen nur schwer etwas entge-

gensetzen konnte. Doch heute würde er hart bleiben müssen. Er wies auf die geschlossenen Akten, die vor ihm lagen. „Wenn ich die durch hab, komm ich nach." So, wie er es sagte, glaubte er fast selbst daran. Aber ihr Mund zog sich enttäuscht zu einer Schnute und in ihren Augen blitzen kurz tigergelbe Unwetter auf. Doch dann gab sie ihm, scheinbar besänftigt, einen aufreizenden Kuss auf die Wange. Kurz strömte ihm der Geruch nach frischen Apfelblüten in die Nase. Er wollte am liebsten zubeißen. „Gut, geh ich eben allein. Schließlich nicht das erste Mal. Selbst Schuld." Sie drehte sich kokett um und ging. „Ich komm nach. Versprochen. Wir treffen uns später in der Malzmühle." Seine Stimme klang dünn. Er wusste, dass ihr Einlenken nur vorübergehend war. Wenn er sie später treffen würde, würde er es büßen müssen, sie versetzt zu haben. Heute, morgen oder übermorgen. Grabbe grinste und sah Emily mit einem Blick hinterher, für den K. ihn am liebsten mit einem deftigen Schwinger von seinem dick wattierten Bürostuhl geholt hätte.
K. tauchte wieder in seine Akten ein. In eine Welt jenseits von Apfelblüten und Gänseschnattern. Jenseits aller Vorstellungskraft. Er sah in den gebrochenen Blick einer jungen Frau, deren Augen so ziemlich das einzige waren, was man an ihr noch erkennen konnte. Sie waren braun. Ungewöhnlich hell. Wie körnige Erdnussbutter. Erdnussbutteraugen. Umgeben von Ketchup. Aus den Fotos sprang ihm von überall dieses grelle Rot in die Augen, das den Körper der Frau überklebte. Jedenfalls das, was von ihrem Körper noch übrig war. Ein blutiges, zerschlagenes Puzzle, zu dem das Originalbild verloren gegangen war. Und niemand würde es je wieder zusammen fügen können.
K. drehte die Fotos hin und her, auf der Suche nach einem Teilchen des Puzzles, das er vielleicht übersehen hatte. Ein Teilchen, das ihm etwas über den Täter berichten konnte, den Tatort, das Motiv. Bisher stand nur fest, dass es sich um den Körper einer ca. 25 jährigen, hellhäutigen, mittelblonden Frau handelte. Sie war nackt, als man sie fand, ohne Papiere, ohne Schmuck, ohne Hände. Das war alles. Alles, was K. über die Tote sagen konnte.

Und dass sie einiges an Alkohol intus hatte. Caipirinha, Mojito, das übliche Modegesöff eben, das jetzt zur Karnevalszeit in allen Kneipen zu überteuerten Preisen ausgeschenkt wurde. Und gesalzene Erdnüsse. Erdnussbutteraugen.
Seine Gedanken schweiften ab, und er ärgerte sich, dass er jetzt nicht Arm in Arm mit Emily zur Philharmonie schlenderte, um sich das Konzert anzuhören. Das Konzert, das er vergessen hatte. Wenn es dunkel geworden wäre im Saal, die ersten Takte von Beethovens „Pastorale" den Raum erfüllt hätten, wäre seine Hand auf ihren Schenkel geglitten, hätte sich an ihr festgehalten, bis der letzte Ton verklungen war. Nun aber hieß es: Überstunden, und wohl trotzdem bei dem Fall keinen Schritt voran zu kommen. Er schlug die zweite Akte auf. Wahrscheinlich war es, wie Emily sagte: Er war zwanghaft. Bevor er nicht die Antworten auf seine Fragen hatte, würde er keine Ruhe finden. Die Fragen waren: Wer, wie, wo, warum und von wem.
Er zwang sich, sich wieder auf die Aktenlage zu konzentrieren. Gefunden wurde die Tote in einem kleinen Naturschutzgebiet am Ginsterpfad. Ein abgelegener Ort mit verwilderten Baggerseen inmitten eines karstigen Kiesgeländes, der kein hohes Risiko für den Täter beinhaltete. Und so gab es bislang auch keine Zeugen. Sicher war lediglich: Getötet wurde sie hier nicht. Nur abgelegt. Eine genaue Todesursache konnte man auch nicht feststellen. Ob es einer der mindestens acht Schläge „mit einem stumpfen Gegenstand" gegen ihren Kopf war, der sie letztlich tötete, oder der Bruch von vier Rippen, die sich in ihre Lunge gebohrt hatten. Oder einfach der Blutverlust aufgrund der vielen Schnittverletzungen und Einblutungen, die ihren gesamten Körper und ihr zerfetztes Gesicht überzogen – die Pathologie wollte sich da noch nicht festlegen. Es machte auch keinen Unterschied. Man fand keine Kampfspuren, keine Abwehrverletzungen, keine fremden Hautpartikel oder ähnliches. Alles Blut war ihr eigenes, alle Haare, alle Schuppen und Zellen. Es lag auch keine Spur einer Vergewaltigung vor. Es sah so aus, als hätte ein Phantom einfach in einer Art Blutrausch auf sie eingeschlagen,

eingetreten, eingestochen, bis sie tot war. „Wer um alles in der Welt tut so was?“ Grabbe stand Plätzchen kauend hinter ihm und rührte in seinem Kaffee, schwarz, mit vier Stück Zucker. K. schreckte hoch. Zuckte dann mit den Schultern. „Wenn wir wüssten, wer sie war, wären wir 'nen Schritt weiter.“ „Ach.“

Es wurde Abend, und Kommissar K. und sein Kollege Grabbe wälzten immer noch die Akten, als die Tür aufschwang und zwei maskierte Gestalten den Raum betraten. Einer von ihnen trug ein Clochard-Kostüm über seinem ausgeprägten Bierbauch, war wohl um die sechzig und unter der zerlaufenen, bunten Restschminke in seinem Gesicht ziemlich blass um die Nase. Der andere hatte eine strohgelbe, lockige Perücke auf, trug eine übergroße, dunkle Sonnenbrille, eine eng anliegende amerikanische Polizeiuniform und einen Lolli im Mundwinkel. Er balancierte mit spitzen Fingern eine alte Plastiktüte vor seiner mit Luftschlangen behängten Brust und schob den dicken Clochard vor sich her, auf K. und Grabbe zu. Als er die Brille abnahm konnten sie ihn als Baumann identifizieren, ihren Kollegen vom Bereitschaftsdienst. „Hier, 'n leckeres Fundstück. Ich bin dann mal weg. Feiern!“ Er reichte ihnen die Tüte und stupste den Clochard auf den Stuhl vor Grabbes Schreibtisch, wo er wie eine Puppe in sich zusammen sackte, der man die Schnüre abgeschnitten hatte.
K. blickte kurz in die Tüte, machte sie dann schnell wieder zu und reichte sie wortlos an Grabbe weiter. „Findest du deinen Aufzug nicht etwas unpassend?“
Baumann sah ihn belustigt an. „Hast du was gegen Blondinen?“
„Nur gegen männliche. Lächerlich.“
„Karnevalsmuffel! Verbrecher jagen wir jeden Tag. Aber et es nur eimol Fastelovend!“
„Wer hat die Hand schon angefasst?“ K. deutete auf die Tüte, in die Grabbe gerade mit stoischem Gesichtsausdruck blickte, ehe er die Nase reinsteckte.

„Nur er." Baumann wies mit der riesigen Brille auf den Clochard und schob sich den Lolli in den andere Mundwinkel.
Grabbe zog angewidert den Kopf zurück. „Ziemlich abgehangen." Er blickte nochmals auf den Inhalt, hielt die Tüte nun auf Augenhöhe. Neugierig betrachtete er die fransig ausgerissenen Sehnen, die gekappten Blutgefäße, die spitzen, mit blutigem Mark durchsetzten Knochenreste, die aus dem fasrigen Fleisch herausragten. Dann stellte er sachlich fest: „Es ist eine linke. Einer der Ringe hier ist ein Trauring. Vielleicht haben wir ja Glück, und erfahren den Namen dieses kalten Händchens." Er wählte eine Nummer und landete offenbar in der Pathologie.
Baumann tigerte ab, K. warf ihm ein lautes Helau hinterher. Baumann zögerte, ob er auf diese Provokation reagieren sollte, und drehte sich dann auch wirklich um. „Du solltest am Dienstag mitkommen. Zur Nubbelverbrennung. Das wird dir sicher gefallen. Denn wenn sie den Nubbel abfackeln, ist unwiderruflich Schluss mit Karneval, und Miesepeter wie du regieren wieder die Welt. Die brauchen nicht mal 'ne Perücke, um lächerlich auszusehen." Damit zog er ab.
K. blickte Baumann amüsiert hinterher. „Karneval ist 'ne ernste Sache, was?"
„Yepp," sagte Grabbe knapp.
K. wendete sich wieder dem Clochard zu, der die ganze Zeit über schweigend da gesessen und verbissen auf seine vermatschten Schuhspitzen geblickt hatte. „Na, dann wollen wir mal." K. rief in seinem Computer umständlich ein Formular auf. „Name? Geboren …? Ach, machen wir alles später. Wo haben Sie denn die Hand gefunden?"
Grabbes Stimme schnappte derweil am Telefon fast über. „Was heißt hier Sitzung? Mich fragt auch keiner, ob ich 'ne Sitzung machen will! Wir sind Bullen, nicht das Festkomitee. Beweg deinen Hintern her, und zwar dalli! Wir brauchen heute noch das ganze Programm: Blut, Dreck, DNA, kapiert?" Er hatte den Hörer schon fast aufgeknallt, da riss er ihn noch mal hoch und blaffte: „Und wag nicht, hier im Kostüm aufzukreuzen!"

Jetzt warf er den Hörer auf die Gabel und ließ sich, zufrieden über seinen offensichtlichen Punktsieg, in seinen Stuhl fallen. „Scheint, wir sind die einzigen, die heute in dieser verdammten Stadt arbeiten." K. nickte.

Als K. am frühen Morgen erschöpft nach Hause kam, lag Emily ruhig im Bett, auf der Seite, die Decke über ihre bloßen Schultern gezogen. Nur das widerspenstige Knäuel ihrer dunklen Haare war noch zu erkennen und saß wie ein kleines, pelziges Tier auf dem Kissen. Er zog sich leise aus, legte seine Kleider sorgfältig über den Stuhl, der nahe bei der Tür stand. Dann stellte er sich fast eine Stunde lang unter die heiße Dusche. Als er sich schließlich behutsam neben sie legte, roch er Zigarettenrauch in ihrem Haar, und ihm wurde klar, dass sie nach dem Konzert eine ganze Weile in der Malzmühle auf ihn gewartet haben musste. Kurz schoss ihm der Gedanke durch den Kopf, ob sie dabei einen anderen Mann kennen gelernt hatte. Einen, der ihr mehr Aufmerksamkeit zukommen ließ als er und sich mit ihr über Beethovens Pastorale unterhielt, über den furiosen Einsatz der Streicher im 4. Satz, anstatt über verstümmelte Körper und gedemütigte Seelen. Er musste an den dicken Mann im Clochardkostüm denken, an sein vom Alkohol verquollenes Gesicht, seine sabbernden Erzählungen über diverse Beinahe-Eroberungen des Abends, über all de willige Wiever und feuchtfröhliche, karnevaleske Ringelpietze mit Anfassgarantie. Und an die Ernüchterung in seinen erschrockenen Augen, als er von seinem Fund berichtete, über den er am Rhein im hohen Ufergras gestolpert war. Wenn die abgetrennte Hand zu den gebrochenen Augen gehörte, die ihm seit Tagen unablässig aus seinen Akten entgegen starrten – und daran zweifelte K. keine Sekunde lang – hätten sie endlich einen Anhaltspunkt, wer die Frau war: "Lucinda & Manni. Liebe in Ewigkeit. 23.05.2004." So stand es im Ehering. Die Ewigkeit hatte knapp vier Jahre gedauert. Doch Mannis Name stand nicht nur im Ehering einer Toten, sondern auch im Polizeicomputer. Und dazu die Daten seiner DNA. Die hatte man vor zwei Jahren anlässlich einer Reihenuntersuchung gespeichert, als man die Vergewaltigung einer Achtjährigen aus Erftstadt aufklären wollte. Manfred S. war nicht der Täter. Der wurde nie gefunden. Aber Mannis DNA war noch gespeichert und sie stimmte exakt mit den Ergebnissen der Schnell-Analyse des Polizeilabors überein. Die war nicht gerichtskräftig – aber zusammen mit der Tatsache, dass der gute Manni spurlos verschwunden war, verdichtete sich so ein Täterprofil. Es schien alles auf eine Beziehungstat hinauszulaufen. Die Fahndung war eingeleitet. Vielleicht hatten sie also bald mehr als einen Anhaltspunkt, wer Lucindas Körper so verstümmelt hatte, und warum!

K. versuchte, nicht weiter an Erdnussbutter und Ketchup zu denken und kuschelte sich rücklings an die ruhig atmende Emily, in der Hoffnung, seine Nähe würde sie sanft wecken und dazu bewegen, sich zu ihm umzudrehen. Dann würde sie die dunklen Augen schlaftrunken öffnen, ihn liebevoll ansehen und lächeln. Und dann würde sie ihn küssen. Und dann … Doch Emily blieb reglos liegen, selbst als er ihr sacht in den Nacken blies und ihre feinen Härchen im gedämpften Licht der Nachttischlampe flimmerten. Er atmete tief durch, knipste die Lampe aus und drehte sich enttäuscht auf den Rücken. Und während ihm schließlich vor Erschöpfung die Lider zufielen, starrte sie aus trotzigen Augen auf die grobe Raufasertapete an der gegenüber liegenden Wand, wo die kümmerlichen Reste einer tot geschlagenen Motte im fahlen Licht der Straßenlaterne sie an die aufdringlich unaufdringlichen Fragen eines Rohrschach-Tests denken ließen. „Emily, sagen Sie, was erkennen Sie in dieser Figur?“ „Das Ende einer Beziehung …“ K. zuckte im Schlaf.

Es war ein sonniger, frostklarer Morgen. Kommissar K. saß schlecht gelaunt vor seinem Computer und beobachtete eine fette Stubenfliege, die mit ihrem stempelartigen Saugrüssel an seinem angebissenen Käsebrötchen herumschlotzte. Es schien ihr mächtig zu schmecken, denn sie ließ sich nicht mal stören, als Grabbe seinen massigen Schatten auf sie warf. Grabbe stellte seinen Kaffeebecher ab, griff sich eine dünne Akte, drehte sie sorgfältig der Länge nach zusammen und zielte. Aber K. fiel ihm in den Arm, nahm ein Wasserglas und stülpte es fix über Brötchen und Insekt. „Meine Damen und Herren," setzte Grabbe an. „Hier sehen Sie, was aus dem deutschen Polizisten geworden ist: Er kann keiner Fliege was zuleide tun!" „Warum sollte er auch." K. schob brummend einen Zettel zwischen den wässrigen Käse und den wild im Glas umher fliegenden Brummer und setzte dann das taumelnde Tier durch das gekippte Fenster an die Luft. „Weil das Ding Bakterien überträgt!" Grabbe guckte ihn besserwisserisch an und rührte seinen Zucker unter. „Tust du auch. Soll ich dich also erschlagen?" Grabbe seufzte. „Stress?", fragte er. K. ließ den Computer hochfahren und fluchte, als der sich Sekunden später aufhängte. „Stress!", stellte Grabbe sachlich fest und ließ sich in seinen Stuhl plumpsen. Dabei schwappte ihm etwas süßer Kaffee auf sein Hemd. „Sie hat heute Morgen keinen Ton mit mir geredet, statt dessen mit 'ner Freundin telefoniert und der vor meinen Ohren erzählt, wie ich nicht nur das Konzert vergessen, sondern sie dann auch noch in der Malzmühle versetzt hab. Wegen 'ner toten Frau. Die Freundin war offenbar sehr mitfühlend und hat ihr geraten, mich einfach zum Teufel zu jagen. Dann hat sie ihre Tasche geschnappt und ist gegangen. – Hab ich schon erwähnt, dass sie stinksauer war?" Grabbe machte ein bedenkliches Gesicht. Dabei sah er aus wie ein zerknautschter Hush Puppy mit Segelohren. „Die kriegt sich wieder ein." „Klar doch." Aber K. war sich da gar nicht sicher. Bevor Emily die Tür hinter sich zugeknallt hatte, hatte sie ihn noch wie beiläufig angesehen. Yucatán blitzte kurz und vertraut in ihren Augen auf – dann Alcatraz. Er wusste also, was ihn erwartete.

K.'s Computer trällerte endlich seine synthetische Begrüßungsmelodie, als Baumann rein kam. „Nicht ansprechen, nicht anfassen, nicht anschauen!", raunzte er und warf Grabbe eine blaue Akte auf den Tisch. „Nicht anschauen!", wiederholte er gereizt. Doch Grabbe starrte förmlich auf Baumanns aufgedunsenes, kreidebleiches Gesicht, gegen das das fahle Weiß der schmierigen Bürowände direkt fröhlich aussah. „Sieht nach echt viel Spaß aus, was?", fragte K. ernsthaft. „Etwas zuviel Spaß vielleicht," setzte Grabbe feixend hinzu. Baumann setzte sich wortlos eine Sonnenbrille auf, drehte sich um und tappte wieder Richtung Tür. K. grinste und griff über den Tisch nach der Akte, blätterte darin herum, während Grabbe immer noch Baumann hinterher sah, der sich nun am Türpfosten festhielt, und erst dann langsam um die Ecke gleiten ließ. „Die Ergebnisse der Pathologie. Sie starb an inneren Blutungen durch die Tritte in den Bauch. Die Hände wurden erst nach ihrem Tod abgetrennt. Unprofessionell, hastig, mit so was wie 'nem Küchenmesser und 'ner Holzsäge. Und: Die Hand, die dieser Clochard hier angebracht hat, lag kurz vorher im Rhein. Und gehört ihr." Grabbe schnalzte mit der Zunge. Sein Telefon klingelte, er nahm ab, brummte anerkennend in den Hörer und legte wieder auf. „Sie haben Manni."

„Was meinst du mit: Es geht nicht? Mann, ich bin mit Emily verabredet, in der Malzmühle, und bin spät dran – also lass mich durch!" Es war zehn nach acht am Abend. K. hatte seinen Mantel über dem Arm und stand mit Grabbe vor der halboffenen Tür von Verhörraum Nr. 2, in dem Manni, den Kopf in den Händen vergraben, auf einem Stuhl saß und dem Haftrichter vorgeführt werden sollte. Den ganzen Nachmittag über hatten K. und Grabbe ihn verhört, abwechselnd. Immer, wenn K. Manni gerade mal nicht weichkochte, hatte er versucht, Emily telefonisch zu erreichen. Vier Mal hatte sie ihn weggedrückt. Schließlich war sie dran gegangen. Ihre Stimme sickerte wie bitterer Honig durch die Leitung, und er hatte immer noch ihren Alcatraz-Blick vor Augen. Sie ließ ihn zappeln, schwieg. Er redete wie ein Wasserfall. Er erzählte von ihrem Fahndungserfolg, von Manni und dass er bald einknicken würde, vom anerkennenden Schulterschlag des Polizeipräsidenten. Sie schwieg. Er erzählte von ei-

nem Stückchen Gerechtigkeit, das wieder hergestellt war, dem Funken Hoffnung, die Welt ein wenig besser gemacht, einige Fragen beantwortet zu haben. Sie schwieg. Dann erzählte er von der vergangenen Nacht, als ihr Haar auf dem Kissen lag, wie ein kleines, pelziges Tier. Und wie er ihr in den Nacken gepustet hatte, ganz sanft. Und wie gern er sie geliebt hätte in diesem Moment, und wie gerne er sie zu jeder Tages- und Nachtzeit liebte, und dass er ein Idiot war, und dass sie völlig zu Recht sauer war, aber dass er alles tun würde, um sie glücklich zu machen, wenn er das nur könnte … Und als er in einer Atempause ein leises Lachen am anderen Ende der Leitung vernahm, sagte er, dass er sie sehen wollte. Nachher. In der Malzmühle. Diesmal würde er da sein. Um acht, ungefähr. „Bitte!" Es war wieder still am anderen Ende, aber diesmal war es eine andere Stille, warm, zutraulich, liebvoll. „Okay," sagte sie schnell, und legte auf. Und K. sagte noch leise: „Ich liebe dich."
Manni hatte wenig später ein umfassendes Geständnis abgeliefert und schien darüber selbst am meisten erleichtert. Er war schon immer rasend eifersüchtig gewesen, erzählte er. Lucinda brauchte nur ein Wort mit einem anderen zu reden, schon schlug er zu. An jenem Abend stand Manni in der Küche, hatte ein paar Cocktails gemixt, und schnitt Fleisch in Würfel. Er wollte Gulasch machen – wie üblich. Schön gemütlich zuhause – wie so oft. Nur zu zweit – wie immer. Lucinda wollte ausgehen, unter Leute. Sie kippte ihren zweiten Drink, quengelte, bat, gurrte, schmollte. Doch er blockte weiter, schnitt seine Würfel. Sie murrte, er sei ein langweiliger Stubenhocker. Wenigstens an Karneval wolle sie Spaß haben! Sich richtig amüsieren! So wie gestern beim Shoppen mit diesem witzigen, rothaarigen Franzosen, der sie mitten auf der Ehrenstraße in den Arm genommen und spontan gebützt hatte. Manni hörte auf zu schneiden. Auch sie stockte, ihre Bewegungen froren plötzlich ein. Manni drehte sich langsam um, wie ein Raubtier, das unerwartet, ganz nah an seiner Seite, sichere Beute ausmacht. „Und? – Dann?", fragte Manni. „Nichts … da waren hunderte von Leuten … was soll

noch gewesen sein?" Ihre Stimme flatterte, als sie die Worte heraussprudelte, sie versuchte, dabei zu lächeln. „Weiß du übrigens, dass alle meine Freundinnen dein Gulasch super finden? Also, alle, die es schon mal gegessen haben, mein ich, natürlich. Es ist toll gewürzt, sagen sie, und ich finde das auch, weißt du?" Ihr Körper zitterte. „Also lass uns zuhause bleiben und dein leckeres Gulasch essen, okay?" Wie um Halt zu suchen, griff sie nach den Erdnüssen, die auf dem Tisch standen, füllte sich die Hand und steckte sie schnell in den Mund. Sie sah nicht das Zucken seiner Lider, das den Angriff ankündigte. Lucindas Augen weiteten sich, als sein erster Stich ihre Bauchdecke durchdrang. Sie ging zu Boden. „Wenn dir mein Gulasch so gut schmeckt, warum frisst du dann jetzt Erdnüsse?!" Dann hatte er zugetreten. Und immer wieder: gestochen, geschlagen, getreten, geschlitzt. Schließlich war er so entkräftet, dass er neben ihr zusammensank. Ihm tat alles weh. Dann sah er ihre Augen. Hellbraun. Tot. Er geriet in Panik, wollte nur noch, dass sie verschwindet, hat angefangen, sie zu zersägen, um sie besser beseitigen zu können. Das war anstrengend, blutig, langwierig. Da hat er die Hände genommen und den Körper, hat sie in sein Auto verfrachtet. Die Hände hat er in den Rhein geworfen – eine wurde angespült. Die andere fehlte bis heute. „Ich liebe sie!", sagte er noch tonlos. Dann fing er an zu heulen.

Das war sie. Die Geschichte von Manni und Lucinda. Erbärmlich. Banal. Tödlich. Vorbei.

Und nun wollte K. zu Emily, er war aufgedreht, er war spät dran, und vor ihm stand Grabbe und sah aus, als hätte man ihm einen Heizstab in den Hintern gesteckt. „Du kannst nicht zu ihr." „Warum nicht?" Grabbe wich seinem Blick aus. „Sie ist … nicht da." K. verstand nichts, begriff nur plötzlich, dass es Grabbe todernst war, denn der stotterte und seine Stimme klang wie gebrochenes Glas. „Wo ist sie denn?" Grabbe rieb sich unsicher die Nase: „Im Krankenhaus." K. war kurz wie vor den Kopf geschlagen, dann rannte er einfach los. „In welchem? Ich muss sofort hin!" Grabbe lief hinter ihm her, redete auf ihn ein, ver-

suchte, ihn zurück zu halten, während K. wie ein Golem durch die Flure wütete. Kurz vor der schweren gläsernen Eingangstür des Präsidiums stellte Grabbe sich ihm atemlos in den Weg. K. sah ihn an, als sei er ein böser Geist, während sich Grabbes Worte durch sein Ohr in sein Gehirn und dann in sein Herz fraßen.
„Du kannst jetzt nicht zu ihr ... Sie ist tot!“

Er wusste, dass Grabbe sich geirrt hatte, sich geirrt haben musste. Er würde spüren, wenn Emily so etwas Unfassbares zugestoßen wäre – aber er spürte nichts. Nur unbändige Sorge. Als er atemlos zu ihr ins Krankenzimmer stürmte, lag sie da, allein, ganz still, und schlief. Ihr Gesicht war völlig entspannt. Sie war ein bisschen blass um die Nase, aber strahlte tiefe Ruhe und Zufriedenheit aus. Er konnte ihren Atem kaum auszumachen, so fest war ihr Schlaf. Die Ärzte hatten ihr wohl starke Medikamente gegeben, die sie ruhig stellten. Zärtlich strich er ihr eine kleine, widerspenstige Haarsträhne aus der Stirn, zurück in den Hort ihrer fülligen, dunkelroten Locken, die ihr blasses Gesicht wie einen Rahmen aus Mahagoniholz umgaben.
Sie sah so schön aus, so friedlich.
„Alles wird gut,“ murmelte er. „Ab heute wird alles anders! Ich schwörs dir!“
Sein Blick fiel auf eine kleine, gerötete Delle an ihrem Hals, und ihm fiel ein, was Grabbe ihm während der halsbrecherischen Fahrt in die Klinik stockend berichtet hatte: Emily hatte vor der Malzmühle auf K. gewartet, als ihr ein paar Jugendliche auffielen, die drauf und dran waren, sich zu prügeln. Sie hatte versucht, die Situation zu befrieden. Doch die Jungs waren weiter aufeinander losgegangen. Einer hatte gerade ausgeholt, als Emily unglücklich dazwischen geriet. Sie bekam den Schlag direkt auf den Kehlkopf, war binnen Sekunden ohnmächtig. Die Jungs, in Panik, waren sofort abgehauen, aber der Notarzt war gleich zur Stelle, hatte intubiert. Doch als Emily im Krankenhaus ankam, lag sie im Koma, wie tot. Das hatten die Kollegen Grabbe berichtet und deshalb hatte er wohl das Schlimmste befürchtet.

Was für ein Schreck!
Doch Emily lebte, und K. blickte liebevoll in ihr ruhiges Gesicht.
„Du wirst nie mehr auf mich warten müssen!"
Er strich ihr sanft über die Wangen, legte seinen Kopf neben sie auf das dünne Laken und ihr zarter Duft umfing ihn, weich wie ein Kissen.
Da schlug Emily die Augen auf und sah ihn an. Alcatraz war verschwunden, und er fiel förmlich in die tiefen, dunklen Seen Yucatáns. Verlor sich in ihnen, und würde nie wieder auftauchen.
„Wie geht es dir?"
Sie lächelte ihn an. Es war, als ob eine geheime Tür aufging und die strahlend helle Mittagssonne in einen ewig dunklen Raum flutete.
Emily sprach nicht, sie hatte wohl noch Schmerzen am Hals – kein Wunder bei dem Schlag. Aber sie war sehr tapfer.
„Versprich mir, dass du nie wieder so einen Unsinn anstellst, ja? Und jetzt komm, wir gehen nach Hause."
Er drückte ihre kühle Hand, die er schon die ganze Zeit fest umschlungen hielt. Er wusste, was ihr jetzt gut tat. Und das war ganz sicher nicht die Umgebung dieses sterilen Krankenhauses!
Sie erhob sich schläfrig, folgte ihm lächelnd auf den Flur, und dann an dem verwundert drein blickenden Grabbe vorbei.
„Ich bring Emily heim. Klär du den Papierkram." Das war alles, was K. noch sagte. Grabbe sah ihm sprachlos hinterher.

Wenig später ließ K. behutsam die Tür zu seiner Wohnung hinter sich ins Schloss gleiten. Nachdenklich beobachtete er, wie sich Emily erschöpft aufs Bett fallen ließ. Sie war so sauer auf ihn gewesen! Er hatte erstmals Angst gehabt, dass sie ihn verlassen würde. Alcatraz! Aber jetzt war Emily wieder da, wo sie hingehörte. Bei ihm. Und er würde nicht zulassen, dass ihr noch mal jemand etwas antun würde. Nie wieder.
Was nun folgte, war die glücklichste Zeit seines Lebens. Zwar

setzte Emily momentan selten einen Fuß vor die Tür – es hatte sie doch ziemlich getroffen, dass sie durch das Trauma des harten Schlages wohl nie wieder würde sprechen können. Aber K. versuchte, ihr zum Ausgleich das Leben zuhause so behaglich wie möglich zu machen. Er kochte süßen Tee, kaufte eine neue Stereoanlage und hatte für sie als Überraschung die „Pastorale" besorgt. In der Einspielung der Berliner Philharmoniker, die Emily besonders mochte. Immer wieder hallten nun die kräftigen Geigenstakkati durch seine kleine Einzimmerwohnung, während er zufrieden neben ihr saß und seine Hand auf ihrem Schenkel lag.

Jetzt erst fiel ihm auf, was er sein Leben lang vermisst hatte: Ein Zuhause, in dem ihn jemand erwartete, wenn er zur Tür herein kam. Emily hatte ihm das immer geben wollen, aber er hatte es nicht zu würdigen gewusst – zu besessen war er gewesen von seinem Beruf.

Doch auch im Job hatte er so einiges geändert. Er hatte sich versetzen lassen, zog jetzt als einfacher Streifenpolizist seine Runden durch sein Viertel. Statt sich mit den Folgen der Verbrechen auseinander zu setzen, versuchte er nun, Verbrechen zu verhindern. Emily hatte es vorgemacht, als sie den Streit der Jugendlichen hatte schlichten wollen. Man durfte es erst gar nicht so weit kommen lassen, dass die Gewalt eskalierte. Das war sein neues Credo, und er spürte eine große Zufriedenheit, wenn er durch die Straßen schlenderte, Ansprechpartner war für alle, Freund und Helfer der Lebenden. Nicht der Toten.

Grabbe kam ab und an bei ihnen vorbei. Emily zog sich dann immer zurück. K. verstand das. Denn Grabbe schien ihm zuweilen mitgenommener von den Ereignissen als er selbst. Und schon bei seinem ersten Besuch stieß auch K. die ungewohnt vertrauliche Fürsorglichkeit auf, mit der Grabbe sich nach ihrem Befinden erkundigte.

„Wie geht's … ich mein … dir, … mit … wegen Emily?"

Grabbe war sein bester Freund. Aber wie all die anderen kapier-

te er die neue Situation nicht. Also blockte K. einfach ab. „Gut. Wirklich! Aber bitte lass uns nicht über Emily reden."
Grabbe nickte, akzeptierte, dass K. nicht über Emilys Zustand plaudern wollte. Eigentlich war auch ihm das ganz recht. Und so berichtete er stattdessen möglichst kurzweilig über die aktuellen Fälle. Den Raubmord am Wilhelmsplatz zum Beispiel, der das ganze Viertel in Aufruhr und den Polizeipräsidenten zum Kochen brachte, weil ihnen ein Verdächtiger entwischt war. K. musste grinsen. Oder über die Messerstecherei zwischen zwei türkischen Gangs im Nippeser Tälchen. Doch was K. am meisten interessierte, waren die Untersuchungen zu den Jugendlichen, die Emily so schwer verletzt hatten. Es hatte Zeugen gegeben, deren Aussagen sich allerdings wie so oft widersprachen. Übrig blieb nicht viel: Drei Jungs im Alter zwischen 15 und 18 waren sich, alkoholtrunken und lautstark grölend, über irgendeine Belanglosigkeit in die Haare geraten. Sonst war den Zeugen nichts Besonderes aufgefallen: Die Jungs hatten alle Jeans getragen, Turnschuhe, dick wattierte Jacken. Einer hatte wohl eine kleine Verletzung am Ohr. Wie von einem ausgerissenen Ohrring. Doch leider war dieses belanglose Detail nicht aussagekräftig genug, um eine sinnvolle Fahndung raus zu geben. Und so war das brutale Trio immer noch nicht gefasst.
K. war unzufrieden. Aber er vertraute darauf, dass seine Kollegen weiter am Ball bleiben würden. Schon ihm zuliebe.
Bis auf die sporadischen Besuche von Grabbe hatte K. den Kontakt zu seiner alten Abteilung ziemlich einschlafen lassen. Er wollte seine Zeit lieber mit Emily verbringen, Pläne mit ihr schmieden für ihre gemeinsame Zukunft.
Das erste Mal sprach er nun sogar mit ihr darüber, dass er vielleicht Kinder haben wollte. Das war immer Emilys sehnlichster Wunsch gewesen, doch K. hatte Angst davor gehabt, der Rolle des Familienvaters nicht gerecht werden zu können. Letztlich hatte er sicher auch Angst, sich fest zu binden. Doch das war jetzt anders. Er malte ihr in den schillerndsten Farben aus, wie schön es wäre, zusammen in ein eigenes Häuschen zu ziehen,

natürlich mit Garten, in dem ihre Kinder unbekümmert mit Freunden herumtoben konnten. Und vorher würden sie endlich heiraten!
Emily schüttelte sanft den Kopf, schwieg, und lächelte. Sie traute wohl der ganzen Sache noch nicht recht. K. respektierte das. Von ihm aus konnte alles auch so bleiben, wie es war. Und so ging der Sommer vorüber.

Die weißen Pfirsiche waren reif und die Vögel widmeten sich ihrer letzten Brut, als K.'s Mutter starb. Sie stürzte über eine Schwelle in der Küche. Oberschenkelhalsbruch. Das Telefon, das sie immer bei sich tragen sollte, der rettende Draht nach außen, lag im Wohnzimmer, sechs Meter entfernt. Zu weit. Sie wurde zweiundachtzig.
Vier Tage später klingelte bei K. das Handy. Er mochte keine Störungen. Doch schließlich ging er ran. In seinem Gesicht spiegelte sich Verwunderung. Dann Entsetzen. Nicht über die Nachricht. Sondern über das unwirkliche Gefühl, das sich augenblicklich wie ein böser Kobold in seiner Brust festkrallte. Diesen Kobold hatte er gespürt, als er auf dem Weg zu Emily ins Krankenhaus war. Jetzt war er wieder da. Er überlegte kurz, das Telefonat einfach zu ignorieren. Doch er wusste, dass er letztlich keine Wahl hatte.
Emily wollte nicht mitkommen, fand, sie würde nur stören. Er stimmte schließlich enttäuscht zu. Bändigte die Schmerzen in seiner Brust.
Und so trat er wenig später allein über die Schwelle des Hauses, in dem er seine Kindheit verbracht hatte.
K. war entgangen, wie gebrechlich seine Mutter in den letzten Jahren geworden war. Jahre, in denen er sie kaum besucht hatte. „Zuviel um die Ohren," murmelte er immer kurz als Entschuldigung in den Hörer. Vielleicht aber wollte er es auch einfach nicht wahrhaben. Sie hatte Verständnis, litt leise und mit nichts als der warm gehaltenen Liebe zu ihrem Sohn im Herzen unter ihrer Einsamkeit. Als er in ihr fahles, regloses Gesicht blickte,

ergriff ihn das Gefühl der Mitschuld an all den tiefen Falten, die sich quer über ihre Stirn zogen, und an den dunklen Schatten unter den fest geschlossenen Augen. Doch um ihren Mund lag noch immer ein kämpferischer Zug. Selbst im Tod schien sie noch überzeugt zu sein, dass man sich durchbeißen müsse. „Man bekommt nichts geschenkt, mein Junge," pflegte sie zu sagen. „Du musst um dein Glück kämpfen, denn das Leben ist ungerecht." Aber trotz all dieser kämpferischen Entbehrungen hatte sie ihr Glück nie gefunden. Denn was sie ihm nicht gesagt hatte, war, dass auch das Kämpfen sinnlos war. Aber vielleicht war diese Verschwiegenheit nur Ausdruck ihrer Rücksichtnahme auf ihn gewesen.

Er schloss den Deckel des hellen Sarges, ehe die Leute vom Bestattungsinstitut ihn aus dem Haus brachten. Der tiefe, stechende Schmerz, den er plötzlich empfand, als man sie über die Schwelle trug, als er daran denken musste, wie lange sie hilflos am Boden gelegen haben musste, ehe eine Nachbarin sie endlich fand, überraschte ihn, raubte ihm kurz die Luft, und er bereute es, ohne Emily gefahren zu sein.

Er sah sich in dem nun verlassen wirkenden Zimmer um. Der penibel geputzte Raum eines verstaubten Lebens. Möbel, die ein Leben überdauert hatten, liebevoll gepflegt, wie das altmodische Porzellan in den Schränken. Die Lehnen des Sofas waren links besonders abgenutzt, möglichst nah am TV-Gerät. Der Bedarf an Raum schien mit dem Alter auf ein paar Quadratmeter zusammenzuschnurren. Über dem Sofa hing ein vergilbtes Poster von Chagalls „Seepromenade". Dort schwebt eine lächelnde Frau in einem mauvefarbenen Kleid hoch über einem lachenden Mann im schwarzen Anzug, der sie an nur einer Hand gerade noch festhält, und so verhindert, dass sie ihm gänzlich entgleitet. Diesen Halt hatte K. seiner Mutter nie gegeben.

Nein, Mama, das Leben ist nicht gerecht.

Er suchte Trost in seinem alten Jugendzimmer, das er seit Jahren nicht betreten hatte, blickte aus dem kleinen Giebelfenster und erwartete den von Kindertagen an vertrauten Anblick auf

die Weite gelber Gerstenfelder und ein nahes halbmondförmiges Waldstück, in dem er früher oft mit seinen Freunden bis zum Sonnenuntergang herumgestreunt war. Er erstarrte, als er auf das gepflegt angelegte Neubau-Gebiet blickte, in dem sich idyllische kleine Häuschen mit winzigen, sterilen Gärten wie geklont bis zum Horizont zogen und brav vom größten Traum ihrer meist kindergesegneten Besitzer kündeten: dem eigenen Heim. Er musste an seine kleine Souterrainwohnung denken und fühlte sich einsam und wertlos. Sein Blick schweifte Halt suchend nach links unten, dorthin, wo einst die alten Apfelbäume standen, unter denen die fetten, weißen Gänse seines Nachbarn ihn in den Arm gezwickt hatten. Plötzlich lag Emilys Geruch im Raum. Er schloss beglückt die Augen, sog ihn tief ein und verharrte so einen Moment, ehe er sich wieder nach vorne beugte, um über die hoch gewachsene Grenzhecke auf das Nachbargrundstück blicken zu können – auf eine fensterlose, weiß-graue Doppelgarage, die die neuen Besitzer dicht an die Grenze gesetzt hatten. Emilys Duft verschwand schlagartig.
Er geriet in Panik. Mit völlig überhöhtem Tempo raste er zurück in die Stadt. Zurück zu Emily. Er würde sie nie mehr verlassen, das war ihm nun klar. Er würde sich sein eigenes Heim aufbauen – zusammen mit ihr und seinen Kindern. Auch sie würde das nun wollen.
Sie erwartete ihn bereits, sah ihn wissend an. Zustimmend. Er lächelte.
Von nun an wälzte er stundenlang mit ihr zusammen dicke Prospekte, machte sich Gedanken über die Farbe der Wände, die Auswahl der Fliesen und die Einrichtung ihrer Küche. So verstrich der Herbst.

Es war der Abend des 11.11. Die Kälte stand eisig zwischen den kahlen Bäumen und nur einigen Betrunkenen war es warm genug, Karnevalsbeginn unter freiem Himmel zu feiern. Betrunkenen und Verliebten.
K. und Emily liefen Hand in Hand durch den dunklen Nord-

park. Es hatte angefangen, zu schneien – der erste Schnee des Jahres, dicke, regentrunkene Flocken, feine Kristalle im Tutu, die ab und an durch einen Windstoß ein letztes Mal tanzend in den Himmel gehoben wurden, ehe sie sich auf dem sandigen Boden in eine dünne Matschschicht verwandelten.
K. war fröhlich wie lange nicht und hatte spontan vorgeschlagen auszugehen. Es verspürte unbändige Lust zu feiern, trotz Karneval. Früher hatte er sich oft über das ausschweifende Treiben lustig gemacht – doch heute schien es ihm der geeignete, ausgelassene Rahmen für seine Stimmung. Emily blickte ihn lächelnd an.
Seit dem Tod seiner Mutter hatten sie kaum das Haus verlassen, waren ganz versunken in ihre Zukunftspläne. K. öffnete nicht einmal mehr Grabbe die Tür. Doch heute hatten sie was zu feiern: Emily war schwanger!
Emily machte wie immer jeden seiner Späße gerne mit und so lockte sie ihn neckisch durch den herabtrudelnden Schnee und spielte übermütig Verstecken mit ihm. Immer wieder verschwand sie hinter dicken Bäumen oder struppigen Sträuchern, und er hatte zuweilen wirklich Mühe, sie im jetzt dichter werdenden Schneegestöber zu entdecken. Lachend warf sie sich ihm dann in die Arme, ehe sie erneut irgendwo im Dunkel des Parks untertauchte. Er zählte wieder artig bis zehn, machte sich dann beschwingt abermals auf die Suche. Doch plötzlich konnte er sie nirgends mehr finden. Minutenlang suchte er sie, umsonst. Und langsam überfiel ihn ein ungutes Gefühl. Was, wenn sie gefallen war? Sich verlaufen hatte? Verletzt? Es war eiskalt. War sie in Gefahr? Sie konnte nicht rufen – wie sollte sie ihn zu Hilfe holen?
Verstört rannte er durch den einsamen Park. Plötzlich hatte er diese Bilder vor Augen. Bilder, wie sie alle ‚danach' ausgesehen hatten. Erdnussbutteraugen. K. wischte sich über die Stirn, als ob er angriffslustige Mücken vertreiben wollte.
Dann hörte er Emilys Schreie. Sie klangen spitz, gehetzt, wehrlos, verfingen sich in den laublosen Ästen der schneebestäubten

Bäume, nur um kurz darauf wie ein dichter Schauer scharfer Glassplitter auf ihn nieder zu prasseln.

Und da war er. Er kam hinter einem Busch hervor, hatte ein rot-schwarzes Teufelskostüm an und trollte sich betont unauffällig davon.

Als der Teufel spürte, dass jemand hinter ihm stand, war es zu spät. Er drehte sich um, hob instinktiv die Hände vors Gesicht, doch ein linker Haken zwang ihn zu Boden. Röchelnd blieb er liegen. Die Art des Röchelns und sein Fluchen verrieten, dass sein Nasenbein gebrochen war.

„Mann, spinnst du, was ist los?" Er lallte, sah K. vorwurfsvoll an. Er stank nach abgestandenem Bier.

„Was hast du mit ihr gemacht? Wo ist sie?" K. war außer sich.

„Was glaubst du?" Puzzleteile. Ein Grinsen stand plötzlich kalt in seinem blutigen Gesicht. „Das, was ich mit allen mache." Dunkle Seen. „Du wirst sie nie wieder ..." Der Teufel sprach nicht weiter. Die Kugel durchbohrte seine Stirn, genau zwischen den beiden roten Plastikhörnchen, streifte kurz den Hypothalamus und trat dann zusammen mit ein paar blutigen Knochensplittern durch ein rundes Loch im Genick wieder aus. Seine starren, grauen Augen blickten seltsam fragend, fast verwundert, ehe sie ganz plötzlich ihren Glanz verloren.

Als ein feiner Blutstrahl aus dem Mund des Teufels kroch, bemerkte K., dass ihm ein kleines Stück des linken Ohrläppchens fehlte. Etwas in seinem Inneren horchte auf, doch das war jetzt völlig unwichtig. Er fühlte sich ruhig, während vor ihm der tote Körper in sich zusammensackte. Er wusste, er musste zu seinen Kollegen, musste berichten, was passiert war. Sie würden es verstehen. Doch zuerst musste er los, Emily suchen.

Grabbe und Baumann gingen langsam auf das Haus zu, in dem K. lebte. Sie fühlten sich nicht gerade wohl in ihrer Haut. Vor einigen Stunden hatte es einen Toten im Nordpark gegeben. Eine kaltblütige Hinrichtung. Die Spuren der roten Stanzmarke auf der Stirn verrieten einen aufgesetzten Schuss. Es war die Stanz-

marke einer registrierten Waffe. Einer Polizeiwaffe.
Zwei Zeugen hatten schockiert berichtet, was sie aus der Ferne beobachtet hatten. Ein betrunkener Jeck im Teufelskostüm hatte sich hinter einem Gebüsch einiger Biere entledigt und war dann torkelnd auf den Weg zurück gewankt. Plötzlich war ein Fremder hinter einem Baum hervorgestürzt, schlug ihn zu Boden, bedrohte ihn mit einer Waffe. Der Teufel hatte flehentlich um Gnade gebettelt, später nur noch gewimmert. Dann fiel der Schuss.
Der Halter der Pistole, aus der dieser Schuss abgegeben wurde, war ermittelt.
Grabbe klingelte. Von drinnen erschallte der ihm wohl vertraute Klang eines sonoren, dreistimmigen Gongs. Grabbe trat unruhig von einem Fuß auf den anderen, fühlte sich bemüßigt, Baumann eine Erklärung zu geben.
„Nach dem Tod von Emily hat er sich ziemlich zurückgezogen. Sich beurlauben lassen. Das hast du ja mitbekommen. Was du nicht weißt ist, dass er damals den ganzen Tag allein durch die Gegend gelaufen ist. Er hat ständig Leute angequatscht und sich als Streifenpolizist ausgegeben. Das war schon … seltsam. Na ja. Aber auch nicht mehr. Nach der Sache mit seiner Mutter hat er dann gar niemanden mehr an sich ran gelassen. Nicht mal mich. Und seine Rundgänge hat er auch eingestellt. Aber das letzte, was er mir am Telefon erzählt hat, war, dass er die Wohnung völlig renoviert hat. Er war ganz stolz darauf, schien ganz zufrieden. Deshalb … das jetzt … kapier ich einfach nicht …“
Von innen näherten sich feste Schritte. K. öffnete und sah Grabbe lächelnd an.
„Sie ist wieder da …“ Dann verschwand er wieder.
Grabbe und Baumann wechselten einen unsicheren Blick, zwängten sich dann durch den schmalen Spalt, den die geöffnete Tür nun freigab. Was sie dahinter erwartete, verschlug ihnen den Atem. Die kleine Wohnung war bis unter die Decke voll gestopft mit Müll. Papierhaufen, ungewaschene Kleider und Abfall stapelten sich auf den Möbeln und in den Ecken.

In der verwahrlosten Pantryküche schichtete sich gammeliges Geschirr, und der Gestank nach Verwesung und Schimmel lag bleiern in der stickigen Luft. Irritiert ließ Grabbe seinen Blick über das unüberschaubare Chaos gleiten. Dann erblickte er K.
Die knapp zwei Quadratmeter des Bettes waren der einzige nahezu unverstellte Raum. Dort saß K. auf einer knisternden Zudecke aus zerlesenen, grellbunten Broschüren. Broschüren über Hausbau, Reisen und Familienplanung. Er hatte noch immer die Pistole in der Hand und hielt sie sich nun wie einen Zeigefinger vor den Mund. Dann lächelte er und deutete auf den freien Platz neben sich.
„Schchch, Emily ist gerade eingeschlafen. Seht ihr? Also leise! Sonst weckt ihr sie." Er warf einen liebevollen Blick ins Nichts. „Sie ist schwanger, müsst ihr wissen. Es wird ein Mädchen. Ich hab das Kinderzimmer schon fertig." Er stutzte. „Habt ihr überhaupt schon unser Hochzeitsbild gesehen?"
Glücklich blickte er an die gegenüber liegende Wand.
Grabbes Blick folgte. Doch alles, was er dort sah, waren die kümmerlichen Reste einer tot geschlagenen Motte, deren Umrisse sich im fahlen Licht der Lampe schemenhaft an der Wand abzeichneten.

Norbert Horst

Thirtythree

Köln ist eine Stadt wie 'ne Eckkneipe. Laut, stickig, melancholisch, alle meinen, sie kennen sich, alle können alles, wissen alles, reden drüber und zum Schluss wird gesungen. So ähnlich. Als ich noch in Düsseldorf wohnte, fand ich Köln nämlich immer ganz prima, eigentlich. Bin jedenfalls öfter mal hingefahren, einfach so. S-Bahn, halbe Stunde, raus, über die Domplatte und dann eintauchen. Weil, ist ja eigentlich egal, wo man allein ist, sollte man denken. Ne, ne, keine Angst, soll jetzt hier keine Betroffenheitsnummer werden, ist schon alles in Ordnung so, Dr. Sommer war früher. Aber, dass man in Köln allein ist, merkt man erst hinterher, wenn man wieder weg ist, auch nicht schlecht, oder?

Alleinsein, ach, so. Hat sich so ergeben im Laufe der Zeit. Wieso? Hatte mehrere Gründe. Erst mal: Vater Einzelkind, Mutter Einzelkind, Sohn Einzelkind. Relativ ungünstige Voraussetzungen für ausufernde Familienfeiern, oder? Und Freunde? Diese Freundschaftsduselei wird völlig überschätzt. Hat nämlich auch seine Vorteile, ohne. Keine unerwarteten Besuche, keine blöden Anrufe, keine gezwungenen gemeinsamen Unternehmungen mit kollektivem Lustigsein, keine ... Okay, okay, wollen mal ehrlich sein. Könnte nämlich auch mit Mr. Thirtythree zu tun haben. Muss man wohl erklären, oder? Ich versuchs mal:

Also, es gibt da ein bestimmtes Thema, eines, über das man nicht so gern spricht unter bestimmten Umständen, weil, das ist schon schwierig, wirklich nicht so einfach. Wie soll ich sagen? Schwierig als Mann, meine ich. Arrgh, anders: Da gibt es doch dieses berühmte Buch vom Grass, das mit dem Matzerat und seiner Trommel, kennt man doch, oder? Nobelpreis etc. Die meisten kennens natürlich vom Film, schon klar, wer liest schon so dicke Bücher, und dann noch vom Grass. Und waren ja auch schicke Szenen drin, die mit den Aalen im verwesten Pferdeschädel oder die, wo Matzerat dem Adorf beim Geschlechtsakt mit Kindermädchen auf den Arsch springt. War dann nichts mehr mit Coitus Interruptus und das Kindermädchen wurde schwanger und ... aber zurück zu Matzerat. Der hatte ja aufgehört zu wachsen, als er drei Jahre alt war, tja, und da gibt es halt eine gewisse Parallele. Nicht vom Körper her, meine ich, jedenfalls nicht vom ganzen Körper her, da bin ich mit einsdreiundneunzig und sechsundneunzig Kilo ganz brauchbar ausgestattet. Tägliches Eisenbiegen im Wohnzimmer, Hundertzwanzig beim Bankdrücken, alles kein Thema. Körperlich sieht es also ganz gut aus, keine Probleme. Wenn man aber in die Details geht, also nicht der ganze Körper, sondern eben nur gewisse Bereiche, bzw. ein gewisser Bereich, äh, besser gesagt, ganz spezielle gewisse Bereiche. ... Alles klar? Ich muss doch nicht deutlicher werden, oder. Und Matzerat passt ganz gut, weil das mit den drei Jahren kommt ungefähr hin, so vom Entwicklungsstatus her. Vielleicht auch vier.

Könnte auch der Grund sein, dass sich die Erfahrungen mit Frauen im überschaubaren Rahmen hielten, sehr überschaubar, um genau zu sein. Und Erfahrungen ist auch eine etwas weit gefasste Bezeichnung. War eigentlich nur eine, so mit siebzehn müsste das gewesen sein, als ich von Marie-Luise mitgenommen wurde zum ersten Mal. Wäre wahrscheinlich nicht passiert, wenn ich auf der Fete nicht die Wette mit der halben Flasche Whisky auf Ex verloren hätte. Aber sie hatte auch so was an sich, die Art wie sie sprach, einen dabei ansah. Mir ist völlig egal, wie jemand aussieht, völlig. Ich könnte auch Quasimodo lieben, wenn er ein sanfter Mann ist, wenn seine Seele schwingen kann wie eine Symphonie. Der Körper ist mir völlig egal. Wie eine Symphonie, schon klar. Leichte Defizite in der kritischen Selbstreflexion, würde ich sagen. So gut schien sie sich nämlich doch nicht gekannt zu haben, die Gute, denn so egal war er ihr

scheinbar nicht. Der Körper, meine ich. Besser gesagt … da sind wir wieder bei den Bereichen, den speziellen. War der letzte Versuch für länger.
Klar, der Anflug einer Ahnung war schon vorher mal da, spätestens nachdem ich irgendwo diesen John-Holmes-Film „Tribute to Mr. Thirtythree“ gesehen hatte, keinen Schimmer mehr, wo. War schon ein Unterschied, ohne Zweifel. Deutlicher Unterschied. Auch wenn man berücksichtigt, dass bei Castings für Filme dieser Kunstform primär eher jene Künstler favorisiert werden, die irgendwie … wie soll man sagen, mehr eselmäßig. Also, keine Panik, alles nicht der Normalfall, was da ins Gelände ragt, sollte man berücksichtigen beim Vergleich. Aber Normalfall, tja. Die Schule des Lebens, diese harte, spröde, hat dann nach und nach die Erkenntnis wachsen lassen, dass auch die Distanz zum Normalfall, wie soll man sagen? Nicht ganz unbeträchtlich? Ja, das trifft es. Auch Distanz passt durchaus.
Deswegen also die Sache mit der Einsamkeit, klaro?
Bis Tamara kam. Genau genommen kam sie geschwommen, noch genauer getrieben. Schwimmen konnte sie nicht mehr, das war ja das Problem, wg. Bewusstlosigkeit. Okay, kurze Rückblende.
War wieder mal nach Köln gefahren, damals. Schöner Abend auf der Zoobrücke, schöner Blick auf die Stadt, der Dom gegen den Himmel, allein, glattes Wasser. Dann kam das Bündel angeschwommen. Nicht dass ich der Held bin, sonst, aber in der Situation. Obwohl, war schon ganz schön tief, aber wofür trainiert man halt die ganze Zeit. Jedenfalls hatte ich sie irgendwann am Ufer, dann das ganze Programm vom Rote-Kreuz-Kurs und, tärä, sie schlug die Augen auf.
Dass sie untenrum relativ nackt war, fiel erst auf, als die Freunde und Helfer in der Einheitskleidung auf der Matte standen. Hätte ja eine erklärungswürdige Situation sein können, sie halbnackt unten, ich oben, war es aber nicht, alles kein Problem. Weil Tamara keine Unbekannte für die beiden jungen Burschen war. Ne, nicht berufsbedingt, Pappenheimer und so. Mehr kum-

pelhaft, oder besser, wie 'ne Kneipenbekanntschaft. Eckkneipe, sag ich doch.

Tamara war nämlich richtig berühmt in Köln, fast ein Star, könnte man sagen. Aber eben nur in Köln, war so ähnlich wie die Sache mit der Musik. Wo gibt es sonst eine Stadt mit Sängern und Kapellen bis zum Abwinken, die anderswo keine Sau kennt und ebenda die ganz dicke Nummer sind? Ich sag ja, in Köln laufen Dinge, die laufen nur da, echt. Weil: Tamara war vorher nämlich mal ein richtiger Star gewesen, und zwar in der besagten Künstlerszene, in der die männlichen Hauptdarsteller über diese bestimmte körperliche Eigenschaft … Ihr Künstlername war Titanic-Tamara gewesen, und das hatte seinen Grund. Besser gesagt, zwei Gründe, und zwar Gründe, die in der Szene dieser thematisch etwas einseitigen Dokumentarfilme bei den weiblichen Protagonisten gern gesehen werden. (Wieder dieses Thema.) Waren übrigens auch verantwortlich für ihr kleines Missgeschick im Rhein, diese beiden Gründe. Eigentlich war ihre Zeit vorbei, die aktive Zeit, wenn ich es mal so sportlich sagen darf. Hatte sich aber breit schlagen lassen, die Gute, noch einmal vor der Kamera, rein aushilfsweise, und weil es so eine außergewöhnliche Location (Filmleute mögen dieses Wort) war. Wo? Auf dem Geländer der Eisenbahnbrücke zum Hauptbahnhof. Tja, da muss sie dann im Überschwang der Gefühle, also, so auf dem Geländer, nach hinten gebeugt, leichtes Übergewicht bekommen haben, was kein Wunder ist.

Eigentlich hieß sie Gaby Golombek und war … Woher ich das alles weiß, könnte man sich fragen? Damals wusste ich das noch nicht, aber irgendwas muss bei ihr so dornröschenmäßig ausgelöst worden sein bei dem Rote-Kreuz-Stunt. Ich schau dir in die Augen, seis drum. Nach einer Woche kam der Anruf, unbedingt wiedersehen, ständig an die Augen gedacht, mein Held, so Zeugs. Aber Vorsicht ist die Mutter, sollte man sich immer sagen. Hab mich dann aber belatschern lassen, ungefähr nach Anruf Nr. 10, Essen gehen, bisschen plauschen, so was in der Art. Man sollte auf seinen Bauch hören, aber hinterher ist man

immer schlauer. Ne, ne, an dem Abend lief alles ganz gesittet ab, Ball flach halten war angesagt, aber war ja erst der Anfang. Schien in ihrem Kopf echt ein paar Synapsen durcheinander gebracht zu haben, die Baywatch-Aktion. Die Anrufe hörten nämlich nicht auf und nach und nach, steter Tropfen höhlt den Stein, wurden die Termine zum Essen immer mehr. Nicht, dass ich nicht vorsichtig gewesen wäre, keine Spur, wie gesagt, Porzellankiste, aber sie hatte auch so was … Diese betäubende, emotional induzierte Beharrlichkeit. Marie-Luise ließ grüßen. Da hätte man schon vorsichtig werden sollen.
Was einen damals auch hätte stutzig machen sollen, waren die Reporter beim Essen ab und an. Wie gesagt, Titanic-Tamara war so was wie'n Köln-Promi. Loge beim FC, Ehrenplatz hier, Gespräch mit Unternehmer X da, und alles am nächsten Tag immer in der Leute-heute-Ecke vom EXPRESS. Na, und irgendwann auch TT in Begleitung beim Essen, schön mit Foto. Sehr unangenehm, versteht sich.
Nach drei Monaten bin ich dann aber nach Köln gezogen, nur mal so. Sehr schöne Wohnung, Nähe Zoobrücke, wunderbarer Blick. Hier fehlt nur vom Balkon, die Aussich op de Dom. Stimmte nicht ganz, die Aussicht war prima, auch op de Dom.
Bis dahin war immer nur Essen gehen angesagt gewesen, Spazieren gehen auch mal, aber, war natürlich klar, irgendwann kam, was kommen musste. Man wird auch zu vertrauensselig mit der Zeit. Fand bei mir statt, das Ganze. Am Anfang natürlich wieder mit Häppchen. Ich bring alles mit und mach uns Sushi, hatte sie gesagt, ganz lecker. Erst den Sushi, dann die … Könnte sein, dass sie sich so was gedacht hat, weil sie plötzlich, ruckzuck, die Klamotten vom Leib hatte und ihre beiden Namensgeberinnen aus dem Käfig ließ. Alles kein Problem bis dahin, noch nicht. Dann fing sie aber an und fingerte am mir rum. Wollte den Ablauf wohl ganz professionell gestalten, gelernt ist gelernt oder so. Nach zwei Minuten war jedenfalls alles bis auf die Shorts abgepellt und sie saß auf den Knien mit diesem Blick von unten nach oben. Keine Ahnung, ob da schon erste Zweifel

zu erkennen waren, im Blick, meine ich, denn Art und Umfang der Ausbuchtung hat sie wohl doch anders erwartet. War jetzt auch egal, Augen zu und durch. Sie zupfte das Markenteil dann nach unten, erst Zentimeter für Zentimeter, dann mit 'nem Ruck. Erst mal tat sich gar nichts danach, nicht die Bohne. Aber dann fing sie an. Man könnte es Lachen nennen, sicher, wäre aber 'ne leichte Untertreibung gewesen. Vielleicht fing es als so was an, zum Schluss war es irgendwas zwischen Keuchhustenattacke, hysterischem Weinkrampf und epileptischem Anfall. Als sie sich allmählich wieder unter Kontrolle hatte zwanzig Minuten später, so übern Daumen, zog sie sich an und ging. Sie musste da an den Abenden vorher wirklich was falsch verstanden haben, als wir mal über John Holmes gesprochen hatten bei irgendeinem Essen. Mr. Thirtythree. Kannte sie natürlich, den Künstler, war ja aus der Branche. Klassischer Fall von falscher Hypothesenbildung, leider. Als sie nämlich die Wohnung verließ, sagte sie so was wie (sie konnte schon wieder sprechen mittlerweile, mit Schwierigkeiten, aber sie konnte es): Mr. Thirtythree wäre ja ganz toll, aber sie hätte nicht gewusst, dass ich Millimeter gemeint hätte. Hatte ich gar nicht gemeint, nicht die Spur, hatte nicht mal was gesagt, völliges Missverständnis. War das letzte Mal, dass ich TT gesehen habe, zunächst.
Soviel zu den großen Gefühlen. Dreiunddreißig Millimeter halten die auch nicht aus, auch nicht die ganz großen. Blootwosch, Kölsch un ne lecker Mädsche, schönen Dank.
War aber alles erst der Anfang, dieser Auftritt, aber wer sollte das wissen. Wie gesagt, Tamara hatte das, was man eine beachtliche Präsenz in den Printmedien nennen konnte, und damit wurde man nämlich als Tamaras Begleiter allmählich auch so was wie ein EXPRESS-Leute-heute-Ecke-Köln-Promi. Man gehörte sogar als ihr Ex noch dazu. Schon grausam genug, die Geschichte, klar, war aber noch nicht alles. Tamara gab ihren temporären Begleitern nämlich Namen und diese Namen wurden von den Pressefutzis artig immer wieder und überall unters Volk gebracht. Lag ihr halt zu Füßen, die Meute, oder wahrscheinlich

eher zu … lassen wir das. Klingt immer noch nicht so bedrohlich, oder? Dachte ich auch. Von ihren anderen Ex gab es noch den dicken Pitter und Nurmi, die auch von Zeit zu Zeit noch mal mit Foto auftauchten. Fete im Gürzenich, Karneval weiß der Teufel wo, nach dem Spiel bei den Haien, diese Dinger eben. Lief auch alles ganz okay, bis ich den dicken Pitter mal getroffen habe. War zuerst schon eine leichte Verwunderung auf meiner Seite, weil, der dicke Pitter war gar nicht dick. Einsdreiundsiebzig, einundsechzig Kilo, Vaterunser durch die Rippen und so. Bis mich einer aufklärte, irgendwo in der Eckkneipe (sag ich doch). Tamaras Namen für ihre Lebensabschnittspartner waren mehr aus der Perspektive ihres früheren Berufes gewählt und beschrieben weniger den Menschen als vielmehr … Dicker Pitter! Alles klar? Und Nurmi. Auch nicht schlecht, oder? Und ganz Köln wusste, dass das so war. Wo ist das Problem könnte man meinen, schon richtig. Das Problem begann auch erst an dem Tag, als ich das erste Mal als Mr. Thirtythree neben King Size Dick (dieser Name) und unter dem Präsidenten vom FC in Leute-heute ganz wunderbar mit tollem Foto in der Zeitung stand. Immer noch kein Problem, oder? Mr. Thirtythree, ganz toll, Schulterklopfen von allen Seiten, bewundernde Blicke. Die Sache war nur die: Titanic-Tamara hatte ihnen das Längenmaß mit geliefert. Ganz toller Scherz, ohne Frage.

Aber irgendwann ist Schluss. Man ist ja zahm, man kann vieles ertragen, die Seele ist ein großes Gefäß, fast ein Ozean, der vieles aufnehmen kann, Schmach, Niedertracht, Häme, Spott, wenn aber dies alles nicht in Rinnsalen oder Flüssen, vielmehr in gewaltigen Strömen sich in diesen Ozean ergießt, mit sich wälzend Gemeinheit und Hohn wie der Ganges seine lehmige, trübe Fracht zur Monsunzeit, wenn selbst Brötchenverkäuferinnen beim Einpacken der Laugenstange nicht ohne ein wissendes Grienen auskommen, wenn schnöselig-schmierige Textilkaufmannazubis beim Hosenkauf sich die Frage nicht verkneifen können, ob es so geht oder ob vorne noch etwas ausgelassen werden müsste, wenn an roten Ampeln der Nebenmann nach

dem zweiten erkennenden Blick mit mokantem Grinsen nicht den Mittel-, sondern den kleinen Finger zeigt, den auch noch mit Daumen und Zeigefinger der anderen Hand halbiert, wenn all das sich Tag für Tag über einen ergießt, dann ist irgendwann auch mal ein Ozean voll. Dann ist Schluss.
Mittleren Stau negativer Energie könnte man es auch nennen.
Die Lösung für diese emotionale Situation war mehr ein Zufallsprodukt. Meine Aufenthalte in der Öffentlichkeit gingen rapide zurück, versteht sich, und wenn, dann eher am Abend. Aber man braucht ja mal ein bisschen frische Luft. Also, nach Mitternacht raus und losgegangen. Irgendwo in der Stadt kam dann leider der Harndrang. Rein in die nächste Eckkneipe, schnell durch und – wer steht am Becken und gibt seinem alten Bekannten die Hand? Der dicke Pitter. Hat mich natürlich sofort erkannt, obwohl ich gleich in die Kabine ... also nicht ans Becken, so Seite an Seite. Ob er mit anfassen solle, oder ob ich es allein schaffe, so vom Gewicht her? Konnte er sich nicht verkneifen, den Spruch. Aber da war der Moment mit dem Ozean gekommen. Da war Schluss. Ganz langsam die Tür auf und ein langer Blick in sein grinsendes Gesicht. War ja eigentlich nicht meine Gewichtsklasse, das Mickermännchen. Die Rechte traf ihn ohne Vorwarnung. Erst schlug er nach hinten und dann mit seinem Hinterkopf 'ne Ecke aus dem Pissbecken. Ist ihm schlecht bekommen, die Nummer. Blutete wie Sau und augenblickliches Abflachen der Atmung, so 'n Pech. Bin dann mit ihm aus dem Hinterausgang.
Sein Flug von der Severinsbrücke war ein schicker Stunt, keine Frage. Möglicherweise ist er ja im kalten Wasser wieder wach geworden, dürfte dann aber leichte Schwierigkeiten bei den Schwimmbewegungen gehabt haben, so mit Armen und Beinen auf dem Rücken verschnürt. Seemannsknoten, zur Sicherheit. Das Beste aber: Hatte mich lange nicht mehr so gut gefühlt wie in der Nacht. Wie ein Toilettengang nach drei Wochen Verstopfung. Bin noch 'ne Stunde stehen geblieben auf der Brücke, hab dem dicken Pitter hinterher gesehen bis Leverkusen, unge-

fähr. Ganz frei durchatmen. Da auf der Brücke, mit dem Rhein unten, dem Himmel oben und Köln drum herum ist mir klar geworden, wer diese ganze Kiste eigentlich versaut hatte. Und mir ist klar geworden, wie man sich noch mal so richtig gut fühlen könnte.

Tja, und jetzt sind es noch sieben Minuten bis zum Läuten. Sagte ja, hab hier 'ne tolle Aussicht vom Balkon auf den Dom, ist auch ganz klar heute, wunderbar.

Hat sich erst gewundert, die gute Tamara, dass ich mich noch mal mit ihr treffen wollte und dann auch noch im Dom beim dicken Pitter. Aber irgendwie fand sie's wohl lustig und ist tatsächlich gekommen, günstigerweise sogar allein. War vom Timing her nicht einfach, der Plan, durfte ja hinterher keiner mehr da oben sein, als ich ihr das Klebeband übern Mund geklebt und sie an einen der Balken gefesselt habe. Direkt unterhalb vom Dicken Pitter, erste Reihe, versteht sich. Damit sie ganz freie Sicht auf diesen riesigen, gigantischen, schwingenden Klöppel hat, steht sie doch drauf, auf solche Geräte. Bisschen schwieriger war die Sache mit den zehn Litern Nitroglycerin. Erst mal, das Zeug zu besorgen, dann da hoch zu kriegen, weil, ist ja nicht so ganz ungefährlich, die Brühe. Kennt man doch, Lohn der Angst, eine falsche Bewegung und man ist in der Erdumlaufbahn? Hat aber alles geklappt. Den Eimer am Klöppel anzubringen war dann gar nicht mehr so schwierig wie erwartet. Ist nämlich nicht nur ein gewaltiges Teil, hat auch diese auch in anderen Fällen gern gesehene Verdickung am Ende. Jedenfalls hängt der Eimer da jetzt gut verschnürt und Tamara kann gleich mal sehen, was so'n großer Klöppel alles anrichten kann, ha.

Noch drei Minuten bis zum Läuten. Am besten, ich setz mich schon mal hin, nachher fangen die zwei Minuten früher an. Aber was zu trinken brauch ich dabei. Ich nehm mal 'n Kölsch, ist ja schließlich für Tamara, irgendwie.

Drink doch ene met …

Helmut Frangenberg

Entführt in Ehrenfeld

K: Ich mach mir in die Hose.

P: Hast Schiss, oder? 'Nen Scheißschiss.

K: Sehr witzig. Natürlich habe ich eine verdammte Scheißangst.

P: Das ist lustig, Alter. Feiner Mann pisst sich aus Angst in Hose.

K: Habe ich nicht. Noch nicht jedenfalls. Ich muss einfach mal.

P: Dann mach doch. Die Leute gucken schon blöd genug. Blöder gibs nich. Hallo Leute! Wollt ihr Pisser mal einen pissen sehen?

K: Die können dich nicht hören.

P: Struller denen auf die Schädel, Lan. Lass laufen.

K: Du musst mich raufziehen. Ich kann so nicht pinkeln. Ich kann die Hose nicht aufmachen.

P: Hast du keinen Reißverschluss, oder was?

K: Nein.

P: Scheiß mir egal, weissu. Dann piss durch dein komisches Hosenbein.

K: Das geht auch nicht. Bitte, zieh mich rauf. Mir tut alles weh.

P: Warum duzt du mich eigentlich? Warum glauben Deutsche immer, sie dürfen uns immer so duzen, Mann?

K: Ich duze Sie, weil Sie mich auch duzen.

P: Du bist krasser Clown, Alter. Jeder sagt „du" zu krassen Clowns.

K: Ich bin aber kein Clown.

P: Natürlich bist du Clown, Mann. Ein krasser Clown, der nicht pissen kann.

K: Ich will nicht in die Hose machen. Das müssten Sie doch verstehen.

P: Kack dich an, Mann. Bunte Bazongklamotten und kein Reiß-

verschluss. Und durchs Hosenbein kannst du auch nicht pissen. Arme Sau. Şansın yaver gitmedi! Hassu voll die Arschkarte gezogen. Wenn du runter fällst, wird keiner gelbe Flecken sehen. Die böse Fee macht rote draus, Lan. Verstehsu, rot von Blut, weil alles fett zerplatzt. Einfach so. Dann ist auch egal, ob du nun hier pisst oder nicht.
K: Ziehen Sie mich doch rauf. Nur für einen Moment, nur zum Pinkeln. Was soll schon passieren?

K. hofft inständig auf einen kurzen Moment der Erholung. Einmal durchatmen, auf festem Boden stehen, die Beine ausschütteln. Wenn er wenigstens für einen kurzen Moment den Gedanken an den Aufprall auf der fernen Straße nach einem langen Sturz los würde, könnte sich eine Gelegenheit ergeben, P. ein wenig zu besänftigen. Die knapp anderthalb Stunden, die er nun in diesem Klettergurt hängt, den man eigentlich zu anderen Zwecken stramm um Oberschenkel und Hüften bindet – um Berge zu besteigen zum Beispiel oder um am gegenüberliegenden Fernsehturm die Fenster zu putzen – kommen ihm vor wie eine Ewigkeit. Das mit zwei Karabinerhaken an diesen Riemen befestigte Seil zieht ihm die Stoffgurte tief ins Fleisch. Jetzt rächt sich, dass er nicht längst die zehn Kilo abgenommen hat, die er seit zwei Jahren in immer neuen Anläufen zu irgendwelchen Diäten oder Fitnessprogrammen loswerden wollte. Genau diese zehn Kilo scheinen K. nun dafür verantwortlich zu sein, dass seine Genitalien langsam aber sicher zu winzigen Klümpchen zerquetscht werden. Die Sonne blendet. Es ist viel zu warm für diesen Wintertag.

P: Sag wieder „du“. Ist einfacher. Kein Arsch sagt „Sie“ zu mir.
K: Okay. Ziehst du mich rauf?
P: Nein.
K: Bitte.
P: Sing mir was vor. Şarkı söyle!
K: Was?

P: Hey, Mann. Ihr singt ganzen Tag. Ununterbrochen singt ihr ganzen Tag den letzten perversen Scheiß. Also sing was. Dann zieh ich dich vielleicht rauf.
K: Kann es ein, dass du nicht mehr genau weist, was du hier machst? Eine perfekt geplante Entführung. Aber jetzt weißt du nicht mehr, wie es weiter gehen soll, oder?
P: Quatsch mir keine Koteletts ans Ohr. Wenn ich irgendwo rumbaumeln würde wie du jetzt, würde ich machen, was der Boss am anderen Ende der Leitung sagt. Der Boss hat alles im Griff. Sing jetzt eins von euren dummen Lieder!
K: Wie soll das hier weiter gehen? Du musst irgendwie Kontakt mit der Polizei aufnehmen. Wer eine Geisel hat, muss Forderungen stellen.
P: Hälssu mich für völlig hirndämlich, Lan? Willsu, dass ich dich los binde? Was kann ich dafür, dass hier kein Mikrofon ist?
K: Megafon.
P: Megafon, Mikrofon, Scheißofon. Wie soll man damit rechnen, dass hier nix von allem ist? Da steigt man die ganzen Stufen hoch mit so nem nassen Fettsack, der rumzickt, und dann ist hier einfach nix. Kannsu damit rechnen? Was ist das hier? Ein Minarett, oder was? Das ist krass schwule Scheiße. Auf jedem Minarett ist son Megafon, damit der Mufti rumbrüllen kann. Nur hier nicht. Warum hängt hier kein Lautsprecher? Das check ich nicht.
K: Weils nicht erlaubt ist. Das war eine Bedingung, damit ihr die Moschee bauen dürft. Ihr dürft hier keinen Muezzin rufen lassen. Die Leute wollen nicht, dass ihr hier über die Straße schreit.
P: Wer ist „ihr“, Mann?
K: Ja, ihr Moslems, ihr Türken, keine Ahnung.
P: Ich habe hier keine Moschee gebaut, Alter. Also: Wer ist „ihr“? Und wer sind „die Leute“, die irgendwas nicht wollen? Vielleicht bin ich auch Leute, Mann. Scheiß mir egal. Was weissu denn schon?

K: „Ihr“, „wir“, „die Leute“, such dir was aus. In jedem Fall ist hier kein Lautsprecher oder Megafon oder sonst was, durch das du rufen kannst. Das hat alles was mit der Islamisierung zu tun, die verhindert werden muss.
P: Was ist das, Islamisierung?
K: Du musst eben telefonieren.
P: Ich will aber nicht telefonieren. Ich will, dass ganze verfickte Stadt hört, dass ich hier ihren islamisierten Oberclown als Geisel habe. Und dann wird ganze Stadt bezahlen, damit ihr Oberclown zu seinem Schwuchtel-Treffen in diesem Grützenisch erscheinen kann.
K: Gürzenich.
P: Und wenn die Schwuchteln nicht bezahlen, können sie deine Reste von der Venloer kratzen und Kamelle draus machen.
K: Das heißt Gürzenich.
P: Sag ich doch. Grützenich. Sing jetzt! Ich bring mal ein bisschen Schwung in dein Leben. Du schaukelst und singst dabei.
K: Das ist nicht gut. Da muss ich kotzen.
P: Das auch noch. Sing, krasser Clown! Şarkı söyle!
K: Echte Fründe stonn zesamme, ston zesamme, su wie eine Jott un Pott. Echte Fründe …
P: Stopp, Mann. Nennst du das singen? Du sprichst das ja.
K: Es ist nicht so einfach zu singen, wenn man in 50 Meter Höhe an einem Seil hin und her schaukelt und sich dabei in die Hose macht. Echte Fründe stonn zesamme, es dih Jlöck op Jöck un läuf dir fott …
P: Jlöck op Jöck? Was heißt das?
K: Das Glück ist nicht immer da, nur ab und zu, und hier ist es weg, also op Jöck, et läuf dir fott.
P: Willsu mich provozieren, oder was?
K: Du hast gefragt. Das Lied geht so. Du bist nicht von hier, oder?
P: Mann, locker mal ab! Natürlich bin ich von hier. Ich lebe seit 25 Jahren in dieser Kloake und muss mir seit 25 Jahren diese Kacklieder anhören. Ich war nie woanders. Aber das wird sich

jetzt ändern, Mann. Es ist Zeit, mal was mitzunehmen von eurer ganzen Kohle.
K: Du bist Kölner und kennst das Lied nicht? Jeder Kölner kennt „Echte Fründe" von den Höhnern.
P: Schmeiß den Grill für eure Hühner an, Mann. Und eure Lieder kannste gleich mitverbrennen. Immer alles toll hier in eurer Stadt, was? Meinstu, bei mir ist was durchgebrannt? Ich check genau, was abläuft. Echte Fründe stonn zesamme und hauen den türkischen Krebsklumpen eins aufs Maul. Aber jetzt hack ich mal zurück, bevor ich mich mit eurer Kohle verpisse. Ich nehm mir einfach, was ich anders nicht kriegen kann.
K: Ich habe keinem Türken eins aufs Maul gehauen.
P: Du lügst, ischwör. Wie viele Türken kennsu gut in deinem deutschen Land?
K: Viele.
P: Nein, ich mein so richtig. Mit verabreden, besuchen, mal was helfen, ins Haus einladen. So mein ich. So wie du Deutsche kennst.
K: Wenn du es so streng siehst …
P: Ja, so streng eben. „Echte Fründe", krasser Clown.
K: Zuhause war ich noch bei keinem Türken.
P: Sisstu. Und bei deinem Schwuchtel-Treffen heute Abend? Wie viele Türken sind da?
K: Ich weiß nicht.
P: Ich aber. Keiner ist da in deinem Grützenisch. Geschlossene Gesellschaft, verstehsu? Wir müssen draußen bleiben.
K: Aber ihr wollt ja auch nicht rein.
P: Jetzt sagst du wieder „ihr".
K: Weil du „wir" gesagt hast.
P: Weil ihr keinen Unterschied macht. Ich bin nicht „ihr".
K: Du kennst noch nicht mal „Echte Fründe". Also was willst du im Gürzenich?
P: Was willsu denn da?
K: Wir feiern da.
P: Wieder „wir", Mann. Wer ist „wir"?

K: Die Stadt. Die Bürger der Stadt feiern da.
P: Ich bin auch Bürger.
K: Ja, okay. Aber alle passen halt nicht rein.
P: Kann ja auch nicht jeder bezahlen, oder?
K: Das kommt noch dazu.
P: Also, Scheiße mit den Bürgern der Stadt, oder? Zugang nur für Oberschwuchteln mit viel Gold im Koffer.
K: Das ist doch Unsinn. Es gibt doch auch andere Veranstaltungen, wo jeder hinkommen kann. Bei so einer Prinzenproklamation will doch gar nicht jeder dabei sein. Ist ja auch ein bisschen steif das Ganze. Einige würden sogar sagen, dass es langweilig ist.
P: Und gehen trotzdem hin. Bescheuert, Mann. Blödheit als Hobby.
K (laut): Das ist halt das wichtigste gesellschaftliche Ereignis der Stadt. Da will man eben gesehen werden.
P: Warum schreist du? Ist keiner da außer mir.
K: Wir palavern hier rum, während ich an diesem Seil hänge und im nächsten Moment tot sein kann. Da schreit man schon mal.
P: Mach dich locker, Lan. Was soll das sein, gesellschaftliches Ereignis?
K: Das sagt man so. Da treffen sich die wichtigen Leute der Stadt und diejenigen, die glauben, sie seien wichtig.
P: Wichtig für wen?
K: Für die Stadt, die Politik, die Wirtschaft, die Kirche – keine Ahnung. Vielleicht ist es auch nur wichtig für die Leute selbst, weil sie meinen, dass es wichtig ist.
P: Klingt nach krass schwuler Scheiße, oder?
K: Mir egal. Für mich ist es in jedem Fall wichtig, da heute Abend hinzugehen. Das ist MEIN Fest, verstehst du? ICH bin der Prinz. Wegen mir machen die das da alles. Du versaust mir einen der wichtigsten Tage in meinem Leben. Zieh mich rauf, lass mich gehen, von mir aus nehme ich dich mit und schmuggel dich da rein.

P: Das ist doch kein Angebot, Mann.
K: Warum nicht? Ich nehme dich mit, du bist dabei, bekommst einen Ehrenplatz und so viel Wein, wie du willst, und dann schaust du dir das an.
P: Bin ich Grieche, oder was? Türken trinken Bier.
K: Aber es gibt da kein Bier.
P: Karneval ohne Bier? Was soll das denn sein?
K: Ist doch egal. Ich besorg dir auch Bier. Dann bist du der einzige im ganzen Gürzenich, der heute Abend Bier trinken darf.
P: Das ist immer noch kein Angebot.
K: Was wäre ein Angebot?
P: Hab ich schon gesagt, Mann: Şarkı söyle! Sing!

Als P. die Ziffern 110 in sein Handy tippt, summt K. die erste Strophe von „Echte Fründe" leise vor sich hin und versucht dabei das unangenehme Gefühl einer gänzlich lähmenden Betäubung zu ignorieren, das sich nun in seinem Gentialbereich durch dasselbe Kribbeln ankündigt, das er vor Ewigkeiten schon in den Beinen gespürt hat. Er denkt: Ein Tag, der so freundlich begonnen hat, droht äußerst unfreundlich zu Ende zu gehen. Aber es geht ja nicht nur um diesen einen Tag. Es geht ja um alles. Sein Leben. Schlimmer noch: Seinen größten Lebenstraum, der doch ab heute Wirklichkeit werden sollte. Wenn schon sterben, dann wenigstens an Aschermittwoch. Kommt dieser Türke einfach in seine Hofburg, als wenn es das Einfachste von der ganzen Welt wäre. Dringt unter irgendeinem Vorwand zu den Hotelzimmern des Dreigestirns vor, wo man ihn auch noch freundlich empfangen hatte, bevor er ein überaus großes Messer gezogen und schließlich K. an die Kehle gehalten hatte. Danach war alles ganz schnell gegangen. K. erinnert sich an furchtbares Gekreische in allen Fluren, durch die er von P. geschoben worden war. (Ein guter Karnevalist kann „Echte Fründe" singen und gleichzeitig an etwas ganz anderes denken. „Echte Fründe" ist völlig internalisiert, eine Art mechanischer Reflex, der jederzeit auslösbar ist.) Die im Foyer rumlungernde Prinzengarde war zu keinen Verteidigungs- oder Befreiungsaktionen in der Lage gewesen. Draußen hatte P. ihn vor den Augen der Gardisten in einen schäbigen Ford-Fiesta geschoben und gezwungen, den Wagen den kurzen Weg über den Friesenplatz zur neuen Moschee an der Venloer Straße zu fahren. Die ganze Zeit hatte er dieses übergroße Messer an der Kehle. Da lässt man ein Auto lieber langsam auf eine Ampel zu rollen, als durch ruckartiges Bremsen und Anfahren den Tod in einer Messerklinge zu finden. Nun blickt er leise singend auf die mittlerweile abgesperrte Straße etwa 50 Meter unter ihm. Es wimmelt von Polizisten und Feuerwehrleuten. Was will die Feuerwehr hier? Eine Wolke schiebt sich vor die Sonne, während P. mit der Polizei telefoniert.

P: Mach mir Verbindung zu deinem Oberbullen auf der Venloer, der sich da unten die Eier krault.
K: Dich kennt he op einmal Jott un alle Welt. Minsche, die dich fröher nit jekannt, kumme us de Löcher anjerannt, sin janz plötzlich all mit dir verwandt …
P: Was heißt hier Ruhe bewahren, Bulle? Ich bin ganz cool, Mann, und du machst das, was ich hier sage, sonst kannsu die Reste von dem krassen Clown, der hier rumbaumelt, von der Straße kratzen.
K: Scholder kloppe, Bravo nimp kei Engk …
P: Passauf! Meine erste Forderung: Ich will das lauteste Megafon der ganzen Stadt hier oben. Bringt mir das hier rauf, verstanden?
K: Jlöcklich, wer sich do nit blende liet. Un nit zuvill op schöne Auge jitt …
P: Scheiß mir egal, Mann. In zehn Minuten stampft hier der dickste Bulle aus eurer Einheit die Stufen hoch und bringt mir Megafon.
K: In zehn Minuten? Wo sollen die in zehn Minuten ein Megafon herbekommen?
P: Bin ich Polizei?

K: Darf ich jetzt pinkeln? Ich habe gesungen.
P: Einen Scheiß hast du, Alter. Nennst du das Gemurmel Singen? Außerdem nervt diese Hühner-Kacke.
K: Dieser Gurt schnürt mir das Blut ab. Wenn du mich nicht rauf ziehst, wird man mir die Beine amputieren müssen.
P: Das wäre ganz schön fett: Amputierte Beine in weißen Strumpfhosen mit roten Schuhen dran. Sing was anderes! Irgendwas, was nichts mit Karneval zu tun hat.
K: Was nichts mit Karneval zu tun hat?
P: Genau.
K: Da kenn ich nichts.
P: Nichts? Kein einziges Lied? Das glaub ich nicht. Dann musst du eben wieder schaukeln.
K: Warte! Mein Vater war ein Wandersmann vielleicht. Oder ein Kirchenlied müsste ich doch hinbekommen. Fest soll mein Taufbund immer stehen, dir will ich ewig gehören …
P: Was steht?
K: Mein Taufbund. Die Verbindung zum lieben Gott.
P: Das ist gut, passt gut hierhin, oder? Taufbund, lieber Gott, sehr cool. Wie geht's weiter?
K: Vor dir neigt die Erde sich, gelobet sei deine Name …
P: Das reimt sich nicht. Mussu schaukeln, Lan.
K: Man hätte den Verein hier doch zwingen müssen, kleinere Minarette zu bauen.

Nachdem P. Handy klingelt und er erfährt, dass ein Megafon gefunden worden ist, sieht K. einen dicken Polizisten, die Treppenstufen zum Eingang der Moschee hoch laufen. Von dort aus wird er den Zugang zum Minarett erreichen, von dessen Balkon K. weißbestrumpft herunterbaumelte. P. hat ihm den Pfauenfederhut vom Kopf gezogen und sich selber aufgesetzt. Er winkt den Schaulustigen hinter dem rot-weißen Absperrband. Hunderte, nein Tausende dürften sich mittlerweile auf der Inneren Kanalstraße und der abgesperrten Venloer Straße versammelt haben, um diesem Schauspiel zuzusehen. Die Menschen machen Handyfotos von einem klitzekleinen Prinz Karneval, der in etwa 50 Meter Höhe an einem Seil vom Minarett der neuen Moschee in Ehrenfeld hängt.

P: Wie wird man eigentlich Karnevalsprinz, Lan?
K (schaukelnd): Das Festkomitee fragt Karnevalsgesellschaften, ob sie geeignete Leute für ein Dreigestirn stellen können. Meine Karnevalsgesellschaft wird in diesem Jahr 55 Jahre alt, und da waren wir mal dran. Fünf mal elf sind 55. Und da wird man halt gefragt.
P: Was heißt „geeignet"? Mussu viel wegsaufen können?
K: Man muss gut reden können und Spaß dran haben. Das ist so ein Gefühl, das hat man oder man hat es nicht. Das steckt in einem drin. Man hat schon als kleiner Junge davon geträumt, irgendwann mal in einem Dreigestirn mitzumachen.
P: Mehr nicht? Kein Test, kein Casting? Beim Singen würdest du schon mal durchfallen, Alter. Kannst du wenigstens tanzen?
K: Ein bisschen Geld ist noch nötig, weil das alles auch viel kostet.
P: Wie viel?
K: Hunderttausend schätz ich mal. Aber das muss ich nicht alleine bezahlen.
P: Hunderttausend Euro? Holst du das denn wieder rein?
K: Was heißt das?
P: Geb ich Geld, krieg ich Geld. Rein, raus, verstehst du. Investitionen nennt man das, Geschäfte machen.
K: Weiß ich nicht. Glaub ich nicht. Prinz zu sein, ist doch kein Geschäft; man macht das, um sich einen Kindheitstraum zu erfüllen.
P: Das ist krass. Du hast als Kind davon geträumt, 100 Tausend Euro zu bezahlen, damit du mit einer weißen Strumpfhose und roten Weiberschuhen durch die Stadt laufen darfst?
K: So ungefähr.
P: Das ist oberkrank. Und woher hast du das ganze Geld?
K: Ich bin Kaufmann. Ich importiere was und verkaufe es hier.

P: Kenn ich. Das machen die Türken ohne Dönerbude auch alle. Ein türkischer Beruf, den du da hast.
K: Das ist doch Unsinn. Die meisten Türken haben einfach irgendeinen Job bei irgendeiner Firma …
P: … wenn sie nicht arbeitslos sind. Was importierst du, Türke?
K: Herrenhemden, bügel- und knitterfrei, alle Farben für jeden Anlass. Leicht und preiswert.
P: Das ist ein voll schwuler Beruf.
K: Was ist türkisch und schwul am Verkauf von Hemden?
P: Beides geht nicht, da hast du Recht. Es gibt keine schwulen Türken.
K: Das ist interessant. Wie schafft ihr das?
P: Und dann nimmst du diese Hemden und vercheckst sie an die ganzen anderen Karnevalsschwuchteln in deinem Verein. Das ist praktisch, Mann. Also doch ein Geschäft das Ganze.
K: Aber das hat doch nichts miteinander zu tun.
P: Denkstu. Mich brauchst du nicht belabern. Das ist bei euch wie bei den Türken: Männer unter sich, immer Cash auf die Hand. Alles klar, trullala, mach ichs dir, machst dus mir. Gibs du mein Sohn deine Tochter und so weiter. Geschäfte, Geschäfte und dabei hoch die Tassen. Ihr nennt das Klüngel, oder? Ich nenn euren Karneval einen großen Basar, verstehsu. Ihr seid riesiger orientalischer Basar – schick verkleidet, immer gut drauf, solange die Geschäfte laufen.
K: Was ist dein Beruf?
P: Ich bin Geiselnehmer und Prinzficker. Und das habe ich mir selber beigebracht.

K. entdeckt zwei Scharfschützen, die sich auf dem gegenüberliegenden Dach postiert haben. P. gibt derweil dem dicken Polizisten Anweisungen, der fast am Balkon des Minaretts angekommen ist. Dieser legt das Megafon ein paar Stufen unterhalb des Balkonszutritts ab, bevor er mit wenig schmeichelhaften Worten über die deutsche Polizei wieder zurück geschickt wird. Während P. das Megafon holt, sinniert K. darüber nach, wie sich das Festkomitee verhalten könnte, wenn in etwa drei Stunden die Türen des Gürzenichs geöffnet werden, um die Gäste der Prinzenproklamation hineinzulassen. Kann man eine Prinzenproklamation stattfinden lassen, solange über sein weiteres Schicksal keine Entscheidung gefallen ist? Muss man nicht sogar so tun, als wenn nichts wäre? Liegt es nicht in der Seele des Karnevals, gerade in schwierigen Zeiten den Spaß an der Freud dem Leid entgegenzusetzen? Gilt es nicht als feste Verabredung, den Fehler, den man beim ersten Golfkrieg gemacht hatte, als der Rosenmontagszug ausfiel, nie wieder zu machen? Wie wichtig ist seine Rolle wirklich? Braucht man einen Prinz zu einer Prinzenproklamation? Bauer und Jungfrau sind ja noch da. Müssten sie nicht gerade ganz bewusst ohne ihn auftreten, um sich nicht erpressbar zu machen? Kann man einen Prinzen in Abwesenheit proklamieren? Und was wird geschehen, wenn er hier sterben sollte? Während P. die verschiedenen Varianten durchdenkt, lässt K. das Megafon pfeifen. Ja, das war das lauteste Megafon der Stadt!

P: Kölle Alaah! Könnt ihr mich alle hören, ihr kölschen Dummbratzen da unten? Dann ruft mit mir aus auf unsere herrliche, beschissene Vaterstadt ein dreifaches „Kölle Alaah! Kölle Alaah! Mach mit, Prinz! Kölle Alaah!“ Applaus, Applaus. Und jetzt präsentieren wir euch den Prinz von Zermunda in weißen Strumpfhosen. Er singt uns jetzt ein schönes Lied vom Taufbund. Bitte schön!
K: Das ist peinlich. Entschuldigen Sie meine Damen und Herren, ich möchte die Polizei bitten, etwas …
P: Söyle, tickst du nicht sauber, Lan? Du sollst singen! Şarkı söyle!

Während K. erneut versucht, den Refrain von „Fest soll mein Taufbund immer stehen“ zusammen zu bringen, entdeckt auch P. die Scharfschützen auf dem gegenüberliegenden Dach. Als K. bei der „Kirch'“ angekommen ist, in die man ihn angeblich

„aus Gand'" berufen hat, und sich dann mit der Zeile „Vor dir neigt die Erde sich" über „nie will ich von dir weichen" hinweghilft, hat P. sieben dieser schwarz gekleideten Gestalten gezählt, die ihn offenbar trotz unrhythmischer Schunkelei zu Kirchenliedern für ein gutes Ziel halten. Er merkt, wie ihm unter dem Pfauenfederhut sehr heiß wird und Schweiß über die Wange läuft. Auf der Straße sind weitere Mannschaftswagen der Polizei angekommen, aus der noch mehr dieser dunklen Gestalten herauslaufen.

P: Scheiße, Mann.
K: Was ist Scheiße?
P: Alter, überall diese Penner. Die wollen mir die Rübe wegballern. Was ist das für eine krass-schwule Scheiße.
K: Das „Kölle Alaah" ist nicht so gut angekommen.
P: Was redsu, Lan? Fresse.
K: Die halten dich für brandgefährlich. Fangschuss. Schon mal davon gehört? GSG 9, SEK, Soko Leipzig – da wird nicht lang gefackelt. Die erschießen auch schon mal einen Falschen. Warum sollten sie bei dir zögern?
P: Bin ich Hisbollah, oder was?
K: So was Ähnliches denken die vielleicht.
P: Hassu sie noch alle? Hey, ihr Bullen, welcher Gavur hat das hier angeordnet? Ich schneide euren Prinz ab. Dann könnt ihr den Typ wieder zusammenkneten und als Prinzenrolle in euren Grützenich schieben!
K: Wenn du nicht aufpasst, bist du schneller tot, als du Mama sagen kannst.

P. sieht Polizisten in Funkgeräte sprechen. Er vermutet letzte Anweisungen für diesen Fangschuss, von dem K. geredet hat. Er ahnt nicht, dass tatsächlich auf der Venloer Straße erörtert wird, wie man das Festkomitee des Kölner Karnevals abwimmeln kann, wenn es das nächste Mal telefonisch nach einer schnellen Lösung des Problems fragen wird. P.'s Handy klingelt. Der Drei-

Ton-Refrain des neuen Bushido-Hits hellt seine Stimmungslage nicht auf – im Gegenteil. Weil er nicht abnimmt, versucht die Polizei zeitgleich über ein weiteres Megafon beruhigende und besänftigende Worte den Turm hinauf schicken, die bei ihm aber nur die Gewissheit erhöhen, dass er nicht mehr Herr der Lage ist. Er entdeckt in einem Fenster des gegenüberliegenden Hauses einen weiteren Gewehrlauf.

P: Mann, Prinz, was soll ich jetzt machen? Ich bin doch kein Mörder. Man kann doch mit mir reden. Stattdessen schießen die auf mich.
K: Zieh mich hoch. Ich kann dir doch helfen.
P: Ich brauche deine Hilfe nicht. Mir hat noch nie einer geholfen. Seit 25 Jahren nicht.
K: Du kannst ihnen zeigen, dass du kein schlechter Junge bist, wenn du mich rauf ziehst.
P: Okay. Aber nur kurz. Kannsu pissen und dich ein bisschen hinsetzen.

P. zieht K. zu sich auf den Balkon, wo K. auf den Boden fällt. Das Nachlassen des Schmerzens im Genitalbereich ist so schmerzhaft, dass K. weinen muss. Ein schönes, anrührendes Bild ist das, findet P. Vielleicht weint der Prinz auch aus Erleichterung, weil er zum ersten Mal seit Stunden mal nicht um sein Leben fürchten muss. Vielleicht weint er auch, weil er sich nicht vorstellen kann, jemals wieder laufen zu können, obwohl wieder Blut in seine Beine zurückfließt. P. wie K. wissen es beide nicht so genau. Auch das ist schmerzhaft.

P: Was glaubsu? Meinstu, ich hätte dich da runter geworfen? Hör auf zu flennen!
K: Man macht schon mal komische Sachen, wenn man in Not ist.
P: Aber ich bin doch kein Mörder. Ich will nur was abhaben vom Kuchen, wie ihr immer sagt.

K: Was hast du dir denn da so vorgestellt?
P: 100 000 hab ich gedacht.
K: 100 000 Euro?
P: Ist das zu wenig für einen wie dich?
K: Natürlich.
P: Was würdest du fordern?
K: Na, eine Million schon.
P: Das ist ganz schön viel. Ich bin doch kein Verbrecher.
K: Mit 100 000 Euro kann dich doch keiner ernst nehmen. Ihr Türken habt es doch immer mit der Ehre. Da muss schon eine Million drin sein für einen Karnevalsprinz.
P: Gut, wenn dus sagst, forder ich eine Million.
K: Das ist in jedem Fall glaubhafter.
P: Mann, Scheiße. Diese Scheißstadt soll mir ein bisschen Geld geben, damit ich mich verpissen kann. Ans Meer. Kleines Haus am Meer, kleines Zimmer für mich, ein kleines Zimmer für meine Mutter und fertig. Und jetzt komm ich noch nicht mal dazu, meine Forderungen zu stellen.
K: Du hast ein Megafon gefordert. Dadurch ist ne große Sache draus geworden. Da denken dann viele, dass sie es mit irgendeinem politischen Spinner zu tun haben – so einem Bin-Laden-Sympathisant, der sich auf das Minarett der Kölner Moschee stellt und die Revolution ausruft. Das kommt nicht so gut zurzeit. Das wäre auch ne Nummer kleiner gegangen.
P: Die sollten mir doch nur zuhören. Ich will, dass die mal nach meiner Pfeife tanzen, verstehsu. Ich fand, dass war ne coole Idee, hier hoch zu latschen.
K: Hier sehen dich alle.
P: Eben.
K: Auch deine Leute. Vielleicht finden die das nicht so cool. Was wird zum Beispiel dein Vater sagen?
P: Was soll der sagen? Nichts wird er sagen.
K: Was ist mit deinem Vater?
P: Was redest du von meinem Vater, Mann? Dem gehts gut, verstehsu. Um den braucht sich keiner kümmern. Der hat Arbeit,

Freunde, neue Frau, ist ein Deutscher geworden, weissu. Hat gewartet, bis ich Schule fertig hatte, und ist gegangen. Er kümmert sich, aber er weiß nichts. Er weiß nicht, wie es ist, allein zu sein.
K: Und deine Mutter?
P: Die sitzt zu Hause und kommt nicht klar. 30 Jahre in Deutschland, kein Wort Deutsch. Wozu Deutsch lernen, wenn man denkt, dass man irgendwann wieder in die Türkei zurückgeht? Das denkt sie seit 30 Jahren. Jetzt muss ich zum Elternsprechtag von meinen Geschwistern, weil meine Mutter nichts versteht, verstehsu. Meine Schwester soll nicht schwimmen. Ich sage: Anne, lass sie schwimmen. Die Lehrerin sagt: Sie muss schwimmen. Aber meine Mutter will nicht. Das ist mein Leben. Ich kümmer mich um meine Familie und keiner kümmert sich um mich.
K: Und was sagt dein Vater?
P: Der sagt: Sie soll schwimmen. Aber ihr müsst tun, was eure Mutter will.
K: Und wie entscheidet ihr?
P: Meine Schwester geht nicht schwimmen.
K: Das verstehe ich nicht.
P: Ich auch nicht. Aber es ist so. Da kann man nichts dran ändern.
K: Was machst du sonst so? Hast du Arbeit?
P: Ich helfe mal hier mal da. Verkauf mal was, so wie du, vermittel mal was, nicht viel eben. Wer auf eurer Hauptschule war, bekommt keine richtige Arbeit, so ist das hier. Also kümmere ich mich um meine Geschwister, damit die ein bisschen weiter kommen. Und wenn ich das hier irgendwie zu Ende bringe, hab ich Geld genug für alle. Dann hab ich genug gearbeitet.
K: Hast du eine Freundin? Was sagt die denn dazu?
P: Ich habe viele Freundinnen. Chicks zum Knattern, weissu. Keine richtige Freundin, eben. Ich suche noch. Und du? Hast du Familie?
K: Keine Ahnung. Schwer zu sagen. Irgendwie schon.
P: Was heißt das? Bist du auch so ein Vater, der irgendwann abhaut, weil ne Jüngere vorbei gekommen ist und dich ran gelas-

sen hat.
K: So ungefähr. Anders wärs schöner. Ich kanns nicht mehr rückgängig machen.
P: Das ist mir zu hoch. Haste nun ne Frau oder keine?
K: Ich habe vor einem Jahr noch mal geheiratet. Man macht eben das Beste draus.
P: Das klingt nicht nach großer Liebe.
K: Meine große Liebe ist Vergangenheit. Ich habe nicht gut auf sie aufgepasst.
P: Das werde ich besser machen. Weissu, ich wünsche mir eine richtig tolle Frau. Die soll was drauf haben. Und über ihr schönes Gesicht möchte ich mich jeden Morgen freuen, wenn ich aufwache – 1000 Jahre lang, jeden Tag.
K: Das ist eine schöne Vorstellung.
P: So wird es werden.
K: Aber vorher müssen wir mal das Problem hier lösen. Wie soll es denn jetzt weiter gehen?
P: Keine Ahnung. Ich muss dich da wieder runter hängen, sonst wird sich gar nichts tun. Ich fordere das Geld und fertig. Kein Ahnung, obs funktioniert.
K: Du hast ne große Sache draus gemacht. Mach da weiter, wo du aufgehört hast! Wenn schon Bin Laden von Ehrenfeld, dann richtig. Für alles andere ist es jetzt zu spät. Fordere ne Million und mach ruhig noch ein bisschen Politik dazu.
P: Politik? Ich scheiß auf Politik. Ich will nur ein bisschen von eurem Geld.
K: Aber so geht das nicht. Du hast doch gut angefangen. Von wegen „beschissene Vaterstadt" und „Kölle Alaah", und der Taufbund auf dem Minarett kam auch nicht schlecht. Das ist Politik. So funktioniert das. Dazu ein bisschen Spott. Scheiß Karneval, blöde Kölner, Hauptschule, keine Arbeit – so was eben.
P: Das ist Spott?
K: Ist egal. Da musst du in jedem Fall weiter machen. Ein Türke rebelliert gegen die Stadt, die er hasst, weil sie ihn nicht gut behandelt. Das ist gut. Du musst mehr Rechte für alle Türken

fordern, Moscheen und solche Dinge, in jedem Stadtteil.
P: Ich will keine Moscheen in jedem Stadtteil, spinnst du? Ich gehe nicht in Moscheen.
K: Dann tust du einfach so. Wir kennen das doch alles aus dem Fernsehen. Wir beide werden berühmt, du bekommst dein Geld und ich werde der bekannteste Prinz aller Zeiten, wenn ich heute Abend mit ein bisschen Verspätung in den Gürzenich einziehe.
P: Das ist mir zu kompliziert. Kann ich die Politik und die Moscheen nicht einfach weglassen?
K: Moscheen sind Politik.
P: Ist doch Unsinn. Ich lass es lieber weg.
K: Ich helfe dir.
P: Was soll ich machen?
K: Häng mich wieder an das Seil, gib mir das Megafon und lass mich verhandeln.

P. seilt K. vorsichtig wieder ab, während er Deckung hinter der niedrigen Brüstung sucht. K. räuspert sich durchs pfeifende Megafon.

K: Hallo, Polizei, können Sie mich hören? Ich habe eben mit dem Entführer gesprochen. Er droht, mich hier herunter fallen zu lassen, wenn die Stadt seine Forderungen nicht erfüllt. Der Mann ist sehr gefährlich. Können Sie mich hören?
P: Red nicht so geschwollen. Mach die Bullen lang. Ich will nur mein Geld.
K: Dies ist eine politische Aktion: Der Entführer hat mich gezwungen, der Stadt, der Polizei und dem Festkomitee Kölner Karneval seine Forderungen zu übermitteln. Erstens: Er fordert die Freilassung aller türkischen Gefangenen aus Kölner Gefängnissen.
P: Das ist doch Scheiße, Mann. Warum sollte ich das tun?
K: Okay. Er fordert die Freilassung aller POLITISCHEN Gefangenen aus Kölns Gefängnissen.

P: Was ist das? Politische Gefangene?

K: Zweitens: Der Geiselnehmer fordert die Schließung aller Hauptschulen in der Stadt.

P: Das ist schon besser.

K: Und er fordert, dass alle türkischen Mädchen schwimmen gehen können.

P: Spinnst du? Du hast das nicht verstanden, Mann. Natürlich geht meine Schwester nicht schwimmen.

K: Gut. Dann fordert er halt Entscheidungsfreiheit, ob man schwimmt oder nicht.

P: Du bist bescheuert, das geht hier niemanden was an. Verstehst du?

K: Drittens: In allen Kölner Stadtteilen müssen Moscheen gebaut werden dürfen. Türken sind auch Menschen. Sie sollen auch am Karneval teilnehmen dürfen.

P: Ich bin gegen viele Moscheen. Wer soll denn dahin gehen? Und zum Karneval will ich auch nicht.

K: (zu P., nicht ins Megafon) Ihr müsst zum Karneval. Das geht so nicht weiter. Es kann doch nicht sein, dass wir hier russische, irische und spanische Musik mit kölschen Texten hören, und diejenigen, von denen es hier am meisten gibt, schaffen es noch nicht mal, sich am Zugweg einen Bart anzukleben oder eine Mütze aufzusetzen.

P: Warum sollte ich mich als Türke verkleiden? Ich will mit eurem Karneval nix zu tun haben.

K: (wieder ins Megafon) Der Geiselnehmer sagt: Der Karneval muss sich ändern.

P: Sag ich nicht.

K: Schluss mit der Sauferei im Karneval! Keine dummen Lieder mehr! Auftrittsverbot für alle, die dumme Lieder machen! Der Karneval muss wieder Respekt vor der Religion und dem guten Geschmack zeigen.

P: Ich habe mit Religion nichts am Hut, Mann.

K: Fünftens: Um seinen unterdrückten türkischen Leidensgenossen helfen zu können, fordert der Geiselnehmer zwei Millio-

nen Euro in Bar. Das Geld muss in einer halben Sunde in einem Koffer in einem Hubschrauber bereit stehen. Der Hubschrauber landet im Innenhof dieser Moschee. Ich werde mitfliegen und zu einem späteren Zeitpunkt freigelassen. Die Prinzenproklamation muss um eine Stunde verschoben werden.
P: Du spielst mit unserem Leben, Mann. Das werden die nie machen.
K: (zu P.) Werden sie wohl. Vielleicht die Sache mit den Hauptschulen nicht. Da hab ich nicht genug nachgedacht. Weil da doch starke Lobbyisten am Werk sind, die verhindern wollen, dass ihre Kinder mit Ausländern zur Schule gehen müssen. Aber den Rest kriegen wir hin. (wieder ins Megafon) Wenn die Forderungen nicht erfüllt werden, wird mich der Geiselnehmer abschneiden und zu Tode stürzen lassen. (wieder zu P.) Geh doch mal endlich an dein Telefon. Ich kann dieses Lied nicht mehr hören. Du musst die Details mit dem Hubschrauber besprechen, alles andere ist gesagt.

Während K. die offensichtliche Aufregung auf der Venloer Straße genießt – er glaubt sogar, applaudierende Menschen jenseits der Absperrung zu sehen – richtet sich P. wieder auf. Der Pfauenfederhut sitzt weiter 1A. P. beendet endlich das Klingeln seines Handy, indem er die grüne Taste auf selbigem drückt und seine Bereitschaft signalisiert, hinein zu sprechen, wozu er aber zunächst nicht kommt.

P: Was soll das? Anne, ne istiyorsun benden? Ich muss doch mit der Polizei sprechen.
K: Was ist los?
P: Meine Mutter ist am Telefon.
K: Was?
P: Ja, Mann, ich weiß auch nicht. Wir sind im Fernsehen, sagt sie. Ganz groß. Und da hat sie gedacht, sie muss mich anrufen. Mama, reg dich nicht auf. Sinirlenme o kadar, seni de alıyorum.
K: Was hat sie gesagt?

P: Sie hat gesagt, dass sie es nicht gut findet, was ich mache. Und natürlich würde sie meiner Schwester den Schwimmunterricht erlauben, wenn ich dich freilasse. Da habe ich ihr gesagt, sie soll sich nicht aufregen. Ich würde sie doch mitnehmen.
K: Leg auf! Die Polizei muss mit dir reden, nicht deine Mutter.
P: Anne, basaracağım bunu! Wir nehmen uns nur ein bisschen von ihrem Geld. Ich schaff das, Mama!

In diesem Moment fällt ein Schuss. Es ist kein Knall zu hören, eher ein Zischen, das über K.'s Kopf hinweg geht. Er sieht, wie P. wankt. Der Pfauenfederhut sitzt immer noch wie angenäht, während P.'s Kopf zurück kippt. Nein, er kippt nicht. Er platzt eigentlich. Also, er kippt zurück, während er zerplatzt. Auch wenn P.'s Kopf nicht mehr wie ein Kopf aussieht, hat er doch immer noch das Handy am selbigen, während er nach vorne stürzt. Seine linke Hand umklammert das Seil, an dem K. hängt. Er fällt über die Brüstung des Minarettbalkons, die Hand weiter am Seil. Er macht einen Überschlag, während er fällt, und trifft dabei mit seinem Knie das Nasenbein des designierten Prinzen. K. fasst instinktiv nach der Hand von P.. Er sucht nach Blickkontakt, aber die Augen sind nicht mehr da, wo sie eben noch waren, als sie auf dem Balkon des Minaretts miteinander sprachen. K. macht den Fehler, sich für die Suche nach diesen Augen zu viel Zeit zu nehmen, anstatt P. einfach fallen zu lassen. Die Schusswunde hat irreparable Folgen hinterlassen, sodass sicher ist, dass P. ohnehin an den Folgen der Verletzung sterben würde. K. staunt ein letztes Mal darüber, dass der Pfauenfederhut einfach auch in dieser Situation wie angenäht am nun blutroten Kopf von P. haften bleibt, bevor er merkt, dass das Seil nicht beide halten wird. Zunächst spürt er nur einen kleinen Ruck, ein kurzes Nachlassen am Seil, so als wenn ihm ein Mann auf dem Balkon ein bisschen mehr Spiel lassen will. Doch der Mann auf dem Balkon ist nicht mehr da, er hält ihm die Hand und baumelt wie er am Minarett der neuen Moschee von Ehrenfeld. Dann reißt das Seil. Die Prinzenproklamation fällt aus.

Julius Moll

Der Kadaver von Kasselberg

„Was halten Sie von diesem Fiedler?", fragte Walgenbach.
Friedrich Karl Kummer zog die Stirn in Falten. „Entsetschlich, gantsch entsetschlich. Ich weiß nicht, wie Ihre Frau so etwas freiwillig aushält. Und dann noch ein gantsches Kontschert!"
Walgenbachs Antwort ließ einen Moment auf sich warten. Der Hauptkommissar überlegte kurz, wie er seinen Assistenten davon überzeugen konnte, diese blödsinnige Angewohnheit fahren zu lassen, nämlich vorsätzlich ein weiches Tsch zu sprechen, nur weil die Schneidezähne ein wenig falsch standen und deshalb hin und wieder einen Pfeifton erzeugten, sobald Kummer einen Z-Laut hervorbringen wollte. Aber ihn vom Gegenteil zu überzeugen, war nicht so einfach. Da war Kummer eigen.
Deshalb widerstand Walgenbach der Versuchung und konzentrierte sich wieder aufs eigentliche Thema. „Na, da bin ich ja erleichtert, mein lieber Kummer. Ich dachte schon, ich sei der einzige, der diese Katzenmusik verabscheut."
Kummer nickte. „Ich kann mir denken, dass Sie das besonders trifft, Chef. Altsch Geigenliebhaber ..."
Weiß Gott, dachte Walgenbach. Amati, Stradivari, Guarneri, Rugeri und Bergonzi würden sich im Grabe herumdrehen, wenn sie könnten. Aber Gesine waren derartige Gedanken fremd. Sie fand diesen Belgier mit seinem Salonorchester ganz großartig, und ihre Freundinnen waren selbstverständlich derselben Meinung. Und nachdem eine von diesen Damen, Mathilde Große-Lohmann, über einen Bekannten an fünf Freikarten für ein André-Rieu-Konzert im Kölner Tanzbrunnen gekommen war, waren alle Dämme gebrochen. „Du musst uns dorthin fahren, Kurt!", hatte Gesine unmissverständlich klargestellt. Und da

fünf Damen plus Fahrer für einen normalen PKW zu viel waren, zumal für die Strecke von Koblenz nach Köln, hatte sich Kummer bereit erklärt, eine Hälfte der Fuhre zu übernehmen. Übrigens sehr zum Missfallen Walgenbachs, der die drohende Überbelegung des Fahrzeugs gerne zum Anlass genommen hätte, alternative Verkehrsmittel zu diskutieren.

„Was machen wir jetscht?", fragte Kummer. Nun, da Gesine Walgenbach und ihre Freundinnen die Autos verlassen hatten, herrschte eine plötzliche Ruhe und Leere, die ihn ein wenig verunsicherte. Da es früher Nachmittag war, hatten die Damen beschlossen, vor dem Konzert noch ein wenig durch die Stadt gehen, Schildergasse, Hohe Straße und so weiter. Danach über die Hohenzollernbrücke hinüber in den Rheinpark zum Ort des Geschehens.

„Nun, wir gehen keinesfalls mit oder hinterher, denn wir müssen uns um die Autos kümmern", stellte Walgenbach erleichtert fest. „Und die sollten wir jetzt erst mal abstellen." Kurz darauf parkten sie in der Flandrischen Straße, unweit ihres Hotels.

„Und was machen wir jetscht?", fragte Kummer wieder.

Walgenbach griff in die Innentasche seines Sakkos und fischte einen Zettel heraus. „Ich werde diese Adresse aufsuchen", sagte er und reichte Kummer den Zettel.

Der hagere junge Mann warf einen kurzen Blick darauf. Dann wusste er, worum es ging. „Damit wollen Sie wirklich Ihre Tscheit verplempern?", fragte er konsterniert. Da war vor einigen Tagen eine Frau im Büro aufgetaucht. Andante Roggendorf. Allein der Name! Behauptete, ihr Nachbar sei verschwunden. Er habe vorher so merkwürdige Bemerkungen gemacht. Dass es ihm schlecht ginge und dass er eine Lösung für sein Problem gefunden habe. Und dass er froh sei. Und dass eine gute Bekannte mit ihm ginge. Und dass diese ebenfalls nicht mehr erreichbar sei. Der Nachbar, ein Doktor Rudolf Kruse, hatte ihr eine Adresse in Köln hinterlassen, an die sie, Andante Roggendorf, bitte Post von der Sparkasse Koblenz nachsenden solle,

falls solche in den nächsten Tagen einträfe.
„Diese Andante Roggendorf hat doch einen kleinen Fehler, Chef", sagte Kummer und deutete mit dem Finger an seine Schläfe. „Wahrscheinlich ist ihr Nachbar mit seiner späten Hertschentschdame nach Las Vegas geflogen, und da lassen sie jetscht den Bär von der Kette."
„Na, kommen Sie, Kummer, so weit ist die Adresse nicht weg von hier. Eintrachtstraße. Da machen wir einen kleinen Spaziergang und erledigen das nebenbei."
„Von mir aus", brummte Kummer, „aber Tscheitverschwendung ist es trotschdem."
Zwanzig Minuten später standen sie vor der Hausnummer, die auf dem Zettel angegeben war. Eine Einfahrt. Eine Art Firmengebäude. Einstöckig. Flachdach. Eine Fensterscheibe war zersplittert und mit Pappe geflickt, die Außenwände mit Graffiti dekoriert. Kummer ging auf die Eingangstür zu. Auf dem Emailleschild neben der Klingel stand: A. Demuth, Bildhauer.
Da die Tür offen stand, verzichtete Kummer aufs Klingeln. Schlaggeräusche drangen an ihre Ohren. „Offenbar ist der Künschtler tschu Hause und haut Bild", diagnostizierte Kummer und hielt dem Hauptkommissar die Tür auf.
In der Tat stand Demuth an einem großen Stein und bearbeitete ihn mit Hammer und Meißel. Er trug Gehörschutz und Brille und sah Kummer erst, als der bis auf zwei Meter herangetreten war und deutlich gestikulierte.
Walgenbach wartete geduldig, bis der Künstler die Ohrenschützer abgenommen hatte. Dann sagte er: „Guten Tag. Mein Name ist Walgenbach. Herr Demuth, nehme ich an?"
„Ganz recht. Was wollen Sie?"
„Wir haben Ihre Adresse von einer Frau Roggendorf in Koblenz. Sie wiederum hat sie von ihrem Nachbarn, einem Herrn Kruse. Dr. Rudolf Kruse. Sagt Ihnen der Name etwas?"
Demuths Augen weiteten sich kurz. Dann schüttelte er den Kopf. „Kruse? Nie gehört. Wer soll das sein?"
Nun hatte es Walgenbach nicht bis kurz vors Pensionsalter ge-

schafft, um sich ausgerechnet hier einen Bären aufbinden zu lassen. Kunst kam zwar angeblich von Können, aber richtig lügen konnte Demuth nicht.

„Sind Sie sicher? Woher hatte Herr Kruse dann Ihre Adresse?"

„Woher soll ich das denn wissen, zum Teufel?", blaffte Demuth und warf mit einer etwas zu großen Bewegung den Hammer zu Boden.

„Die Frage kann ich Ihnen leider nicht beantworten. Deshalb war ich ja zu Ihnen gekommen." Dabei lächelte Walgenbach gütig wie ein Großvater, der seinen Enkelkindern erklären muss, dass das abendliche Märchenvorlesen heute ausfällt. Auf Demuth machte dies allerdings keinen großen Eindruck. „Bitte gehen Sie jetzt, ja? Ich habe zu arbeiten", sagte er und deutete auf den Steinquader.

„Kalkstein?", fragte Walgenbach.

„Savonnières. Porenkalk." Demuth war der Widerwillen anzuhören. Aber geantwortet hatte er.

„Was soll es denn werden?", setzte Walgenbach nach.

„Eine Figur. So was wie eine Statue."

„Für draußen?"

Demuth nickte.

„Und wenns regnet?", fragte Walgenbach.

Irgendwie schaffte es Demuth nicht, sich dem Dialog zu entziehen. „Das hält der Stein aus. Die Tränkerei mit Acrylharz hat ja nichts gebracht. Sind alle kaputt gegangen."

„Alle? Was heißt: alle? Wie viele haben Sie denn hergestellt?"

Demuth machte ein Gesicht, als hätte Walgenbach ihn beim Bonbonklauen erwischt. „Nein, nicht ich alleine. Auch andere Kollegen. Figuren fürs Rathaus. Aus Tuffstein, acrylgetränkt. Nach zehn Jahren fingen sie an zu bröckeln. Alle kaputt. Haben Sie nichts davon gehört?"

Walgenbach schüttelte den Kopf. „Wie ich schon sagte: Wir sind von auswärts."

„Ja, aber ich muss jetzt wirklich …"

„Natürlich", sagte Walgenbach. „Danke für die Information. Und

viel Erfolg."
Er nahm Kummer am Arm und zog ihn mit hinaus. Sie gingen durch die Einfahrt und bis zur nächsten Straßenecke.
Kummer deutete mit dem Daumen zurück. „Und? Wissen wir jetscht mehr? Tuffstein, Acrylhartsch? Was nutscht das?"
Walgenbach zuckte leicht mit den Achseln. „Ja, das weiß ich auch noch nicht. Aber dass er diesen Doktor Kruse kennt, das wissen wir. Schade, dass wir uns im Atelier nicht in Ruhe umsehen konnten."
Kummer hob ruckartig die Augenbrauen und schob seinen Chef mit beiden Händen hinter die Hausecke. „Kommt Tscheit, kommt Rat", sagte er leise und deutete um die Ecke.
Walgenbach lugte hinüber. Demuth hatte soeben das Grundstück verlassen und schritt in Richtung Innenstadt davon. Der Hauptkommissar klopfte Friedrich Karl Kummer auf die linke Schulter. „Lassen Sie sich nicht erwischen, Herr Kriminalkommissar. Ich werde derweil dem Künstler folgen. Wir treffen uns in einer Stunde am Dom."
„Ja, aber warum gehen Sie nicht hinein, und ich …?"
„Hören Sie, Kummer, wenn man über sechzig ist, geht man gerne mal ein bisschen zu Fuß. Und Sie können sicher eleganter einbrechen." Walgenbach schmunzelte und machte sich auf den Weg. –

Adalbert Demuth legte ein recht flottes Tempo vor und zwang Walgenbach zu einem Spaziergang, der umgehend zu einem Fußmarsch ausartete. Knapp zehn Minuten später ärgerte sich der Hauptkommissar bereits darüber, dass er die Rollenverteilung selbst vorgenommen hatte. Demuth ging über die Stolkgasse und Unter Sachsenhausen zum Hauptbahnhof, stieg zur Domplatte hinauf und folgte den Schildern zur Hohenzollernbrücke. Walgenbach folgte mit dem nötigen Sicherheitsabstand. Dann blieb Demuth plötzlich mitten auf der Brücke stehen und zündete sich eine Zigarette an. Walgenbach runzelte die Stirn. Was hatte der denn vor? Zum Rauchen war er sicher nicht den

ganzen Weg gelaufen.
Auf dem Fußgängerweg war um diese Zeit nur mäßiger Betrieb. Daher sah Walgenbach die Frau schon, als sie noch mindestens 100 Meter von Demuth entfernt war. Sie schritt ebenfalls forsch aus. Als sie den Bildhauer erreichte, blieb sie bei ihm stehen. Demuth redete auf sie ein; er schien ein wenig erregt, denn er nahm die Hände zu Hilfe, um sich auszudrücken. Allerdings waren seine Hand- und Armbewegungen nicht ausdrucksstark genug, als dass Walgenbach irgendwelche Rückschlüsse auf den Inhalt des Lamentos hätte ziehen können. Die Frau fand offenbar den richtigen Ton, denn während sie sprach, nickte Demuth hin und wieder und schien sich zusehends zu beruhigen.
Walgenbach fasste den Entschluss, der Frau zu folgen. Er war sich inzwischen klar darüber, warum die beiden sich mitten auf der Brücke trafen: Da waren Gespräche nur schwer zu belauschen. Aber wenn Demuth auf demselben Weg zurückkam und ihn sah, war Walgenbachs Plan so hinfällig wie ein Zitroneneis im Backofen.
Der Hauptkommissar blickte sich um. Ein paar Meter neben ihm stand einer der großen Metallpfeiler. –

Unterdessen war Friedrich Karl Kummer in das Atelier eingedrungen. Die Tür besaß nur ein einfaches Schloss, und Kummer hatte in Koblenz und Umgebung schon so einige Türen überwunden, zu denen ihm die Schlüssel fehlten.
Als erstes öffnete Kummer eines der Fenster am anderen Ende des Ateliers und schloss dann die Tür wieder ab. Für den Fall, dass Demuth schneller zurück kam als erwartet, ließ ihm das ein paar Sekunden mehr Zeit abzuhauen.
Dann zückte er sein Mobiltelefon und schoss mit der eingebauten Kamera einige Fotos. Das Ganze schien früher mal irgendein Produktionsbetrieb gewesen zu sein, vielleicht eine Druckerei oder so was in der Art. In einer Ecke war ein kleines Büro abgetrennt, vormals vermutlich für den Betriebsleiter. Kummer stöberte durch die Papiere auf dem Schreibtisch. In einer der

Schubläden stand eine grüne Metallkassette. Sie war unverschlossen. Kummer klappte den Deckel hoch und taxierte den Inhalt. Behördenpapiere, Verträge, Personalausweise. Und sie lauteten nicht auf Adalbert Demuth. Der obere gehörte Dr. Rudolf Kruse, wohnhaft in Koblenz, der nächste gehörte zu einem Herrn aus Krefeld. Interessiert studierte Kummer den dritten, der auf eine Frau Daphne Singerbrink ausgestellt war. Wohnort: Koblenz. Ähnliches Alter wie Dr. Kruse. Kummer war sich sicher, dass es sich bei Frau Singerbrink um die erblühte Herzensrose des vermissten Nachbarn von Andante Roggendorf handelte. Aber aus welchem Grund lagen die Ausweise im Schreibtisch dieses Bildhauers?
Kummer machte von jedem interessanten Fundstück ein Foto und legte alles an seinen Platz zurück. Dann trat er wieder hinaus ins Atelier. Neben dem Büro gab es eine weitere Tür. Kummer öffnete sie vorsichtig und zog sie langsam auf. Dann fuhr er erschrocken zurück. Direkt vor ihm stand eine Gestalt und sah ihn an. –

Walgenbach hielt gespannt die Luft an und drückte seinen Rücken in das U-Profil des Metallpfeilers. Zwei Meter von seinem Gesicht entfernt rollte soeben langsam ein ICE über die Brücke. Als das Geräusch des Zuges verebbte, hörte Walgenbach die Schritte des Bildhauers, der zurück in Richtung Hauptbahnhof ging. Geduldig wartete Walgenbach noch dreißig Sekunden, bevor er die Lage sondierte. Demuth verschwand soeben hinter dem Übergang zum Bahnhof. Auf der anderen Seite der Brücke erspähte Walgenbach die Frau. Sie schritt in Richtung Deutz davon. Walgenbach setzte sich seufzend in Bewegung. Dies hier artete offenbar in eine Art Sport aus. Und das gefiel ihm gar nicht. Eigentlich hätte er lieber irgendwo im Café gesessen und einen seiner geliebten Geigenbaupläne studiert. Oder diese interessante Abhandlung über den Zusammenhang von Umweltverschmutzung und Holzqualität und die Folgen für das Klangverhalten moderner Violinen. Aber nun ja: Man konnte

nicht alles haben.
Die Frau ging am Hyatt Regency vorbei und folgte der Opladener Straße zum Deutzer Bahnhof. Dann wechselte sie die Straßenseite und ging schnurstracks auf den Eingang eines großen Gebäudekomplexes zu. Walgenbach folgte ihr und schaute verblüfft auf die Schilder am Eingang. Die Kölner Stadtverwaltung. –

Eine Steinfigur. Kummer atmete tief durch. Der Schreck saß ihm in den Gliedern. Die Statue war fast so groß wie er selbst. Eine männliche Figur. Stellte offenbar eine Person aus der Antike dar, denn die Figur trug eine Art Toga. Kummer öffnete die Tür weiter, um so viel Licht wie möglich für die Handyfotos zu haben. Das musste man dem Bildhauer lassen: Die Figur strahlte eine gewisse Lebendigkeit aus. In der Kammer standen und lagen noch weitere Werkstücke herum, die dagegen morbide und trostlos wirkten: Hände, Arme, Füße, Beine, Köpfe. Kummer schloss das Fenster wieder und machte sich aus dem Staub. Wenn alles gut ging, würde Demuth gar nicht merken, dass in seiner Abwesenheit jemand im Atelier gewesen war.
Während er forschen Schritts Richtung Dom ging, blätterte er in seinem Mobiltelefon durch die Fotos. Die Überweisungsbelege würden den Chef sicher interessieren. Und der Fund der Personalausweise war in gewisser Weise verstörend. Was Kummer jedoch am meisten faszinierte, war die einzelne Zahlengruppe, die er auf einem zusammengefalteten DIN A4-Blatt gefunden hatte: 51 02 23.36, 06 56 41.06.
Eine Viertelstunde später erreichte Kummer das Domkloster. Auf dem Platz vor dem Hauptportal wimmelte es von Menschen. Aber Kummer wusste sofort, dass er auf dem Platz nicht nach dem Chef ausschauen brauchte. Keine fünfzig Meter entfernt gab es ein Café mit Außengastronomie.
Walgenbach saß unter einem Sonnenschirm und schlürfte an einem Milchkaffee. Vor ihm lag eine Papierserviette, auf der er einige Violinen skizziert hatte. Lächelnd sah er seinem Mitar-

beiter entgegen. „Na, mein Lieber? Ich dachte mir, dass Sie mich mühelos finden würden. “

„Guter Lehrer“, grinste Kummer. „Und bei Ihnen, Chef? Ist Ihnen der Bildhauer entwischt?“

„Jetzt passen Sie aber mal auf, was Sie sagen! Ich bin zwar alt, aber immerhin nehme ich im Präsidium seit vierzig Jahren die Treppe und nicht den Aufzug. Das sollten Sie sich auch mal angewöhnen! Sie sehen, wozu es gut sein kann.“

„Und wohin ist Demuth gegangen? Tschigaretten und Alkohol kaufen?“

„O nein, mein lieber Kummer. Er hat sich mit einer Dame getroffen, so Mitte Vierzig. Ich bin ihr nachgegangen. Sie arbeitet in der Stadtverwaltung. Bei der Stadtkonservatorin, um genauer zu sein.“

Stadtkonservator, Bildhauer, Rathaus, Statuen.

„Tschu diesem Thema hätte ich auch noch etwas beitschutragen“, sagte Kummer und zeigte Walgenbach die Fotos.

„Hm“, machte Walgenbach. „Hm.“

„Um ehrlich tschu sein, Chef, fällt mir datschu nur eine sehr irritierende Erklärung ein. Ich meine, äh, wenn ich richtig interpretiere …“

„Hm.“ Walgenbach räusperte sich kurz. „Drei Personalausweise?“

„Gantsch recht.“

„Hm. Und eine Statue?“

„So ist es.“

Walgenbach holte einen Zehn-Euro-Schein aus der Brieftasche und klemmte ihn unter die Untertasse. Dann erhob er sich.

„Kommen Sie, Kummer. Gehen wir mal nachgucken.“

Kurz darauf standen sie vor dem Rathaus, und zwar in Begleitung eines Herrn Schmidt, der für die Liegenschaft zuständig war, Fassaden und Figuren eingeschlossen. Walgenbach hatte Mühe, des Mannes Wehklagen über die zerborstenen Originalfiguren, die hohen Kosten, die armen Stifter und Sponsoren und die immense Zusatzarbeit während der Renovierungsphase zu

beenden, damit er ihm ein paar Fragen stellen konnte. Aber auch dann war der Mann recht gesprächig.
„Die Statue, die Sie da fotografiert haben, stellt Stephan Lochner dar. Lochner lebte so gegen 1450 in Köln, war Maler und Ratsherr. Er ist übrigens zu spätem und zweifelhaftem Ruhm gelangt, als die Deutsche Post AG im Jahr 2007 versuchte, ihn als Kunden zu gewinnen." Schmidt grinste breit. „Und das ist noch nicht alles: Die Neue Zürcher Zeitung wollte ihm im selben Jahr ein Abo andrehen."
Walgenbach schmunzelte. „Hört sich an, als seien da einige Datenhändler in eine perfide Falle getappt."
Herr Schmidt nickte belustigt. „In der Tat. Darf ich fragen, wo Sie die Figur fotografiert haben? Sie gehört nämlich zu denen, die noch nicht am Rathausturm installiert wurden."
„Aha", machte Walgenbach. „Welcher Künstler ist denn damit beauftragt?"
„Adalbert Demuth hier in Köln, wenn ich mich nicht sehr irre."
„Ja, das passt. Hat Herr Demuth noch andere Figuren gemacht?"
„Zwei", nickte Schmidt. „Den Apostel Thomas und Katharina Henot. Den ungläubigen Thomas werden Sie ja kennen. Katharina Henot war eine Patrizierin und wurde 1627 als Hexe verbrannt. Sie hatte sich zusammen mit ihrem Bruder geweigert, die familieneigene Postmeisterei zugunsten des zentralisierten Postwesens derer von Taxis aufzugeben."
„Hört sich an wie ein Bericht von der Frankfurter Börse", brummte Walgenbach. Die Zeiten änderten sich nur widerstrebend.
„Und Sie sagten, beide stehen bereitsch hier?" wollte Kummer wissen.
Schmidt zückte das Fernglas, das er aus dem Büro mitgenommen hatte. Er deutete hinauf. „Da oben, sehen Sie? Etwas oberhalb der Mitte, die dritte links von der Ecke. Das ist Thomas. Etwas höher und weiter links steht Henot."
Kummer suchte die Figuren mit dem Feldstecher und betrachtete die Werke. Dann setzte er das Glas ab und sah seinen Chef an. „Und jetscht?"

„Hm", machte Walgenbach, weil er das immer so machte. „Sagen Sie mal, Herr Schmidt, die beiden Figuren dort oben – wann sind die installiert worden?"

„Na, so ungefähr vor zwei Wochen. Ich kann aber gerne noch mal in den Akten nachsehen."

„Vielleicht später, Herr Schmidt. Ich glaube Ihnen auch so. Und jetzt fehlt nur noch eine von Demuths Figuren?"

Schmidt überlegte einen Moment. „Genau. Der Sockel ist noch frei. Sehen Sie, da oben?"

Walgenbach nickte kurz. „Ja, danke, Herr Schmidt. Sehr freundlich von Ihnen."

„Gerne, Herr Kommissar. Aber sagen Sie, warum ist das wichtig für Sie?"

„Nun ja, eigentlich ist es für Sie wichtiger als für mich. Wenn ich mich nicht täusche, werden Sie diese beiden Figuren noch mal herunterholen müssen."

Schmidts Unterkiefer klappte herunter, während Walgenbach kurz grüßte und mit Kummer davonging. –

„Wohin gehen wir denn?", fragte Kummer, als sie das Senatshotel passierten.

„So langsam zurück zu den Autos", erwiderte Walgenbach. „Irgendwann müssen wir Gesine und ihre Geigenbrut abholen."

„Das meinte ich nicht, Chef. Sie denken doch dasselbe wie ich, oder nicht?"

„Was denken Sie denn?"

„Na, wenn ich mir die Sachlage inklusive der Überweisungsbelege so ansehe, dann komme ich tschu dem verstörenden Schluss, dass die drei, deren Personalausweise bei Demuth lagen, in die Figuren … äh, integriert wurden. Oder?"

„Ja, in der Tat, das könnte so sein", seufzte Walgenbach.

„Aber warum? So eine bitscharre Idee?"

„Keine Ahnung. Vielleicht waren sie todkrank? Das werden die Kollegen hier in Köln sicher herausfinden."

„Aber den drei Verschwundenen muss das sehr am Hertschen

gelegen haben. 30.000 Euro pro Kopf! Das ist viel Geld."
„Stimmt. Vor allem für Demuth und seine Komplizin."
Kummer schüttelte den Kopf. „Möchte mal wissen, wie die überhaupt auf diesen Menschen gekommen sind?"
Walgenbach schmunzelte. „Das kann ich Ihnen sagen."
„Im Ernscht? Nämlich?"
Walgenbach blieb kurz stehen. „Die Mitarbeiterin der Stadtkonservatorin hat einen Namen, Kummer. Sie heißt Desirée Singerbrink."
Kummer starrte seinen Chef an. „Singerbrink? So hieß doch die Freundin von Doktor Kruse, oder nicht?"
„Sehr gut, Kummer, sehr gut. Der Name ist so selten. Dazu die Vornamen: Daphne und Desirée. Ich bin mir sicher, die sind verwandt."
Kummer schnaufte durch. „Na schön. Nehmen wir mal an, dass das wirklich alles so ist. Das bedeutet: Tschwei der Rathausfiguren sind quasi Sarkophage. Wie gruselig! Und der dritte? Die Figur in Demuthsch Abstellkammer? Die war nie und nimmer hohl, datschu war sie tschu schwer. Aber der dritte Personalausweis ...?"
Walgenbach nickte. „Ja, darüber denke ich auch schon die ganze Zeit nach. Zeigen Sie mir doch noch mal das Bild mit den Zahlen!"
Kummer rief das Foto im Telefon auf und schirmte mit der freien Hand das Display ab. „ 51 02 23.36, 06 56 41.06. Da ist tschweifellos ein Punkt tschwischen vier der Tschweiergruppen und ein Komma in der Mitte."
Walgenbach fingerte seine Lesebrille aus der Brusttasche des Sakkos. „Sie meinen die da? Vor der vierten und achten Zweiergruppe?"
Kummer nickte. „Gantsch recht, Chef. Sieht so aus. Wären überall Punkte datschwischen, würde ich sagen: frantschösische Telefonnummer. Aber so bleibt mir als Tipp nur: GPS-Koordinaten."
Verblüfft sah ihn Walgenbach an. „Manchmal schaffen Sie es

immer noch, mich zu erstaunen, Kummer. Wie kommen Sie denn darauf?"

„Na ja, Grad, Minuten, Sekunden, die Sekunden als Detschimaltschahl."

Walgenbach legte seinem Assistenten anerkennend die Hand auf die Schulter. „Das hieße also 51° 2' 23,36", 6° 56' 41,06". Fehlt da nicht Nord, West und so weiter?"

„Schon, aber wenn ich das überschlage … 51 Grad und knapp 7 Grad, das kann nur bedeuten: Nord und Ost. Grob gesagt: Köln."

„Würde mich schon interessieren, wo genau", gab Walgenbach zu.

Kummer sah sich um. Dann lächelte er. Dreißig Meter weiter, dem Gürzenich gegenüber, gab es ein Internet-Café. „Kommen Sie, Chef!"

Er kaufte ein paar Wertmarken, setzte sich an den nächsten freien Rechner und startete den Browser. Walgenbach blieb neugierig hinter ihm stehen. „Jetzt bin ich ja mal gespannt", sagte er leise.

Kummer rief maps.google.de auf und gab die Zahlen ein. Wenige Sekunden später sahen sie das Satellitenbild. Kummer zoomte hinein. Am Rand eines Buschwerks und etwa zwanzig Meter vom Rheinufer entfernt sahen sie etwas, das aussah wie ein frisch aufgeschüttetes Grab.

Walgenbach schüttelte ungläubig den Kopf. „Liegt da Nummer drei? Gehts noch näher, Kummer?"

„Leider nicht, Chef. Aber was soll das sontscht sein? Hat die Größe eines Menschen, oder sehe ich das falsch?"

„Nein, das sehen Sie richtig. Wo genau ist das denn?"

Kummer zoomte aus dem Bild heraus. „Köln-Kasselberg. Am äußersten Stadtrand. Gegenüber von Leverkusen."

„Gehen wir, Kummer. Die Kölner Kollegen müssen ja auch noch etwas zu tun haben."

Walgenbach trat hinaus und atmete drei Mal tief durch. Mitunter gaben ihm die Menschen immer noch Rätsel auf, trotz der vielen dunklen Seiten, die er im Laufe seiner Dienstzeit entdeckt hatte. Das war bei Musik anders, zumal bei Musikinstrumenten, insbesondere bei der Violine. Vor Walgenbachs innerem Auge zogen Bilder von Meisterintrumenten vorbei, die meisten davon gefertigt in Cremona. Hölzer, Firnisse, Lacke – irgendein tiefes Geheimnis gab es immer noch zu lüften um Cremona und seine Geigenbauer.

Hinter ihm klingelte Kummers Mobiltelefon. Schiere Massenware, keine Handarbeit mehr. Hauptsache billig und beliebig zu reproduzieren. Keine Originalität. Walgenbach sog die Luft durch die Nasenlöcher. Ein Obststand. Bananen, Äpfel. Ein Hauch von Datteln. Datteln. Ach ja. Die Dattelpalme. Steter Quell des Ebenholzes, aus dem sich so meisterhafte Griffbretter fertigen ließen.

„Chef?"

„Ja?"

„Hören Sie mir überhaupt tschu?"

„Aber selbstverständlich! Was dachten Sie denn?"

Dazu wollte sich Kummer lieber nicht äußern. Wenn der Hauptkommissar diesen Geigenblick hatte, dann war er mit den Gedanken meistens weit, weit weg.

„Ich sagte, Frau Sonnenbach hat angerufen."

Walgenbach runzelte die Stirn. Was mochte es denn um diese Tageszeit so Wichtiges geben, dass die Sekretärin aus dem Koblenzer Polizeipräsidium Kummers Handy anrief? „Die Sonnenbach? Was wollte die denn?"

„Das werden Sie nicht glauben, Chef."

„Versuchen Sie es."

„Doktor Kruse und seine Muse, Daphne Singerbrink, sind tschusammen mit einem Begleiter festgenommen worden."

Walgenbach starrte seinen Assistenten wortlos an.

„Und tschwar in Paris, Charles de Gaulle. Sie wollten einchecken, mit falschen Pässen. Tschiel Reúnion."

„Falsche Pässe?" Walgenbach konnte es noch nicht ganz fassen. „Andererseits … Künstler bleibt Künstler …"

Kummer steckte umständlich das Telefon ein. „Also doch frantschösische Telefonnummern und keine GPS-Koordinaten. Vielleicht wären wir besser mit Ihrer Gattin zum Tantschbrunnen gegangen."

„Nur über meine Leiche!", erwiderte Walgenbach.

Keine Weichgeiger!

Nicht in diesem Leben!

Sauer Gürkchen
Sophie
Sauer Gürkchen

Ralf Kramp

Im Büdchen

„Ich geh noch mal runter zum Büdchen", murmelt Hübi und zieht die Tür hinter sich ins Schloss. Er guckt auf die Stufen, während er das Treppenhaus hinunterpatert. Steinstufen mit kleinen hell- und dunkelgrauen Tupfen. Eigentlich muss er nicht auf die Stufen gucken, denn er würde hier auch in der völligen Finsternis nicht stürzen. Nicht mal besoffen. Der Tritt ist ihm in Fleisch und Blut übergegangen. Aber an diesem Tag hat er den Kopf gesenkt. Ist schlecht drauf. Er will jetzt 'nen Jägermeister.

Gürcan im Büdchen hat immer Jägermeister. Und die Jungs werden auch da sein.

Gürcan begrüßt ihn mit der stets gleich bleibenden undurchschaubaren Freundlichkeit des Nahen Ostens. „Hübi, Tach. Hübi, Jägermeister?"

Hagen und Flamingo sind da, so wie Hübi das erhofft hat. Gemeinsam lehnen sie an einem der zwei Stehtische.

Hagen hebt zum Gruß den rechten Zeigefinger. Flamingo winkt mit der Krücke. Man könnte annehmen, sein fehlendes linkes Bein habe ihm den exotischen Spitznamen eingetragen, aber in seinem Pass steht „Ingo Flamm".

Hagen blättert in der Bildzeitung und schüttelt fortwährend den Kopf.

„Und noch drei Lakritzschnecken", bestellt Hübi und gesellt sich zu seinen Kumpels.

„Wie isset?"

„Muss", sagt Hagen.

„Mir isset egal", sagt Flamingo.

Hübi knackt den Schraubverschluss des Jägermeister-Fläschchens und lässt die Hälfte des Inhalts gluckernd in seiner Kehle

verschwinden.
Leyendecker kommt rein, schwitzend wie immer. Mittagspause. Seit einem dreiviertel Jahr arbeitet er im Angelgeschäft vier Häuser weiter.
„Tach, Gürcan, Cola un Snickers."
Jeden Tag Cola und Snickers. Seit einem dreiviertel Jahr. Und wenn er den Job behält, noch in Ewigkeit so weiter.
„Tach, Jungens."
„Tach, Leyendecker. Wie isset?"
„Muss." Das Snickers verschwindet in seinem Rachen. Und dann, auch schon seit einem Dreivierteljahr: „Un noch en Schnitzelbrötchen, Gürcan." Einmal waren die Schnitzelbrötchen aus. Krise. Drei Bifi waren nötig gewesen, um ihm drüberweg zu helfen.
„Un?" Er deutet auf die Bildzeitung.
„Benzinpreis klettert wieder", knurrt Hagen.
„Jennifer hat ihren Regenschirm verloren", ergänzt Flamingo grinsend.
„Jennifer?"
Flamingo tippt erklärend auf die Brünette auf Seite eins, die ihre beiden nackten Brüste der Kamera entgegenreckt. „Steht hier: Jennifer ist traurig. Am Bahnhof hat sie ihren Schirm stehen lassen. Und nicht nur den. Ihr ganzes Gepäck ist futsch, und nun hat Jennifer nichts anzuziehen, wenn ihr Shirt in der Wäsche ist. Was soll sie nur machen, wenn der Sommer zu Ende geht?"
Hübi schluckt den Rest seines Jägermeisters.
„Ich wüsst schon wat", brummt Hagen.
„Könnte zu mir ins Gästezimmer", kichert Leyendecker. „Da würd ich auch die Heizung anmachen. Trotz Ölpreis."
„Un deine Sophie?" Hübi rollt eine Lakritzschnecke ab und kaut gemächlich an dem schwarzen Strang herum.
„Sophie? Geht mir auf'n Sack. Mach ich nicht mehr lange mit." Leyendecker haut die Zähne in sein Schnitzelbrötchen. Als er sagt: „Irgendwann raste ich aus. Dann seh ich rot. Zack, beim Putzen aussem Fenster gefallen ..." sprüht er Krümel über den

Tisch.
Flamingo grinst, hält die Hand über seinen Kaffeebecher und sagt: „Un kassierst noch die Versicherung."
„Wusstet ihr, dass das mit der Titanic auch ein Versicherungsbetrug war?", weiß Hagen ernst zu berichten. „War nämlich in Wirklichkeit das Schwesterschiff, die Olympic, die abgesoffen ist." Hagen ist der ungekrönte Meister der Verschwörungstheorien und der Hüter nicht zu beziffernder Schätze an unnützem Wissen.
„Echt?" Leyendecker ist immer sehr beeindruckt von Hagens gesammelten Weisheiten.
„Is die Lebensversicherung denn hoch?", hakt Flamingo nach.
Leyendecker guckt säuerlich. „Seit vierzehn Jahren beitragsfrei, wegen der Eigentumswohnung."
Hübi rümpft die Nase. „Aus dem Fenster schubsen is auch doof. Verschwinden lassen is besser."
„Zaubertrick?", mischt sich Gürcan von der Verkaufstheke her ein. „Deutscher Zaubertrick für Frau weg? Muss du mir zeigen, Hübi!"
„Was wär denn damit: Von Außerirdischen entführt! Hört man doch immer wieder." Flamingo hüpft amüsiert auf einem Bein.
Hagen runzelt die Stirn. „Wusstet ihr, dass in einem Hangar auf einer amerikanischen Air Force Base ein Außerirdischer lebt?"
„Echt?" Leyendecker staunt wieder.
„Außerirdische ... Quatsch!" Gürcan lacht heiser, und Hagen fuchtelt mit dem Finger durch die Luft. „Wusstest du, dass es in Istanbul eine Zeichnung aus dem zehnten Jahrhundert gibt, die die Erde vom All aus zeigt, mein Freund?"
„Echt?" Leyendecker sammelt die Brötchenkrümel vom Tisch und lutscht sie sich vom Finger.
Oma Kirschfink kommt rein. Sie ist über neunzig und kauft ihr tägliches Piccolöchen, dann noch ein Paket Toastbrot und die Fernsehzeitung von nächster Woche. „Un, Jungens? Wie isset?"
Sie rufen beinahe im Chor: „Et muss."
„Mensch, Oma Kirschfink", turtelt Gürcan, während er ihre

Sachen in eine Plastiktüte packt. „Du siehst heut fast aus wie zwanzig!"
„Mach keine Verzäll. Du wills mich nur in deinen Harem holen."
Beim Hinauswackeln zwinkert sie den Männern zu. „Macht keinen Blödsinn, Jungens."
Hagen setzt eine wichtige Miene auf, faltet bedächtig die Bildzeitung zusammen und schlürft an seinem Kaffee. Er ist jetzt voll bei der Sache. „Also aus dem Fenster schubsen is wirklich Quatsch. Viel zu viel Theater. Erst mal still machen. Hammer oder so. Nicht lange leiden lassen. Würd ich jedenfalls so machen."
Flamingo hat mal Metzger gelernt. „Kleinhacken. Oder zersägen."
Leyendecker guckt angewidert. „Sophie, ne, also, dat könnt ich net …"
„Musste nen Schnaps trinken. Und dir Parfüm unter die Nase reiben. Am besten dat von Sophie. Dat kenn ich, dat is stark."
Hagen räuspert sich. „Wusstet ihr, dass wir immer nur durch ein Nasenloch atmen? Etwa alle 15 Minuten kommt dann automatisch das andere dran."
„Trotzdem …" Leyendecker ist nicht überzeugt. „Außerdem will ich die Sophie ja gar nicht …"
Aber die Jungs sind jetzt in Fahrt.
„Un dann? Einfrieren?", fährt Hübi fort. „Passt dat alles in ne Truhe?"
„Zuhaus haben wir beispielsweise nur ein kleines Eisfach", weiß Leyendecker zu berichten.
„Nicht einfrieren", brummt Hagen. „Steht dauernd in der Zeitung, dat sowat gefunden wird." Er tippt auf die Bildzeitung. „Dat Zeug muss verschwinden."
„Un wie?" Flamingo schiebt ratlos die Unterlippe vor.
„Erst mal kochen", fährt Hagen fort. „Großer Pott, langsam köcheln."
„Un dann essen, oder wie? Wie die Kannibalen?" Hübi tippt sich

an die Stirn.
Flamingo feixt: „Dem Gürcan als Schnitzelbrötchen verkaufen."
Leyendecker hustet heftig.
„He, Mann, meine Schnitzel sin prima!" Gürcan droht mit der Faust.
„An die Hühner verfüttern", schlägt Hübi vor.
Hagens Finger richtet sich steil auf. „Wusstet ihr, dass es auf der Welt mehr Hühner gibt als Menschen?"
„Aber nit hier in Köln", sagt Hübi nachdenklich.
Hagen schlägt auf den Tisch, um die anderen zur Konzentration zu bewegen. „Also kochen!" Sie nicken. „Und zwar stundenlang. Auf kleiner Flamme. Bis dat Fleisch vom Knochen fällt."
Sie nicken erneut. Hagen ist unglaublich klug. Er hat als Hausmeister in der Uni gearbeitet. Klar, dass da was hängen bleibt.
„Schön sämig. Fast wie Püree. Und dann in Einmachgläser." Sie folgen den illustrierenden Bewegungen seiner Hände. „Umdrehen, wegen dem Vakuum. Fünf Minuten so stehen lassen, und dann wieder richtig rum."
Hübi kaut aufgeregt seine zweite Lakritzschnecke, und Flamingo schlürft geräuschvoll den letzten Schluck aus seinem Kaffeebecher.
In diesem Moment klopft Polizist Heppekausen gegen die Schaufensterscheibe und winkt ihnen gut gelaunt zu. Sie fahren erschrocken zusammen und winken zaghaft zurück. Als der Uniformierte weitergeschlendert ist, nimmt Hagen den Faden wieder auf. Längst sind sie zu einem Häufchen Verschwörer geworden.
„So, ganz ruhig, Jungens. Jetzt mal weitergedacht. Die Gläser halten sich lange. Die kann man jeden Tag zu fünf, sechs, sieben Stück aus der Wohnung raus tragen."
„Wieviel Gläser sind dat denn so schätzungsweise?", will Leyendecker wissen.
Hagen zieht die Stirn kraus. „Du fragst Sachen. Ich weiß nur, dat ein Mann von 68 Kilo etwa 40 Kannibalen für eine Mahlzeit reicht."

Allgemein anerkennendes Nicken. Hagen fährt fort. „Also jeden Tag fünf, sechs, sieben, meinetwegen auch zehn Gläser raus aus der Wohnung …"

„In den Zoo", jubelt Flamingo. „Mit der 15 bis zum Ebertplatz, und dann mit der 18 zum Zoo. Und da freut sich dann der Tiger …"

Hagen ist in dem Zusammenhang was eingefallen: „Wusstet ihr eigentlich, dass die erste Bombe von den Alliierten, die im 2. Weltkrieg über Berlin abgeworfen worden ist, den einzigen Elefanten im Zoo getötet hat?"

Das weiß natürlich keiner. Hagen fährt fort. Den Zoo verwirft er kommentarlos.

„Abends auf die Rheinbrücke. Platsch. Konservengläser eins nach dem anderen rein. Jeden Abend 'ne andere Brücke. Fällt keinem auf."

„Und die Knochen?" Hübi zweifelt an dem Plan.

„Kleinsägen, schön kleine Stückchen, dann in einen Putzlappen wickeln, mit dem Hammer fein zerstoßen, und jeden Tag an der U-Bahn-Baustelle einfach in den Kies streuen. Fällt keinem auf."

„Hört sich nach ziemlich viel Rennerei an", meint Flamingo und spielt mit dem Griff seiner Krücke.

„Geht aber nicht anders", sagt Hagen kategorisch.

„Aber dat die weg ist, fällt doch auf!", meint Flamingo. „Müsste die nicht verreisen oder sowat?"

Hagen nickt wie ein geduldiger Beichtvater. „Verreisen. Gaaaanz genau. Mit der Bahn."

„Wohin?", will Leyendecker wissen.

„Egal." Hagens Augen werden zu Schlitzen, weil er seinen Plan besonders ausgefuchst findet. „Ein Ticket kann man im Internet ordern. Total anonym. Geld wird vom Konto überwiesen. Da kann man als Ehemann janz locker behaupten, da hätte man nix von jewusst."

„Sophie zeigt mir nie die Kontoauszüge", murmelt Leyendecker kleinlaut.

„Siehste. Sie verreist also."

„Wohin?“, will Hübi wissen.
„Egal. Irgendwas, wo sie immer schon hin wollte.“
„Sophie wollte immer in die Domrep.“
Alle gucken Leyendecker verärgert an.
„Irgendwas, wo man mit der Bahn hin kann“, fährt Hagen fort.
„Und dann verschwindet ein Sack Klamotten in der Altkleidersammlung und Schuhe und Kosmetikkram wandern in den Mülleimer, kurz bevor geleert wird.“ Hagen breitet die Hände aus, wie ein Zauberkünstler, der beweisen will, dass er nichts darin versteckt hält.
„Muss man denn dann nicht irgendwann die Polizei …“ Flamingo kratzt sich mit dem Griff seiner Krücke am Rücken.
„Klar“, nickt Hagen. „Da sprichst du Heppekausen bei seiner Runde an und sagst, dat die Sophie weg ist, und dass du gar nicht weißt, wat de machen sollst. Aber vorher …“ Und an dieser Stelle wird seine Stimme laut und bedeutungsschwanger, „vorher trinkste hier schnell noch einen mit uns.“
Alle brechen in ein schallendes Gelächter aus. Sie klopfen sich gegenseitig auf die Schultern und wischen sich die Tränen aus den Augenwinkeln. Und einige Augenblicke später sind sie plötzlich sehr still und starren vor sich auf die Tischplatte und auf Jennifer, die ihren Schirm verloren hat. Ihre wilden Fantasien sind ihnen plötzlich sehr peinlich.
„Jungejunge, wat fürn Thema.“ Leyendecker findet als erster die Sprache wieder und guckt auf die Uhr. „Ich bin dann mal wieder weg. Muss für Sophie noch wat aus der Reinigung abholen. Also, bis morgen, Jungens.“
Auch Flamingo seufzt. „Bin dann auch durch die Tür. Rita un ich fahren gleich ein neues Kätzchen holen. Sieben Wochen alt.“
„Habt ihr schon gewusst, dass eine Katze 32 Muskeln im Ohr hat?“, fragt Hagen, während er Kleingeld aus der Tasche kramt, um bei Gürcan zu bezahlen.
„Tschö, Hübi“, ruft Flamingo und humpelt zur Türe hinaus. „Mach et jut!“
Hübi lässt sich von Gürcan noch einen Jägermeister für den Weg

geben und legt einen Zwanzig-Euro-Schein hin.
Hagen murmelt: „In einem Jahr wird mehr Monopoly-Geld gedruckt als echtes Geld, wusstest du das?"
Hübi schüttelt mit dem Kopf. „Nein, das hab ich nicht gewusst. Mann, Hagen, du kannst einem soviel beibringen. Das denk ich jedes Mal, wenn ich hier bin." Er klopft seinem Kumpel auf die Schulter und winkt beim Hinausgehen.
„Tschüß, danke, tschüß!", ruft Gürcan ihm hinterher.
Hübi trinkt den Jägermeister in einem Zug aus. Der kleine Ausflug hat ihm gut getan. Jetzt ist sein Kopf wieder frei. Zwei Hauseingänge weiter kramt er die Schlüssel aus der Hosentasche und öffnet die Haustür. Normalerweise klingelt er immer, aber heute kann ihm seine Frau die Tür nicht öffnen. Während er die Treppen zum fünften Stock hinaufsteigt, überlegt er, welches Parfüm er nehmen wird, und wo er die vielen Einmachgläser herkriegen soll. Er grübelt auch darüber nach, bei welcher Rheinbrücke er anfangen soll, aber das ist bei diesem klugen Plan ja eher unwichtig.

Brigitte Glaser

Pas de deux

Behutsam schiebt Britta den Arm des Kleinen unter die Bettdecke. Das Telefon klingelt, als sie sachte die Zimmertür schließt. Schnell greift sie nach dem Hörer, meldet sich leise.
„Kannst du sofort kommen? Ich brauche dich!"
Seine Stimme klingt gepresst, trocken, staubig, um Sachlichkeit bemüht. Sie kennt ihn lang genug, um zu wissen, dass er nur so spricht, wenn ihn Panik gepackt hat.
„Ach ja? Warum rufst du nicht ...?"
Der Name will ihr auch diesmal nicht über die Lippen kommen. Er schmeckt zu sehr nach Bett und Betrug.
„Ich bitte dich!"
Die Stimme noch staubiger, der Atem schwer, leicht röchelnd. Bestimmt droht mal wieder eine seiner Herzattacken.
„Geh in die Notaufnahme! Ich kann nicht. Der Kleine ist gerade eingeschlafen, und die Große hat noch nicht lange das Licht aus."
„Du bist die Einzige, die mir jetzt helfen kann! – Bitte, Britta!"
In ihren Namen legt er das Flehen, mit dem er sie immer zum Schmelzen gebracht hat. Es ärgert sie, dass ihr Herz dagegen bis heute nicht immun ist, während sein Herz sie nur noch braucht, wenn es auszusetzen droht.
Auf Zehenspitzen schleicht sie zu den Kinderzimmern zurück und lauscht. Zartes, gleichmäßiges Kinderschnarchen. „Bin kurz bei Papi", schreibt sie in großen Druckbuchstaben auf einen Zettel und klebt ihn über das Telefon. Dann greift sie nach ihrer Arzttasche und schließt leise die Wohnungstür.
Bevor sie losradelt, steigt sie in den Keller. Wie befürchtet! Die Handwerker haben das Loch neben der frisch reparierten Ab-

wasserleitung noch nicht wieder zugeschüttet. Keine zwei Jahre alt, ihr Haus, und schon ein Defekt an der Abwasserleitung. Mehrfach hat sie dies bereits angemahnt. Es ist gefährlich, besonders für die Kinder. Morgen muss sie bei der Firma anrufen und mit juristischen Schritten drohen. Der Umgang mit Handwerkern ist eines der wenigen Dinge, die Bert besser beherrscht als sie.

Die Luft riecht nach frisch gemähtem Rasen, als sie aus dem Haus tritt. Schnell sperrt sie ihr Fahrradschloss auf. Ein vergessenes Bobbycar parkt neben dem Sandkasten auf dem kleinen Vorplatz zwischen den Neubauten im Stellwerk 60. Autofreie Siedlung, familiengerechtes Wohnen mitten in der Stadt, ein bundesweit vorbildliches Bauprojekt, all das hat sie vor zwei Jahren bewogen, sich hier in Nippes auf dem Gelände des alten Eisenbahnausbesserungswerks ein Reihenhäuschen zu kaufen. Nirgendwo in den schmalen Wegen zwischen den Häusern stören Autos. Die Kinder können gefahrenfrei spielen, immer ergibt sich ein Plausch mit den Nachbarn. Man kennt sich, man hilft sich. Und nachts ist es ruhig. Sieht man von gelegentlichem Babygeschrei ab, stört höchstens mal das Kreischen einer liebestollen Katze. Kann man in der Stadt irgendwo besser wohnen?

Vor dem Haus Nummer 4 steht Daniel und raucht seine Abendzigarette. „Ein Notfall, was?", meint er mit Blick auf ihre Arzttasche.

„Muss mich beeilen", bestätigt Britta und schwingt sich auf ihr Fahrrad.

Wochenlang hat sie mit niemandem über Berts Auszug gesprochen. Erst als die Kinder ihren Sandkastenfreunden erzählen, dass der Papi weg ist, geht sie bei einem Treffen der Nachbarn 60 in die Offensive. Eine Krise, nichts Dramatisches, sie seien beide guter Hoffnung, dass sie ihre Beziehung retten könnten, erzählt sie. Die Blicke und Seufzer, die zurückkommen, machen Britta klar, dass ihr keiner glaubt.

Weitere Bobbycars, Sandschaufeln und Plastikbagger säumen ihren Weg. Hier am Bahnwärterweg, Am Alten Stellwerk, an der Wagenhallenstraße ballt sich Familienglück. Nur nicht ihres.

Als sie an der Car-Sharing-Station vorbeikommt, denkt Britta an den blauen Alfa. Vielleicht ist es ein Fehler gewesen, dass sie Bert gezwungen hat, den zu verkaufen. Er hat doch sehr an dem Auto gehangen. Aber autofrei heißt autofrei, da gibts nichts zu rütteln. Sie hat versucht, ihm das Car-Sharing schmackhaft zu machen. Aber im Gegensatz zu ihr hat er sich nie mit der Idee anfreunden können, einen Wagen nur bei Bedarf und mit Voranmeldung zu mieten. Und dann kein einziger Alfa im Sortiment.

An der Kempener Straße setzt ein leichter Nieselregen ein. Gegenüber verlässt ein Krankenwagen mit Blaulicht das St.-Vinzenz-Krankenhaus, der Hubschrauberlandeplatz auf dem Dach ist hell erleuchtet. Zum Glück heute Abend nicht mein Job, denkt Britta.

Bei Wind und Wetter ist sie im letzten halben Jahr nachts hier längs geradelt. Mal um zu Bert ins Bett zu kriechen, mal um seinen Herzkasper zu behandeln, mal um ihn zum Zurückkommen zu überreden. Es ist nicht weit bis zur Simon-Meister-Straße, mit dem Rad keine fünf Minuten. Gründerzeithäuser, geschlossene Häuserfronten, parkende Autos bestimmen hier das Straßenbild, Graffiti ist an der einen oder anderen Wand gesprüht, nachts lärmen gelegentlich grölende Kneipengänger. Urban halt, wie Bert es ausdrückt. Wie immer schließt sie das Rad an dem Verkehrsschild vor dem Eckhaus an.

Bert erwartet sie an der Wohnungstür und sieht verdammt schlecht aus.

„Mach die Brust frei", befiehlt sie und sucht in ihrer Tasche nach dem Stethoskop.

„Komm erst mal rein", sagt er, und drinnen sieht sie sofort, dass es nicht sein Herz ist, dessentwegen er sie hat kommen lassen.

Die Unaussprechliche liegt am Fuße der schmalen Treppe, die zur zweiten Etage seiner Wohnung führt. Über und neben ihr

Regalbretter. Der Blutfleck auf der vierten Stufe markiert, wo sie mit dem Kopf aufgeschlagen ist.
Merkwürdig, denkt Britta, tot wirkt die … überhaupt nicht mehr bedrohlich. Mit den flachsblonden Haaren und der flachen Brust ist sie nichts weiter als das mickrige Fluchthelferchen, das all sein Strahlen verbraucht hat, als es Bert dazu bewegen konnte, seine Familie zu verlassen. Und jetzt ist sie tot.
„Wie ist das passiert?", fragt Britta, die zur Sicherheit doch den Puls der Toten prüft. Komisches Gefühl, die … anzufassen.
„Sie wollte das Regal zusammenbauen. Ich …, ich …", haspelt Bert.
Gott, sieht er mies aus! Vielleicht soll sie ihm etwas Nervenberuhigendes geben, bevor er hier neben der … und den Regaltrümmern zusammenklappt. Jetzt erkennt Britta das System: Ikea, Billy-Birke. Es schnürt ihr das Herz zusammen. Drei Teile Billy-Birke sind ihre erste gemeinsame Anschaffung gewesen. Gekauft, als sie zusammen in die Kreuzgasse gezogen sind, und danach haben sie das System immer weiter aufgestockt. Nur in Sechziger-Breite, die wirkt am elegantesten, dazwischen zwei CD-Teile zur Auflockerung.
„Billy-Birke!"
„Kannst du jetzt nur noch in achtziger und vierziger Breite kaufen", murmelt Bert.
Britta starrt stumm aus dem Fenster. Da richtet er sich mit der Neuen mit den gleichen Regalen ein! Das ist geschmacklos, rücksichtslos, herzlos! Genau wie er. Wann kapiert sie es endlich? Warum ist sie überhaupt hier? Was hat sie in dieser Wohnung verloren? Wieso spielt sie immer noch den Notstopfen?
„Du kannst dir nicht vorstellen, wie gut es tut, dass du hier bist!"
Er seufzt schmerzensreich, verschwindet in der Küche, kommt mit einer Flasche Grappa Kirschwasser und zwei Gläsern zurück. Britta hält ihm das Telefon hin.
„Ruf den Notarzt!"
Er schüttelt den Kopf.

Das darf nicht wahr sein! In ihrer gemeinsames Zeit hat sie neunzig Prozent aller unangenehmer Anrufe erledigen müssen, aber er erwartet doch nicht ernsthaft, dass sie jetzt, in dieser Situation, wo die …

Gerade so, als wäre es kein Teil von ihr, beobachtet sie ihre Hand, die nach dem Telefon greift und die 112 eintippt. Bevor sie den Hörer ans Ohr pressen kann, fährt Berts Arm zu ihrer herüber und drückt hastig die rote Off-Taste.

Dieses Verhalten überrascht sie nun wirklich.

„Überleg mal. Wir zwei und sie … Würdest du als Notärztin an einen Unfall glauben?"

Sturz mit Todesfolge. Selbstverständlich. Warum hat sie bis jetzt nicht daran gedacht? „Habt ihr euch gestritten? Hast du sie hinuntergestoßen?", fragt sie streng.

Bert reagiert nicht.

Britta versucht die Situation professionell zu betrachten. Natürlich würde sie wie jeder Kollege in einem solchen Fall die Polizei rufen. Als Absicherung für die Unfall-, für die Krankenversicherung. Der ganze bürokratische Wahnsinn nimmt ja heutzutage viel mehr Zeit in Anspruch als die medizinische Versorgung. Ohne beiliegenden Polizeibericht keine Abrechnung, ohne Abrechnung kein Geld für den Hilfsdienst, ohne Geld für den Hilfsdienst Ärger mit dem Chef. Aber wenn Bert wirklich …? Er kann so jähzornig werden, wenn ihm etwas gegen den Strich geht.

Wir zwei und sie …

Erst neulich hat sie mit ihrer Freundin Mona bei ein paar Kölsch an einem Außentisch im Altenberger Hof verschiedene, besonders fiese Todesarten für die … ausgesucht. Sie ist dabei recht laut geworden. Bis ins Nippeser Tälchen hat man sie hören können.

„Mach deinen Scheiß alleine", sagt sie und greift nach ihrer Tasche.

Bert blickt strafend und beginnt, vor ihr auf und ab zu tigern. Dann hämmert er mit den Fäusten gegen die Küchentür.

„Das ist nicht dein Ernst", sagt er gepresst. „Da brauche ich einmal deine Hilfe, und das Einzige, was dir einfällt, ist: Mach deinen Scheiß alleine".

„Ruf jetzt die 112, verdammt noch mal, du kannst nicht immer vor deinen Problemen davonrennen!" Ohne es zu wollen, ist Britta laut geworden.

„Ach ja?", poltert Bert lauter zurück. „Du bist doch die Praktische, du hast doch immer für jedes Problem eine Lösung, und jetzt, wo ich deine Cleverness wirklich mal brauche, da kneifst du! Jahrelang hast du mich terrorisiert mit deinem: Mach das so, mach das so. Und jetzt packst du deinen Koffer und haust ab!"

„Abgehauen bist ja wohl du", donnert Britta zurück. „Da kommt Weiberfastnacht im Worringer Bahnhof so ein anämisches Blondchen daher, verdreht dir den Kopf und du taumelst hinter ihr her, als wäre sie das Paradies. Das Leben mit zwei Kindern ist kein Pappenstil, ein paar harte Jahre muss man schon durchstehen, habe ich dir immer gesagt, oder nicht? War in der Theorie alles kein Problem für dich, aber dann? Erst hat dich das nächtliche Schreien gestört, dann war dir das Haus zu eng und die Nachbarn zu aufdringlich, dann hat dich das Brabbeln und Herumkrabbeln der Kinder verrückt gemacht."

„Du willst mir einreden, ich hätte mich durch die Kinder gestört gefühlt?" schreit Bert. „Das hättest du wohl gern! Mir sind ganz andere Sachen auf den Geist gegangen. Dein Betonkopf, deine ewige Besserwisserei. Nur du hast gewusst, wie man die Kinder am besten in den Schlaf wiegt, nur du hast festgelegt, was den Kindern erlaubt oder verboten ist. Meine Erziehungsversuche hast du von Anfang an so torpediert, dass daraus nichts werden konnte. Und dann noch diese autofreie Siedlung … Wenn ich mitbekomme, dass du den Kindern erzählst, ich hätte mich durch sie gestört gefühlt, dann …"

„Die Kinder wissen genau, dass du dich wegen des Blondchens abgesetzt hast."

„Klar doch! Der geht, ist immer der Bösewicht", brüllt Bert und steigert dabei nochmals seine Lautstärke, „dass du mir die Luft abgeschnitten hast, mich zu einer trüben Tasse hast verkommen lassen, all das zählt nicht. Wenn du mal ehrlich zu dir selbst wärst, wüsstet du genau, dass ich nicht wegen des Blondchens weg bin."

Mit leichter Verzögerung registriert Britta, dass Bert plötzlich nicht mehr schreit, dafür aber das schrille Läuten der Türglocke den Raum füllt. Bert und sie starren sich gegenseitig an, dann wandern ihre Blicke parallel erst in Richtung Wohnungstür und dann zu der ..., die von Streit und Klingeln völlig unberührt in ihrem Regalsarg liegt. Bert legt den Zeigefinger auf den Mund, und eine Zeitlang stehen sie still und stumm, als könnten sie so den Klingler vertreiben, aber der drückt mit großer Hartnäckigkeit weiter auf den Knopf und ruft:

„Maache Se doch ens endlich op, Herr Reichert! Ich weiß doch, dat Se do sinn!"

Zögernd bricht Bert aus seiner Erstarrung auf und öffnet die Wohnungstür einen Spalt breit.

„Dat es hück allt et zweite Mol, dat Se esu erömbrölle. Dat nächste Mol holl ich de Schmier", hört Britta die schrille Stimme von Berts Vermieterin. Dass er lieber bei dieser kölschen Kraat im Haus wohnt als mit ihr im Stellwerk 60 kann sie einfach nicht verstehen.

Während Bert ein paar beruhigende Entschuldigungsworte nuschelt, wird Britta schlagartig klar, warum er sich weigert, die 112 zu wählen.

„Du hast dich mit dem Blondchen gestritten, und die Baumert hats gehört", wirft sie ihm entgegen, nachdem er die Vermieterin abgewimmelt hat.

Er sieht sie nicht an, stiert wieder auf die Eingangstür, als sei ihm erneutes Klingeln und Zetern lieber, als Britta Rede und Antwort zu stehen. Aber die Tür bleibt stumm.

„Hast du sie die Treppe hinuntergestoßen?", fragt Britta jetzt drohend.

Bert schickt ihr einen beleidigten Blick und wirft langsam ein paar Sätze in den Raum. „Dieses Scheiß-Billy-Birke, das habe ich schon in unserer Wohnung gehasst. Aber sie meinte, dass nichts an der Wand zwischen den zwei Fenstern so gut aussieht wie Billy-Birke."

„Du magst Billy-Birke nicht?", stammelt Britta und denkt an ihren ersten gemeinsamen Ikea-Einkauf.

„Sie hat doch gewusst, dass ich noch arbeiten muss", fährt Bert, ihren Einwand übergehend, fort, „aber kaum von Ikea zurück, sollte das Regal sofort aufgebaut werden. Hier, direkt neben meinem Schreibtisch hat sie mit einem scharfen Teppichmesser die Kartons aufgeritzt. Du kennst das Geräusch und du weißt, was für ein Chaos entsteht, wenn man Ikea-Möbel aufbaut. Ich habe ihr ziemlich laut drohen müssen, bevor sie sich mit den Regalen und dem Akkuschrauber nach oben verzogen hat."

„Warum hast du nie gesagt, dass dir Billy-Birke nicht gefällt?" Sie sieht sich und Bert lachend und eifrig auf dem Fußboden des leeren Wohnzimmers sitzen und Bretter zusammenschrauben. So selbstverständlich gemeinsam ist damals ihre Entscheidung für dieses System ausgefallen, dass plötzlich Zweifel an anderen gemeinsamen Entscheidungen in ihr wachsen. Vor ihr tut sich ein großes schwarzes Loch auf, und ein Fundament, das sie bisher als fest und sicher empfunden hat, wackelt. Die Kinder, das Haus, sind das wirklich gemeinsame Entscheidungen gewesen?

„Da hat die blöde Baumert zum ersten Mal geklingelt", fährt Bert fort.

„Die Kinder?", unterbricht sie ihn. „Hast du sie wirklich beide gewollt?"

„Was hast du plötzlich mit den Kindern?" Bert versteht überhaupt nicht, was die Frage soll. „Die Kinder schlafen friedlich, denen geht es gut. Aber wir haben hier eine Leiche!"

„Wir?", funkelt Britta wütend.

„Natürlich war es ein Unfall. Aber spätestens, wenn die Baumert von dem Streit erzählt, wird die Polizei meine Aussage bezweifeln. Und wenn sie dann noch erzählt, dass du an dem

Abend ebenfalls hier warst … Du weißt, wie Polizisten ticken. Dreiecksverhältnis. Eifersüchtige Gattin stellt Geliebte zur Rede, Gefühle schwappen über, geraten außer Kontrolle. Totschlag im Affekt ist meistens eine Beziehungstat."

„Die Baumert hat mich überhaupt nicht gesehen", stellt Britta klar.

„Hast du nicht wie immer dein Fahrrad an dem Verkehrsschild festgebunden? Kannst sicher sein: Sie weiß, dass es dir gehört. Kannst sicher sein, dass sie es heute ganz bestimmt registriert hat. So langweilig, wie deren Leben verläuft, wird sie mit Freuden die eifrige Zeugin spielen!"

Britta starrt den Mann an, mit dem sie so lange gelebt hat, den sie glaubte, wie einen Teil ihrer selbst zu kennen. Ihr schwindelt vor dem neuen Abgrund, der sich vor ihr auftut.

„Was bist du doch für ein feiges Arschloch!", schreit sie, zügelt dann aber schnell die Lautstärke. „Du willst mich tatsächlich in dein Unglück hineinziehen."

„Völlig falsch", entgegnet er eifrig. „Ich will dich nicht hineinziehen, du sollst uns herausziehen aus dem ganzen Schlamassel. Du hast bisher jedes Problem gelöst."

Ihm mit einer Mischung aus Wut und Verachtung ins Gesicht blickend, greift sie erneut zum Telefon. Sie würde die Wahrheit sagen. Von seinem Anruf erzählen, der schließlich nachprüfbar ist. Schildern, wie sie die … gefunden, wie er unter Schock einen Streit mit ihr angefangen hat. Alles sachlich, nüchtern, professionell. Als Ärztin und nicht als Ehefrau. Sie kann sehr gut zwischen diesen beiden Rollen unterscheiden.

„Selbst wenn sie dir glauben", drängt sich Berts Stimme in ihre Gedanken, „was ist mit mir? Der Streit wirft kein gutes Licht auf mich, eine Verhandlung wegen Totschlag im Affekt ist nicht ausgeschlossen, und auch wenn ich mangels Beweisen frei gesprochen werde, was hieße das für die Zukunft? Was, wenn das in der Redaktion publik wird? Und die Kinder? Stell dir vor, sie erfahren davon."

Es rührt Britta, dass er an die Kinder denkt, und das Argument mit seinem Job ist nicht von der Hand zu weisen. Als Arbeitsloser wird er keine Alimente und keinen Unterhalt zahlen, dann kann sie das Haus nicht weiter finanzieren.

„Weiß jemand, dass sie dich heute besucht hat?"

Erst als die Frage rausgerutscht ist, merkt Britta, in was für eine Richtung ihre Gedanken wandern. Jedes Problem fordert Lösungsansätze in verschiedene Richtungen, hat sie in ihrem oft schwierigen Job gelernt. Da darf man keine Scheu vor unorthodoxen Wegen haben.

„Nein, niemand!", berichtet Bert eifrig. „Es ist Zufall, dass sie überhaupt noch im Lande ist. Eigentlich sollte sie heute schon nach Nairobi fliegen, sie hat einen neuen Job als Auslandskorrespondentin. Der Flug hatte sich um einen Tag verschoben, so kam ihr die Idee zu diesem dämlichen Ikea-Besuch."

„Bestimmt hat die Bäumert gesehen, wie ihr die Regale ausgeladen habt!"

Britta beginnt, im Raum auf und ab zu gehen, wie immer, wenn sie angestrengt nachdenkt.

Eben nicht, erzählt Bert, das Auto habe er ein ganzes Stück weg vom Haus geparkt, die Bäumert habe nur ihn gesehen, denn er habe die Bretter allein ausladen müssen. Die Bäumert sei dann mit ihrem Einkaufskorb in Richtung Nippeser Markt gewatschelt, habe von daher nicht mitbekommen, dass er nicht alleine einkaufen war.

„Familie, Freunde?"

Etliche Fragen später rundet Britta ihr Bild der Unaussprechlichen ab. Eine ruhelose Person mit wenig festen Bindungen und sozialen Kontakten, die überall und nirgends zu Hause war, und jetzt eigentlich schon in Nairobi sein sollte. Es kann Wochen dauern, bis man erste Nachforschungen über sie anstellt.

„Du musst bei der Arbeit und bei den Nachbarn erzählen, dass ihr euch vor der Nairobi-Reise getrennt habt. Dann kannst du später glaubhaft versichern, warum du nicht beunruhigt warst, weil sie sich nicht bei dir gemeldet hat", spinnt Britta ihren Plan weiter. „Ihr habt euch einvernehmlich getrennt. Du wolltest zu

deiner Familie zurück, sie trieb es in die große weite Welt ..."
„Ist das der Preis?", fährt Bert dazwischen. „Dass ich zurückkomme?"
„Wir können auch die 112 rufen."
Demonstrativ langt er nach der noch ungeöffneten Kirschwasser-Flasche und gießt sich einen großen ein.
Britta lächelt ihn an. In was für schlichten Erscheinungen das Schicksal auftreten kann! Als einfaches Ikea-Regal! Ihr geliebtes Billy-Birke schaltet nicht nur die Konkurrenz aus, sondern sorgt auch dafür, dass ihr Ehemann sie mehr als alles in der Welt braucht. Natürlich wird er zurückkommen! Aber erst gilt es noch, den unauffälligen Abtransport der Leiche zu lösen.
„Du musst ihr die Knochen brechen", sagt Britta.
Bert verschluckt das Kirschwasser. „Ich kapiere ja, dass du sie nicht ausstehen kannst", stammelt er, als er wieder atmen kann. „Aber das geht zu weit!"
„Sie passt sonst nicht da rein!" Britta deutet an den großen Karton, der seit der Anschaffung des neuen Fernsehers in der Ecke von Berts Wohnzimmer auf einen Abtransport wartet.
Natürlich hilft sie ihm wenig später den Karton nach unten zu schleppen und in seinem frisch erworbenen Golf zu verstauen. Wie gut, dass die Handwerker das Loch im Keller noch nicht zugeschüttet haben! Da wird „sie" ihre letzte Ruhestätte finden. Sie setzt sich auf den Beifahrersitz und dirigiert Bert zur Car-Sharing-Station.
„Das sind locker fünfhundert Meter bis zu unserem Haus", sagt Bert beim Aussteigen. „Du glaubst doch nicht im Ernst, dass ich den Karton bis dahin tragen kann. Scheiß autofrei!"
Unser Haus, er hat unser Haus gesagt, jubiliert Britta innerlich und sagt: „Warte mal einen Moment!"
„Hätten wir ein normales Haus gekauft, könnt ich mit dem Wagen bis vor die Haustür fahren. Dann hätte ich noch meinen Alfa, ich hätte Karneval nie im Worringer Bahnhof gefeiert und wäre ihr gar nicht begegnet ..."
Aber das hört Britta schon nicht mehr. Sie ist bereits um die

Ecke geeilt. Sie greift sich eines der herumstehenden Bobbycars und platziert mit Berts Hilfe den großen Karton auf dem roten Kinderfahrzeug. Bert rechts, Britta links den Karton festhaltend, laufen sie wenig später durch die Siedlung, grüßen Nachbarn und räumen weitere Bobbycars aus dem Weg.

„Braucht ihr Hilfe?", fragt Daniel, der seine zweite Abendzigarette neben ihrer Haustür raucht.

„Nein, danke", antworten sie unisono, schieben das Bobbycar in den Hausflur und hieven den Karton in den Keller.

Während Bert Erde über die Leiche schaufelt, bringt Britta den Karton zum Altpapier und das Bobbycar zum Fundort zurück. Er kommt zurück, denkt sie. Die Unaussprechliche wird vermodernd dafür sorgen, dass Bert wieder hier einzieht, und sie beide bis an ihr Lebensende in der autofreien Siedlung zusammenbleiben.

Bert & Britta, Britta & Bert, das alte und neue Traumpaar! Ein Paar mit einer Leiche im Keller. Aber welches Paar, so fragt sich Britta, hat keine Leiche im Keller?

Andreas Izquierdo

Nulllinie

Dauert nie lange.
Manchmal 'n Augenaufschlag. Manchmal 'ne Geste. Manchmal nicht mal das. Ich tippe ihn an und frage, was los ist?
Was soll sein? Gute Antwort. Behandelt mich von oben herab. Als wäre ich blöd oder so etwas. Ich spüre, wie mir die Wut in die Fäuste schießt.
Ich schicke ihm eine rüber – er wankt. Nicht schlecht. Kann was wegstecken. Blitzschnell stehe ich bei ihm. Ich bin jetzt voller Hass. Meine Muskeln sind hart und arbeiten schnell und präzise. Blut spritzt mir auf mein Hemd ... das war frisch gewaschen!
Ich knie auf ihm und schlag in sein dummes Gesicht. Gute Treffer. Harte Treffer. Ich sehe, wie er das Bewusstsein verliert.
Jemand zerrt mich von ihm herunter. Hände halten mich, drücken mich auf den Boden. Füße vor meinem Gesicht. Hätte er sich vorher überlegen sollen. Dreckskerl.
Dann zieht mich ein Bulle auf die Beine. Ein anderer legt mir Handschellen an. Bin wieder ganz ruhig. Ich hab den Scheiß nicht angefangen!, sage ich.
Der Typ liegt ganz still.
Zwei Sanitäter über ihm.

Mutter weint.
Sie heult immer, wenn mich die Bullen Heim bringen. Werner sagt nichts. Steht nur da in seinem Unterhemd und hat die Arme vor der Brust verschränkt. Werner raucht nur Selbstgedrehte. Ist billiger, sagt er.
Hat auch sonst gute Ideen. Für alles 'ne Lösung. Ein richtiges

Genie.
Er stößt mich in mein Zimmer.
Schließt hinter sich die Tür.
Mutter weint.

Vor dem Richter die alte Nummer: Vater weg, Mutter 'ne Säuferin, Stiefvater 'n Schläger. So Sachen halt. Kommen gut.
Mutter sitzt im Zuschauerraum und ist ganz blass. Das mit der Säuferin ist hart, aber hier geht's ums Geschäft. Sie versteht das schon. Versteht ja auch sonst alles.
Mein Verteidiger ist schwer in Form. Hat ein paar gute Schlagworte. Brauche Struktur. Einen Plan. Ne faire Chance. Die Gesellschaft sollte mich nicht aufgeben. Klingt gut. Fast hat man das Gefühl, dass er dran glaubt.
Ich krieg sechs Monate ohne Bewährung. Danach Sozialdienst.
Ihr gebt mich auf, rufe ich empört.
Der Richter bleibt ganz entspannt: Man kann sich nur selbst aufgeben.
Mutter weint.

Jugendknast ist das Härteste. Reinster Dschungel. Sollte für Jugendliche wirklich verboten werden. In der ersten Woche passiert nichts. Aufstehen. Arbeiten. Essen. Pennen. Aufstehen.
Nach 'ner Woche tippe ich einem der Häuptlinge auf die Schulter: Was ist?!, frage ich.
Der hält sich nicht lange mit 'ner Antwort auf: guter Mann. Schnelle Fäuste. Gute Reflexe.
Meine Muskeln werden hart. Bin wie 'ne Maschine. Hart, heiß, niemals müde. Blute. Werde noch härter. Fühlt sich gut an. Fäuste, die sich durch Fels sprengen: Unbezwingbar! Unbezwingbar! Unbezwingbar!
Der Schließer zieht mir eins über.
Lande auf der Krankenstation.
Als neue Nummer eins.
Führe ein paar neue Regeln ein. Die Sklaven werden neu zuge-

ordnet. Reviere werden eingehalten. Keine Übergriffe mehr. Die Häuptlinge sind sauer. Aber sie spuren.
Ein Neuer kommt. Sklave. Sehr hübsch.
Wie so einer hier reinkommt, ist mir ein Rätsel. Ein bisschen gedealt und schon geht's ab in den Tierkäfig.
Nummer zwei bietet mir zwei seiner Sklaven an. Für den Kleinen.
Ich lehne ab.
Eine Weile läuft alles ruhig. Der Kleine ist aufmerksam, nicht doof. Weiß, was gut für ihn ist. Hält sich an die Regeln.
Dann sehe ich ihn in der Dusche. Nummer zwei steht hinter ihm und schiebt ihm gerade seinen Schwanz rein. Der Kleine bleibt ganz ruhig. Als wäre er gar nicht da.
Ich tippe Nummer zwei auf die Schulter: Was ist?!, frage ich.

Nummer zwei bleibt eine Woche auf der Krankenstation. Der Kleine dankt mir überschwänglich.
Ich winke ab: Überall gibt's Regeln, sag ich, im Knast. Im Leben. Überall. Und hier sind's meine. Nummer zwei weiß das.
Der Kleine nickt.
Bist so schlau, sag ich, warst sogar auf dem Gymnasium und so, sag ich, aber kapiert hast du nichts.
Was denn?, fragt er.
Hättest in deiner Welt bleiben sollen, sag ich.
Versteh ich nicht, antwortete er.
Kommt noch, sag ich.

Entlassung.
Der Kleine wünscht mir Glück. Hat noch zwei Monate, sagt er, gehen schnell rum, sagt er. Könnten uns ja mal treffen. Draußen.
Klar, sag ich.
Als ich gehe, sehe ich ihn winken.
Nummer zwei steht hinter ihm.
Legt ihm eine Hand auf die Schulter.

Ich wette, jetzt kapiert er's, denke ich.

Werner holt mich ab.
Wo ist Mutter?, frag ich.
Arbeiten.
Ich grinse: Kann dir nicht passieren, was?
Er schmeißt seine Selbstgedrehte weg. Seine Schultern spannen sich. Ich warte – ganz ruhig. Seh ihm in die Augen. Er wird unsicher. Zum ersten Mal. Zögert.
Was ist?, frag ich.

Komme in der Uniklinik an. Ist schließlich mein erster Bußtag. Einer der Kittel guckt komisch. Wie siehst du denn aus?, fragt er.
Ich zuck mit den Schultern. Nix, sag ich, alles okay. Bin gestolpert.
Und die Hände?
Guck auf meine Fäuste – blutig.
Nix, sag ich, brauch nur 'n Pflaster.
Komm mit.
Ich geh ihm nach. Fühle mich großartig. Könnte platzen vor Kraft. Die Welt gehört mir.
Ich krieg mein Pflaster. Und einen Kittel. Seh aus wie'n Arzt. Fühlt sich gut an: Fragen Sie Doktor Falk. Doktor Falk löst Ihre Probleme. Doktor Falk löst alle Probleme. Doktor Falk ist die Nummer eins.
Werde den anderen auf der Station vorgestellt. Gucken nicht begeistert. Wer will schon einen Knacki?

Komme nach Hause. Mutter ist da. Heult.
Werners Schrank steht auf: leer.
Sei froh, dass der Penner weg ist, sag ich.
Ach, Falk, heult sie.
Sie gießt sich einen Schnaps ein, trinkt. Gießt sich noch einen ein. Er war immer für mich da, sagt sie.

Nein, sag ich, er war immer da. Und du hast ihn gefüttert.
Sie heult. Trinkt.
Wo ist denn der Fernseher, sag ich, heute kommt Fußball.
Sie antwortet nicht.
Was hat er noch mitgenommen?, frag ich.
Ach, Falk, sagt sie und trinkt.
Ich guck mich um – alles weg, was Wert hat. Ich meine, es war ohnehin alles Schrott. Aber es war mein Schrott. Fühle die gute, alte Maschine in mir wach werden. Packe meine Jacke und verschwinde.
Wo willst du hin, fragt Mutter. Ihre Zunge ist schwer.
Bin bald zurück, sag ich.
Zwei Stunden später haben wir unseren Kram wieder. Werner war so nett und hat alles gebracht. Gott, was für 'ne Lusche.
Mutter ist eingeschlafen. Besser so.

Überall hängen die Penner an den Maschinen. Ihre Adern sehen eklig aus. Man kann ihr Blut sehen, wie es durch die Maschinen gepumpt wird.
Ich rauch eine – draußen.
Was für ein Aufwand, denk ich, wenn man für sein Leben 'ne Maschine braucht … was für einen Sinn hat es dann? Und diese Gesichter! Fett. Schwach. Voller Selbstmitleid. So kann man nicht kämpfen. Nur wer stark ist, kann kämpfen. Die da drinnen sollten alle draufgehen. Das Leben braucht Auslese.
Ein kleiner Junge setzt sich neben mich. Vielleicht zehn Jahre. Im Bademantel.
Krieg ich auch eine?, fragt er.
Ich geb ihm eine – mit Filter.
Ist besser, sag ich, wegen Krebs und so.
Krebs?, sagt er und grinst, da scheiß ich drauf.
Ich muss lächeln.
Guter Junge – Kämpfer.
Pause.
Im Schwesternzimmer kommt 'ne Dicke rein und beschwert sich

über 587. Hat ihr an den Busen gelangt, sagt sie. Dabei guckt sie mich empört an.
Sei froh, dass den überhaupt einer anlangt, sag ich, bist nicht gerade ein Hauptgewinn.
Sie schnappt nach Luft – ihre Kollegin scheißt mich an. Was mir einfallen würde und so.
Hebe entschuldigend die Hände: Sorry, nächstes Mal sag ich's hinter ihrem Rücken. Wie der Rest hier.
Dann geh ich und überlass die Damen sich selbst.
Geh aufs Zimmer 587 – muss mir den Helden doch mal angucken. Liegen zwei Patienten drin: Ein Komatöser an 'ner Maschine und der Kleine.
Und?, frag ich und mach 'ne Geste vor meiner Brust, wie waren sie?
Wahnsinn, sagt er.

Simon heißt er und ist schon dreizehn. Unglaublich, wie jung der aussieht. Und Ideen hat der! Macht neuerdings richtig Spaß, morgens hierhin zu kommen und sich von den Schwestern anzuhören, was er wieder ausgeheckt hat.
Letztens – du fasst es nicht – schleppt mich die Dicke mit zum Waschen. In 587 schlägt sie die Decke zurück und reibt den Komatösen mit einem Lappen ab.
Simon liest Comic.
Zum Schluss schiebt sie dem Mann das Hemdchen hoch und zuckt zurück.
Ich guck rüber und brech vor Lachen zusammen.
Sie findet es so richtig doof und schreit Simon an.
Der guckt ganz unschuldig und fragt, was los ist?
Die Dicke zeigt auf den Pimmel des Komatösen.
Keine Ahnung, wie er das hingekriegt hat, aber es sieht aus wie ein Huhn, das auf seinen Eiern sitzt. So richtig mit Gesicht, Schnabel und Federn als Flügel.
Simon bleibt todernst und zuckt mit den Schultern: Ich war's nicht, sagt er.

Oskarreif.
Die Dicke stürmt aus dem Zimmer.
Simon und ich klatschen uns ab.
War nicht leicht, sagt er, hat zwischen durch'n Ständer gekriegt und das Nest kaputtgemacht.
Ich krieg gleich noch 'nen Lachflash und schlepp mich raus: Du machst mich fertig, sag ich, wegen dir kann ich jetzt meine Unterhose wechseln.

Hat nette Eltern, Simon. Sind ganz empört, wenn sie mal wieder zu hören bekommen, was ihr Sohn wieder angestellt hat, aber wenn die Truppe raus ist, lachen sie.
Kommt auf dich, sagt seine Mutter, und knufft ihren Mann. Der jault auf, als hätte sie ihm richtig wehgetan. Macht Spaß, die beiden zu sehen.
Das ist Falk, sagt Simon, hat im Knast gesessen und soll sich jetzt bessern.
Die geben mir die Hand, herzlich. Sind überhaupt nicht besorgt oder so.
Tut mir Leid, sagt sein Vater und nickt zu seinem Sohn, dass du so 'nen schlechten Umgang hast.
Simon lacht.
Ich auch.

Zwei Tage später find ich ihn auf dem Boden. Bewusstlos. In seiner eigenen Kotze. Ich fetz raus und erwisch die Dicke auf dem Gang.
Die holt den Doktor – Simon kommt an einen Haufen Geräte.
Seine Eltern kommen.
Wir sitzen zusammen an seinem Bett.
Die Dicke will, dass ich an die Arbeit geh.
In einer Sekunde steh ich bei ihr. Bin so hart, dass ich ihr mit einem Schlag die Rübe von ihrem fetten Hals runterschlagen könnte.
Sie ist ganz blass geworden und schleicht raus.

Die quatscht mich nicht mehr an.
Ganz sicher.

Nachts kommt Simon zu sich.
Sitze im Stuhl und döse.
Simon will Wasser – ich geb ihm einen Schluck, streich ihm ein paar Haare aus der Stirn: So bleich … wie kann man nur so bleich sein?
Weißt du, sagt er und lächelt schief, ich hab ein bisschen Angst.
Wovor?, frag ich.
Naja, sagt er, vor dem Sterben.
Du stirbst nicht.
Vielleicht doch?, sagt er.
Ich seh die Hoffnung in seinen Augen und ich fühl mich plötzlich so schwach und hilflos wie er. Was soll ich ihm sagen? Dass er keine Angst vor dem Tod haben soll? Von einem, der Angst vor dem Leben hat? Die Welt bekriegt, weil sie ihm nicht gibt, was er verlangt? Wer bin ich, dass ich ihn trösten könnte? Doktor Falk?! Fragen Sie Doktor Falk! Doktor Falk löst alle Ihre Probleme. Doktor Falk … weiß … einen … Scheißdreck.
Nein, sag ich, du bist 'n Kämpfer. Kämpfer sterben nicht. Nie.
Meinst du?
Ja, sag ich, Kämpfer leben weiter. In den Herzen der anderen. Sie sterben nicht.
Er lächelt. Sieht für einen Moment richtig glücklich aus.
Wir sitzen noch lange zusammen.
Als er einschläft, mach ich die Schreibtischlampe aus und geh leise nach Hause.

Er braucht ein neues Herz! Vielleicht hätte ich das neulich nicht sagen sollen, das mit den Kämpfern und so. Aber ahnt man das? Dreizehn Jahre alt und schon ein neues Herz? Ich versteh's nicht. Nebenan hängen die alten Penner an ihren Maschinen und dürfen leben. Simon stirbt, wenn er kein neues Herz kriegt.
Aber er hat schon wieder Flausen im Kopf. Die Dicke wäscht ihn

gerade, als er ihr wieder an die Titten geht.
Simon, sagt sie lahm.
Keine Ahnung, ob sie sich dran gewöhnt hat. Oder ihn nur deswegen nicht anscheißt, weil ich hinter ihr stehe und ihr sonst in den fetten Hintern treten würde.
Als sie raus ist, grinst Simon zufrieden: Mann, die hat vielleicht Dinger.
Schon mal 'ne Frau gehabt?, sag ich.
Der Kleine wird ganz rot.
Nee, sagt er kleinlaut.
Ich grinse: Fragen Sie Doktor Falk. Doktor Falk löst alle Ihre Probleme.

Ich hab 'ne ganz Hübsche gefunden. Heißt Sandra. Kommt aus dem Heim und ist mir noch 'nen Gefallen schuldig. Hab ihr gesagt, dass sie sich vorher gefälligst waschen soll. Sie taugt nicht viel, aber fürs erste Mal ganz passabel.
Ich stell sie Simon vor. Ist Sandra, sag ich, ne Freundin von mir. Wollte dich unbedingt kennen lernen.
Ist ganz verlegen, der Kleine.
Sandra drückt mir ihren Kaugummi in die Hand.
Ich geh raus. Warte vor der Tür.
Am Ende des Flurs kommt der Chefarzt. Mit Ärzten und Schwestern im Schlepptau. Muss cool sein: Chefarzt. Kannst machen was du willst, ohne in den Knast zu kommen. Fragen Sie Professor Falk. Professor Falk löst alle Ihre Probleme.
Irgendwann steht er vor mir und will rein.
Geht jetzt nicht, sag ich.
Einer seiner Sklaven schießt vor und pfeift mich an: Verschwinde! Chefvisite!
Nehmen Sie das nächste Zimmer, sag ich.
Hau ab!, zischt der kleine Schleimer. Will seinem Chef zeigen, was für ein Supertyp er ist.
Was ist?!, frag ich.
Die Bullen haben mich abgeholt, aber wieder laufen lassen. So

schlimm war's nicht. Der Schleimer hatte nur 'ne Beule von seinem Freiflug über'n Flur.
Hab 'ne Audienz beim Chefarzt.
Weiß schon, sag ich, bin gefeuert.
Wie kann ich Sie feuern, sagt er trocken, wenn ich Sie nicht mal angestellt habe?
Stimmt, sag ich, hab nix für meinen Einsatz bekommen.
Er grinst.
Also, sag ich, machen wir's kurz: Wo soll ich jetzt hin?
Nirgendwo, sagt er und raschelt mit Papieren, ich sehe, Sie haben noch zwanzig Stunden.
Wie?, sag ich, ich kann bleiben?
Die zwanzig schaffen Sie. Ohne Ärger. Richtig?
Wenn Sie's sagen.
Ich steh auf und geb ihm die Hand. Der ist ein Häuptling, denk ich, weiß, wer er ist. Hier gelten seine Regeln. Er weiß das. Ich auch.
An der Tür dreh ich mich zu ihm um: Warum?, frag ich.
Hab meine Gründe, sagt er.
Wie gesagt: seine Regeln.

Kurz vor Feierabend guck ich noch bei Simon rein.
Und?, frag ich, wie wars?
Schön, sagt er.
Sieht schon wieder so verdammt blass aus. Hab kein gutes Gefühl.
Willst 'n ein bisschen pennen?, frag ich.
Er nickt und dreht sich zur Seite.

Mitten in der Nacht wach ich auf. Irgendwas stimmt nicht. Ich pack meine Klamotten und schleich raus.
Mutter liegt in ihren Klamotten auf dem Sofa und pennt.
Als ich in Simons Zimmer komme, merke ich gleich, dass was nicht stimmt. Kann nicht sagen was. Vielleicht atmet er anders.
Er liegt da – ganz ohne Leben. So dürr und verletzlich. Seine

Stirn ist ganz kalt.
Ich fetz raus. Die Dicke hat Nachtschicht.
Los!, scheiß ich sie an, beweg dich!
Sie folgt mir.
Als sie Simon sieht, wird sie ganz panisch. Läuft raus und holt den Arzt. Ausgerechnet den Schleimer.
Er guckt auf Simons Maschinen. Dann nickt er leise der Dicken zu: Ruf seine Eltern an, sofort!
Ich setz mich zu Simon ans Bett und nehm seine Hand: Mach kein Scheiß, sag ich, kämpf gefälligst!
Kurz bevor seine Eltern kommen, wird Simon noch mal wach.
Kannst nicht pennen, was?, flüstert er.
Ich wollt dir noch sagen, was ich mir für morgen ausgedacht hab, sag ich, du schmeißt dich weg, wenn du das hörst!
Er lächelt.
Guckt mich an.
Die Maschine macht plötzlich einen Mordsradau.
Simon guckt mich immer noch an. Aber er sieht mich nicht mehr.

Beerdigung.
Vom Krankenhaus war keiner da. Waren ohnehin wenige Leute da. Seine Eltern nehmen mich in den Arm. Danken mir, dass ich ihn nicht alleine gelassen hab. Ich war sein einziger Freund, sagen sie.
Ich fall seiner Mutter in den Arm und heule. Weiß nicht, wann ich das letzte Mal geheult hab. Heulen ist nur peinlich. Aber jetzt heul ich. Wie 'n Baby.
Sie hält mich. Simons Vater umarmt uns beide.
Als wären sie meine Eltern.

Auf dem Heimweg treff ich Sandra. Sie will Simon besuchen. Sagt, was für'n süßer Junge er sei. Ich spür Wut, hab aber keine Kraft mehr.
Kriegst den Hals nicht voll, was, du blöde Schlampe!, sag ich.

Sie schüttelt den Kopf.
Nicht das, sagt sie, da war nichts.
Wie meinste denn das?, frag ich.
Ich habs ihm angeboten, sagt sie, aber der Kleine war voll überfordert. Total süß, war der. Wir haben nur ein bisschen Händchen gehalten, sagt sie, ein bisschen erzählt.
Über was habt ihr denn geredet?, frag ich.
Über alles und nichts, sagt sie, der war voll zutraulich. Und sooo süß. Zum Schluss hab ich ihn mal unter meinen Pulli greifen lassen. Der war wie 'n Kind. Nur neugierig, sagt sie, war nichts Schmutziges dran.
Ich spür einen Stich in der Brust. Tut weh, höllisch weh.
Kannste den Weg sparen, sag ich.

Ich sehne mich nach Streit.
Brauch keinen Augenaufschlag. Nicht mal 'ne Geste. Spür meine Wut, spür meine Fäuste. Genieß die Bewegung. Wie 'ne Dampflok unter Volllast.
Möchte die Welt zu Klump schlagen.
Unbezwingbar! Unbezwingbar! Unbezwingbar!
Werd die Spannung nicht los.
Kann nicht mehr schlafen.

Deutzer Kirmes. Autoscooter. Ich hätt ihn nicht erkannt. Aber er mich unter Millionen.
Steht da plötzlich vor mir und grinst mich frech an.
Geh weg, sag ich, ist besser für dich.
Kennst mich nicht mehr, hä?
Komischerweise werd ich nicht wütend. Guck ihn nur an.
Hast sechs Monate wegen mir bekommen, sagt er.
Ach du, sag ich.
Weißt du, sagt er, dass ich Pilot werden wollte?
Und?, sag ich.
Kann nicht. Hab ein Auge verloren damals. Kann nichts mehr werden, was ich mir vorgenommen hab.

Werd Stewardess, sag ich, geht auch mit einem Auge.
Er grinst böse.
Weißt du, was heute ist?, fragt er.
Wird das ein Quiz?, frag ich.
Heute ist Zahltag, sagt er.
Plötzlich stehen zwei Typen hinter ihm. Schläger. Profis.
Hab keine Angst oder so etwas. Aber ich spür keine Wut. Spür keine Muskeln. Bin nur müde. Zahltag, sagt er. Vielleicht hat er Recht, denk ich. Irgendwann ist für jeden Zahltag. Heute eben meiner. Keine große Sache, denk ich.
Die zwei legen sofort los – schnelle Treffer. Harte Treffer.
Wach auf aus meiner Lethargie, spüre die gute alte Maschine wach werden. Meine Fäuste fliegen vor. Zu wenig Wirkung.
Hab zuviel kassiert.
Die Welt dehnt sich.
Seh den Piloten Anlauf nehmen.
Falle. Dann nichts mehr.

Mutter weint.
Ein Arzt steht bei ihr, sagt, dass es keine Hoffnung gibt. Sagt, dass ihr lieber Junge schwerste Kopfverletzungen davon getragen hat. Dass ihr lieber Junge auf den Bordstein geschlagen ist. Dass ihr lieber Junge nur noch von Maschinen am Leben gehalten wird. Hirntot.
Mutter weint.
Aber ihr Junge kann doch noch etwas tun, sagt der Arzt. Etwas Besonderes. Etwas sehr Edelmütiges.
Was?, fragt Mutter.
Er kann andere retten, sagt der Arzt.
Er hatte mal einen Freund, sagt Mutter, der hätte ein Herz gebraucht.
Der Arzt nimmt sie in den Arm. Ihr Junge, sagt er, hätte es bestimmt gewollt. Der Tod ist grausam, sagt er, aber er kann dem Leben einen Sinn geben.
Er hält ihr einen Zettel hin.

Es kommt jetzt ganz auf Sie an, sagt er. Ihr lieber Junge kommt nicht mehr zurück. Nie mehr. Aber vielleicht andere.
Mutter weint.
Und unterschreibt.

Tief in der Nacht.
Das Krankenhaus ist jetzt ganz ruhig. Nur im OP ist noch Licht – da liegt er. Im kalten Licht. Alleine. Die Herz-Lungen-Maschine macht Geräusche. Der Herzschlag piept als grüne Kurve. Eine Linie bleibt flach. Der Kopf.
Plötzlich kommen die Ärzte. Viele Ärzte. Einige warten draußen. Maskiert.
Ist der Anästhesist da?, fragt einer.
Er hält die Hände hoch, die Finger steif wie Zapfen.
Krank, antwortet eine Schwester.
Dann eben ohne, sagt der Arzt mit den weißen Klauen.
Blicke fliegen hin und her.
Was?, fragt der Klauenarzt.
Keiner antwortet.
Er nickt und setzt das Skalpell an. Ein tiefer Schnitt. Blut.
Der Puls schlägt jetzt wie verrückt. Ein Arm zuckt. Dann schlägt er.
Festbinden!, befiehlt der Doktor.
Die Arme werden fixiert. Der Puls rast – der Kopf ist puterrot.
Blut ausspülen!, befiehlt der Doktor.
Eiswasser schießt in seine Adern – der Mund klafft auf. Schrei ohne Ton.
Die Zacken auf dem Gerät spielen verrückt – dann fallen sie zusammen. Nulllinie.
Der Brustkorb wird krachend geöffnet.
Dann kommen sie alle. Sie sind überall. Beugen sich über ihn. Mit ihren Skalpellen und Klammern. Nichts bleibt drin: Alles verschwindet.
Zurück bleibt nur er allein. Ausgeräumt. Weiß wie Schnee. Inmitten eines Chaos aus Tüchern, Wasser und Blut.

Ein Pfleger kommt und macht den OP sauber.
Er sieht nicht hin.

Mutter weint.
Sitzt vor seinem Sarg und starrt auf den Boden. Außer ihr ist keiner da. Der Beerdigungsunternehmer hat Mitleid mit ihr. Setzt sich neben sie und hält ihre Hand.
Tröstet sie. Findet die richtigen Worte.
Lobt ihren lieben Jungen. Weiß, dass er es nicht leicht hatte im Leben. Dass er Fehler gemacht hat. Dass er Schuld auf sich geladen hat. Aber er hat auch Gutes getan. Und Gott wird ihm verzeihen. Wie wir ihm verzeihen.
Mutter nickt. Findet Trost. Will ihren lieben Jungen noch Mal sehen, bevor er verbrannt wird. Will ihm die Hand drücken. Sich verabschieden.
Er öffnet den Sarg.
Sie sieht ihn.
Keine Augen.
Der Mund: aufgerissen.
Schmerz! So viel Schmerz!
Sie taumelt.
Reißt Kerzen mit sich.
Fällt.

Carsten Sebastian Henn

Die Geschichte der Tellerwäscherin

Der Gang kam wirklich zurück! Von allem etwas – und von allem zu viel. Melba von Thunfisch, Yellow Fin mit Zitruspulver, Stockfisch-Brandade mit Kefir-Blättern und Birne mit marinieren Sardinen. Nun eine einzige Sauerei. Als hätte eine barbarische Schlacht auf dem teuren Porzellanteller stattgefunden. Als Kollateralschaden fand sich die Stoffserviette inmitten des Fischpürees. Speisereste waren über den Tellerrand geschmiert, als hätte der Gegner sie bei der Flucht einfach erdrückt.

Liliane Barbet leerte alles mit langen Fingern in den Mülleimer. Warum kam jemand ins „L'Emile", dem einzigen Zwei-Sterne-Restaurant Kölns, und ließ dann den wunderbaren ersten Gang nahezu komplett zurückgehen? Sie sah aus den Augenwinkeln, wie der jungenhafte, französische Chefkoch den Kopf enttäuscht hängen ließ. Ceri Chonnem nahm sich solche Niederlagen immer verdammt zu Herzen. Dabei lag es doch nicht an seinen Künsten, das musste er doch wissen! Die Kritiker überschlugen sich mit Lobeshymnen über seine kreative, spielerische Küche, die selbst exotischste Kombinationen unglaublich schlüssig erschienen ließ. Doch jede halb angekaute Kartoffel, jedes angeknabberte Kalbsbäckchen brachte den Provenzalen dazu, seine rahmenlose Brille zu putzen und einige Minuten so zu arbeiten, dass keiner in der kleinen Küche sein Gesicht sehen konnte. Der Hass auf den unwürdigen Esser dampfte nun heißer aus der Brigade als die Schwaden aus den Kochtöpfen.

Liliane warf die Meiko DV 80.2 an. Die riesige Maschine mit ihrem matten Metall wirkte wie ein fremdartiges Raumschiff in der kleinen Küche. Liliane liebte das kraftvolle Ungetüm. Die Programme des Durchschub-Geschirrspülers brauchten bloß

60, 90 oder 210 Sekunden, um allen Dreck hinfort zu zaubern, denn der Einbauboiler erhitzte das Zulaufwasser in Sekundenschnelle auf eine Temperatur bis zu 100 Grad. Sie zog den bequemen Rundum-Bügel herunter, mit dem sich die Haube über das betongraue Plastiktablett mit dem Geschirr ziehen ließ, und lauschte dem heiß einspritzenden Wasser. Die Teller kamen hervor, als hätte es niemals einen unzufriedenen Esser gegeben.
Doch an diesem Novemberabend wurde es nur noch schlimmer, und die DV 80.2 musste immer wieder zeigen, was sie zu leisten imstande war. Die vollen Teller kamen alle von Tisch neun des wunderschönen Belle-Epoque-Restaurants im Bistro-Atmosphäre: das gebratene Rotbarbenfilet mit Kürbiskernen, Ceris geniales Kalbsbries in Ahornsirup, ja sogar das lockere Nougatküchlein mit Bittermandel-Eis und die legendäre ‚Kleine Reise nach Marokko'. Da Ceri es liebte, seine Speisen in unzähligen Tellern, Schüsseln, Schalen, Näpfen, Bechern und Platten anzurichten, bedeutete dies viel Arbeit für Liliane.
Es sah nicht einmal aus, als hätte der Gast die Köstlichkeiten ernsthaft probiert. Vielmehr erschien es Liliane, als sei es ihm nur darum gegangen, ein möglichst abstoßendes Bild zu erschaffen, Sterneküche böswillig in Müll zu verwandeln.
Ceri flanierte an diesem Abend nicht durch den Gästeraum des Restaurants, um hier eine Hand zu küssen, dort ein Lob entgegenzunehmen, und vielleicht sogar das ein oder andere Geheimnis preiszugeben. Als nur noch der Patissier die Gäste zufrieden stellen musste, verschwand er einfach aus dem schwarz glänzenden Haus im Agnesviertel. Ohne ein Wort des Abschieds. Das tat er sonst nie.
Liliane Barbet sah sich an diesem Abend alles unzählige Male an, was durch ihre grazilen Finger und das heiße Wasser der DV 80.2 gegangen war. Sie wollte nicht, dass Ceri sich ärgern musste, wenn er morgen für die Mittagsgäste seine Kreationen auf ihrem Porzellan platzierte. Sie wollte, dass er glücklich war. Sie wollte sein Gesicht beim Kochen sehen. Den Ausdruck leidenschaftlicher Konzentration, wenn sein Blick trotz Schweiß

und Anstrengung so zärtlich über die exquisiten Zutaten glitt, wenn er behutsam über Filets strich, und Liliane sich wünschte, es wären ihre Hüften.
Doch in den nächsten Wochen bekam sie immer weniger Gelegenheit dazu.
Schweinebauch mit Süßholz, Möhren-Ingwer-Flan, Kaninchenrücken in Muskat-Koriander. Alles kam verunstaltet retour. Es gab keine rote Linie in der Ablehnung. Es ging nicht um Fisch, Ingwer, Nüsse oder exotische Aromen – einfach alles wurde abgelehnt.
Schnell stellte sich heraus, dass es immer derselbe Gast war. Dessen Name kam niemandem bekannt vor. Es handelte sich weder um eine Berühmtheit, noch um einen neidischen Kollegen. Der Mann war kein Kritiker und kein spesenreitender Journalist. Nach Aussagen der Kellner sah er völlig harmlos aus. Liliane hatte nicht nachgesehen. Sie wollte diesen Mann hassen. Ein freundliches Gesicht wäre ihr dabei in die Quere gekommen. So grauenhaft, wie sie sich diese Kreatur vorstellte, konnte kein Mensch aussehen.
Ceri wirkte nach Wochen der Zurückweisung wie ausgeweidet, allen Blutes entleert. Seine Kreationen wurden fahriger, sein fehlendes Selbstbewusstsein versuchte er mit Salz und Pfeffer zu kaschieren.
Der Gästestrom verkümmerte mit der Zeit zu einem Bächlein. Ceri trat nun an keinem Abend mehr vorsichtig von hinten an Liliane, fragte sie mit seiner leisen, höflichen Stimme, wie es ihr gehe, und brachte ihr neue französische Vokabeln bei. Dabei hatte Liliane so kurz davor gestanden, ihn in seiner Sprache nach einem Rendezvous zu fragen. „Avoir rendez-vous avec moi?“ Es klang wie Musik.
Sie übte nun alleine weiter. Vor dem Spiegel. Für den richtigen Augenaufschlag.
Hinauswerfen ließ sich dieser Gast nicht. Er war höflich, sein Trinkgeld mehr als angemessen und er beklagte sich nie. Es habe ihm hervorragend geschmeckt, pflegte zu sagen, er habe

einfach zu wenig Hunger mitgebracht. Der Patron des „L'Emile" spendierte ihm Wein, kürzte die Rechnung, tat alles, um ihn freundlich zu stimmen. Und hungrig. Schließlich strich ihm die Chefin den Brotkorb, ließ die Portionen verkleinern, mischte schließlich gar Appetitanreger in den ausgeschenkten Wein.
Es half alles nichts.
Die Teller kamen gefüllt zurück. Häufig erst nach langer Zeit, wenn die Speisen schon Krusten ansetzten, Speisereste wie Schorf auf Messer und Gabeln lagen, und Liliane schwer schrubben musste.
Kam der fragliche Gast, und dies tat er immer häufiger, verlängerte sich Lilianes Arbeitszeit bis spät in die Nacht. Alles musste sauber sein, bevor sie das „L'Emile" verlassen durfte.
Es fiel ihr stetig schwerer, nach solchen Nächten aufzustehen. Ihr wunderbares, neues Leben fing an, sie zu erdrücken. Dabei hatten die ersten Monate Liliane so gut getan. Endlich war sie ihrer Ehe entronnen, die sie aller Eigenheiten und Interessen beraubt und auf Funktionen beschränkt hatte. Es war ein großes Glück gewesen, dass Ceri sie als Tellerwäscherin akzeptiert hatte. Ohne Ausbildung, mit Mitte vierzig bereits nahe der Unbrauchbarkeit für den Arbeitsmarkt, war dies ihre Chance gewesen. Lilianes neue Wohnung hatte nur ein Zimmer. Doch dieses gehörte ihr. Natürlich hatte sie das Haus eingerichtet, indem sie mit ihrem Mann so viele Jahre verbracht hatte. Doch stets hatte sie das Interieur danach gestaltet, was ihm gefallen mochte. Und seinen Freunden. Sie hatte ihm ein Nest gebaut. Und selbst im Astgewirr gehaust.
Sie würde nicht zurückkehren. Egal wie schlimm es im „L'Emile" noch wurde. Sie würde sich niemals wieder unter sein Regiment begeben. Dann lieber jede Nacht erschöpft und mit aufgequollenen Händen in die Laken sinken. Ohne Zeit, ein Buch zu lesen, ohne Zeit, am Rhein zu flanieren, ohne Zeit für Liebe.
Plötzlich begann der Gast jeden Tag zu erscheinen. Sie nannten ihn mittlerweile „das Schwein". Doch Liliane fand, dass der Name nicht passte. Zwar hinterließ er Spuren wie eine Sau am

Trog, doch die Borstentiere liebten es zu fressen. Es war ihnen egal, womit sie ihre Mägen füllten; Hauptsache, diese fühlten sich danach schwer und warm an. Dieses Schwein jedoch war krank.

Es begab sich am 18. Dezember, Lilianes Geburtstag, dass der Gast Zigarre rauchend bis zwei Uhr früh über seinem Dessert saß, alle paar Minuten eine kleine Gabel nehmend. Er hatte den Kellnern bereits fürstliche Trinkgelder zugesteckt, alle Köche waren nach Hause geeilt und nur eine Bedienung im Restaurant verblieben. Liliane konnte sein Schnarchen bis in die kleine Küche hören.

Die Zeit wurde zäh wie zu lang gebratenes Rückenfleisch.

Liliane griff zum normannischen Seelentröster, trank, tupfte sich Tropfen hinter die Ohrläppchen, rieb damit ihre Hände ein. Sie begannen sogleich nach Calvados zu duften. So gut, dass Liliane mehr trank, auf sich, ihr Leben, und da beides eine Lüge war, trank sie noch mehr.

Plötzlich hörte sie Stimmen aus dem Restaurant.

Aber nicht die des letzten Kellners.

Es wurde gelacht. Zwei Menschen, zwei Männer, sie amüsierten sich.

Liliane lugte aus der Schwingtür, trat dann in dieses verbotene Reich, in das sie mit ihrem schmutzigen Kittel, den Gummihandschuhen und dem dampfgeröteten Gesicht nicht gehörte.

Das Licht war gedimmt, die Vorhänge zugezogen. Hinter dem Tresen stand niemand mehr.

Aber Ceri war wieder da.

Er saß an Tisch neun. Beim letzten Gast, dessen Rücken das Gesicht des Chefkochs verdeckte. Das Dessert „Le petit Tiramisu à la mousse de chocolat et sabayon au café" stand auf dem Tisch. Es war bereits zur Hälfte verspeist.

„Köstlich, einfach köstlich! Ich verstehe gar nicht, wie ich Ihre anderen Kreationen verschmähen konnte." Die kratzige Stimme klang fremd, und doch schien sie einen Kern Vertrautheit zu enthalten.

„Nicht wahr? Was gefällt Ihnen denn besonders?", fragte nun Ceri. Er klang noch süßer als die köstliche Nachspeise.
„Die Sabayon! Ihre Konsistenz! Fast transzendental in ihrer Feinheit! Und neckisch das mit Zitronengrascrème gefüllte Überraschungsei – Sie sind ein Genie."
Liliane war überglücklich. Die Zeit der Leiden war vorbei, für sie und Ceri. Der Gast aß und hatte endlich die Größe der Küche des „L'Emile" begriffen.
Ihre Augen gewöhnten sich an das Dämmerlicht und der Schemen des Fremden gewann Konturen und Details. Das Sakko war sehr elegant, anthrazitfarben, tailliert geschnitten, Kaschmir. Sie hätte es auch ausgewählt für einen Abend im Restaurant.
Ceri winkte ihr fröhlich zu, Liliane ging noch näher, lächelte ihn an.
Der Gast hörte dem Chefkoch aufmerksam zu, kerzengerade, den Kopf leicht nach vorne gesenkt.
Ein kleiner Fleck prangte an der rechten Schulter des Sakkos. Diesen hätte sie fortgebürstet.
„Ich kann gar nicht genug davon bekommen", war jetzt wieder die kratzige Stimme zu hören.
Doch die Worte drangen aus Ceris Mund. Nun nahm er sich die Gabel und aß das Dessert.
„Köstlich, Monsieur Chonnem", sagte Ceri mit verstellter Stimme und vollem Mund. Er bat Liliane am Tisch Platz zu nehmen. „Ich möchte dir einen hochinteressanten Gast vorstellen."
Sie setzte sich. Nun sah sie das Gesicht des Mannes. Der Mund war weit aufgerissen, die Augen ebenfalls, der Blick starr. Aus seiner Brust, in Höhe des Herzens, ragte der Griff eines schweren Brotmessers. Die Klinge musste bis zum Holz des Stuhls reichen, den Toten aufspießend und in der Waagerechten haltend. Blut war über Hemd und Krawatte gespritzt, heruntergeflossen über die Anzughose bis auf den Boden. Nun wusste Liliane, warum ihr das Sakko so gut gefiel. Sie hatte es selbst ausgewählt. Denn der Gast, das Schwein, das kranke, war ihr

Mann. Von dem sie sich scheiden ließ, der sie all die Jahre behandelt hatte wie eine Selbstverständlichkeit, wie eine Köchin, Putzfrau und Hure. Wegen ihr hatte er die Teller so verunstaltet. Nur sie wollte er treffen, Ceri war ein unschuldiges Opfer. Mit jeder besudelten Suppenschale, jedem verkrusteten Löffel hatte er auf sie gespuckt.

Nie wieder würde er ihr Schaden zufügen.

Ceri lachte laut auf. „Es ist so nett, dass Sie all dies sagen! Ich freue mich wirklich darüber, dass dies das beste Dessert ihres Lebens ist."

Liliane strich Ceri sanft über den kahlen Kopf, holte eine Sackkarre und verbrachte ihren dahingeschiedenen Mann zur DV 80.2, wuchtete ihn mitsamt Messer darauf, riss die doppelwandig isolierte sowie reinigungsfreundliche Aluminium-Dampfhaube herunter und schlug auf den roten Knopf, der das heiße Wasser aus unzähligen Düsen schießen ließ. Es traf ihn mit solcher Kraft, als ließe sich dadurch alles abwaschen, nicht nur die letzten Wochen, sondern all die Jahre davor auch. Liliane drückte auch den Schalter für „AktivClean" auf dem Tastflächendisplay. Er sollte rein werden. Keine Fingerabdrücke, Hautschuppen oder Haare sollten auf den armen Ceri hinweisen. Sie war in diesem Moment sehr glücklich, dass die DV 80.2 eine Drucksteigerungspumpe hatte, die das Wasser in scharfen, spitzen Strahlen auf das zu reinigende Objekt schoss. Zu allen Seiten spritzte das Nass heraus, durchtränkte heiß ihre Kleidung, setzte die Küche Land unter, bis der kleine Raum nur noch aus Feuchtigkeit bestand, auf dem Boden und wallend in der Luft. Liliane drang der Schweiß aus allen Poren, und alles um sie herum war mit einem Mal so wunderbar weiß. Wie in Watte. Unschuldig, als sei die Welt noch nicht erstanden. Erst nach der vollen Programmzeit hob sie die Haube. Ihr Mann war nicht sauber geworden, sondern rot glühend wie der Teufel.

Sie begann die Küche sauber zu machen.

Noch niemals hatte es ihr eine solche Freude bereitet, dem Wischmopp beim Vollsaugen zuzuschauen. Sie öffnete die

Fenster weit, ließ den Dampf hinaus in die kalte Luft der Stadt. Sie brachte in dieser Nacht alles zum Blitzen, die DV 80.2 polierte sie bis in die frühen Morgenstunden.

Als sie zurück ins Restaurant trat, saß Ceri immer noch dort und redete mit sich. Doch nun war nur noch seine eigene Stimme zu hören, und sie klang wieder so samtig wie vor den Besuchen ihres Mannes. Ceri war wieder im Reinen mit sich, er war wieder glücklich. Liliane setzte sich neben ihn und schmiegte sich liebevoll an ihn. Auf dem Tisch waren noch einige Blutspritzer, die Liliane fast andächtig wegwischte.

„Avoir rendez-vous avec moi?“

Er wandte sich zu ihr und seine feinen Lippen berührten die ihren. „Qui, mon petit ange.“

Sie würde alles verzehren, was er ihr vorsetzte.

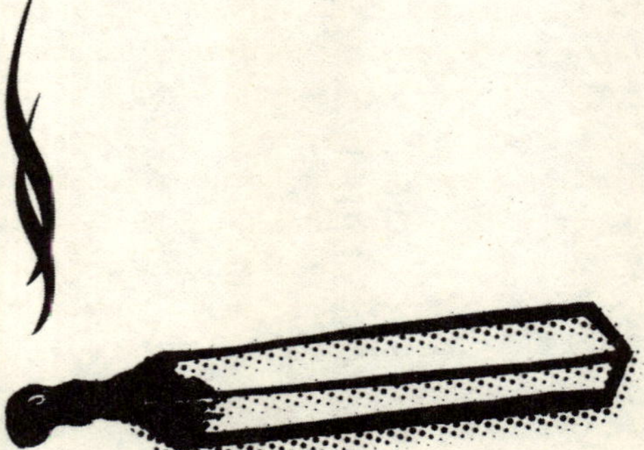

Hartwig Liedtke

Code 3 – Helden vor Gericht

Jeder glotzt mich hier an, als ob ich ein Schwerverbrecher wäre. Ich kann doch nicht permanent auf den Boden starren. Das wäre ein klares Zeichen von Schwäche. Zum Glück dürfen keine Bilder von meinem Gesicht gezeigt werden. In Esch nutzt das leider wenig, da kennt mich jeder. Am liebsten würde ich mich verdrücken. Seit meinem Unfall bin ich immer so groggy. Jetzt ins Kino, das wärs. Cinedom, Mitte sechste Reihe, rechts Popcorn und links ein kaltes Kölsch.

Plötzlich verstummt das Gemurmel im voll besetzten Gerichtssaal, und alle erheben sich von den Plätzen. Richter Raderthal betritt mit Beisitzern und Schöffen den Raum. Da muss ich wohl auch aufstehen.

„Nehmen Sie bitte Platz. Ich hoffe, alle haben die kleine Pause genutzt, um sich zu stärken?" Plötzlich schaut er mir direkt in die Augen. „Sie fühlen sich im Vollbesitz Ihrer geistigen und körperlichen Kräfte?"

Auf so eine blöde Frage antworte ich nicht, sondern nicke nur.

„Dann können wir ja mit Ihrer Vernehmung fortfahren. Wir haben es hier mit schwerer Brandstiftung, Sachbeschädigung und Herbeiführens einer Sprengstoffexplosion zu tun. Sie und die beiden Mitangeklagten Peter Porz und Hubert Höhenhaus, auch genannt Hero, von der Löschgruppe Esch waren in den vergangenen zehn Jahren an mindestens 33 Brandstiftungen mit einem Gesamtschaden von über 15 Millionen Euro beteiligt. Autos, Wohnwagen, Garagen, Scheunen, Tennishallen, Mehrfamilienhäuser. Habe ich irgendwas vergessen?"

„Baumärkte", ergänze ich.

Ein Raunen geht durch den Gerichtssaal, einige kicherten. Eifrig schreiben die Zeitungsleute mit.

„Was haben Sie zu Ihrer Verteidigung zu sagen?"

Ich bin nervös, warte. Nur nicht zu viel sagen. „Esch."

Es entsteht eine lange Pause.

„Esch?", wiederholt der Vorsitzende. „Geht es vielleicht auch ein bisschen ausführlicher?"

„Kennen Sie Esch?"

Raderthal schüttelt den Kopf. „Habe ich etwas verpasst?"

„Nicht wirklich. Unser Dorf ist schön, besteht aber nur aus einem Kreisverkehr. Tote Hose."

„Muss man deswegen gleich den Ort abfackeln?"

„Die meisten Häuser stehen ja noch!" Will der mich verscheißern?

„Fahren Sie fort."

„Deswegen ging ich zur Jugendfeuerwehr. Da passierte was, da ging die Post ab. Das Training und die Übungen haben richtig Spaß gemacht, das war voll cool. Bei den Prüfungen gehörte ich immer zu den Besten. Leider darf man erst ab 18 zu einem richtigen Einsatz."

„Das muss bitter gewesen sein", täuscht der Vorsitzende Mitgefühl vor. „Hat es oft gebrannt?"

„Eben nicht! Wir haben uns jede Woche getroffen, haben gelernt und geschuftet, konnten aber nie zeigen, wie gut wir waren – außer bei den Kölner Stadtmeisterschaften der Freiwilligen Feuerwehren, da waren wir drei Mal die Besten. Aber voll gelaufene Keller oder Sturmschäden, dann mal 'n Autounfall oder ein verbrannter Braten im Ofen, das wars nun wirklich nicht. Das war doch alles Micky Maus, ein Witz."

„Wieso kennen Sie sich mit Feuer so gut aus, wenn es nie brannte?"

„Aus … der Literatur."

„Sie lesen viel?"

„Ja."

„Und was?"

„Den Express."

„Berichten Sie uns doch mal, wie Sie mit der Brandstiftung begonnen haben."
Ich schaue zu meinem Verteidiger rüber. Als der nickt, beginne ich zu erzählen: „Ich war total scharf auf den Baumarkt. Nachts gab es wegen der Hunde keine Chance. So versuchte ich es tagsüber. Stundenlang habe ich mir alle Winkel angeschaut und bin schließlich in der Camping-Abteilung hängen geblieben. Hier gab es jede Menge Gas, Holzkohle, Paletten von Klopapier und bunte Stoffauflagen für Liegestühle. Niemand hat mich beachtet, als ich daraus einen Turm baute. Die dachten, ich gehörte zum Personal. Nachdem ich die Papierrollen in Brand gesteckt hatte, bin ich schnell nach Hause, Feuerwehrklamotten an, und habe auf den Einsatz gewartet. Der totale Flop. Das Feuer ist von alleine ausgegangen. Das ist mir noch zwei Mal passiert. Ich war echt genervt. So einfach brennt es nicht, Brandbeschleuniger und Zündhölzer machen allein noch kein Feuer. Am wichtigsten sind die richtigen Materialien, die gute Mischung ist entscheidend. Etwas Wind oder Zugluft braucht man auch, ohne Sauerstoff läuft gar nichts. Andererseits kann es in geschlossenen Räumen so richtig knallen. Meine Spezialität sind Kellerbrände."
Der Vorsitzende ist irritiert. „Ähm, Sie sind doch am liebsten ein ..."
„Feuerwehrmann!"
„Ich dachte, die löschen."
„Hab ich ja."
„Aber zuerst angezündet."
„Dann gelöscht."
Plötzlich meldet sich mein Verteidiger. „Ich beantrage die Hinzuziehung eines sachverständigen Psychologen!"
„Warum?" will Raderthal wissen.
„Es ist doch offensichtlich, dass mein Mandant psychisch so beeinträchtigt ist, dass er Reichweite und Konsequenz seiner Handlungen nicht realisiert hat und damit nicht schuldfähig ist."

„Was heißt das denn?“, protestiere ich. „Dass ich ein Idiot bin?“

Mein Anwalt beugt sich zu mir rüber und flüstert: „Ich hole Sie hier raus.“

„Ich bin kein Idiot!“, rufe ich laut.

„Offenbar ist Ihr Mandant anderer Meinung.“

„Er weiß eben nicht, was er sagt“, wiegelt mein Verteidiger ab.

„Ich bin kein Idiot. Nehmen Sie das ins Protokoll auf!“

„Sie sind kein Idiot“, wiederholt der Gerichtsschreiber dienstbeflissen.

„Antrag abgelehnt!“, bestimmt Raderthal.

Ich frage meinen Anwalt: „Was heißt das?“

Er leise zu mir: „Dass Sie ein Idiot sind … Idiot!“

Noch ehe ich ihm eine gepfefferte Antwort geben kann, ergreift Richter Raderthal das Wort: „So kommen wir nicht weiter. An dieser Stelle bitte ich den Brandsachverständigen Gernot Schramma in den Zeugenstand.“

Oh Gott, nicht schon wieder so ein langweiliges Gutachten. Das stehe ich nicht durch. Zeit für ein Nickerchen …

Ich zucke zusammen. Jemand hat auf das Autodach geschlagen.

„Ey, du Arsch!“, fahre ich hoch, mein Herz rast. „Ach, du bist es“, beruhige ich mich langsam, als ich meinen Kumpel Peter sehe.

„Musst du mich so erschrecken?“

„Entschuldige! Ich dachte, du hättest mich erwartet.“

Peter öffnet die Seitentür und lässt sich auf den Beifahrersitz fallen. „Wann hat Hubert Code 3 durchgegeben?“

„Ungefähr vor einer dreiviertel Stunde?“ Allmählich beruhigt sich mein Puls.

„Dann lass uns fahren.“

„Nur die Ruhe! Sonst fallen wir auf.“

„Meinst du, die Kollegen ahnen was?“

„Fang doch nicht wieder damit an. Du gehst mir langsam auf den Senkel, du Schisser.“

Peter ist zwar erst 19, aber im Zündeln der Beste. Von allen sieben Jugendlichen, die Hubert und ich ausgebildet haben, ist Peter eindeutig die Nummer eins. Ausgerechnet der kriegt jetzt kalte Füße.

„Irgendwann schnallt doch jeder, dass da was nicht stimmt, dass es in unserer Gegend häufiger brennt als anderswo. Letzte Woche die Tennishalle, vergangenen Monat der Schulpavillon. Hubert und du, ihr könnt den Hals nicht voll kriegen!"

„Darauf seid ihr doch alle scharf, so 'n richtig geiler Einsatz. Also halt die Schnüss!"

„Zum Glück hatten wir noch keinen Personenschaden."

„Weil wir immer aufpassen."

„Du vielleicht. Aber Hubert? Der ist doch immer besoffen. Denk doch an den Wohnwagen! Morgens um fünf wirft der eine brennende Zeitung durchs offene Fenster und guckt nicht vorher, ob da jemand pennt!"

„Reg dich ab!"

„Ich mach da nicht mehr mir!" Er öffnet die Wagentür. „Das wird mir zu heiß!"

Ich packe seinen Arm. „Aussteigen is nich! Das hättste dir früher überlegen müssen. Mach dir nicht ins Hemd. Wenn du erwischt wirst, machst du einen auf Psycho!"

Endlich ist Action angesagt, und der macht hier schlechte Stimmung.

„Ohne mich!" Er will sich losreißen.

Jetzt reichts mir. Ich werde scharf: „Wenn du die Schnauze aufmachst, bring ich dich um! Hast du mich verstanden?"

Bingo. Peter kuscht und schließt die Autotür.

Die Sirene beginnt zu heulen. Fast gleichzeitig tönt ‚Mission Impossible' aus meinem Handy. „Einsatz!", rufe ich. „Hero, wir kommen!"

Tom Cruise startet seinen Golf und lässt die Reifen qualmen. Diese Momente liebe ich. Fünf Minuten später stoppe ich den Wagen gegenüber vom Gerätehaus. Hubert turnt schon rum, stinkt mal wieder nach Alkohol. Zwei Kollegen kommen aus einer Seitenstraße angerannt. Einer trägt noch seinen Jogginganzug mit Helm auf dem Kopf.

„Habt ihr das Bier?", will Hero wissen.

„Reichen drei Kästen?", beruhigt ihn Peter, der sich am Kofferraum meines Wagens zu schaffen macht. „Schön kalt, direkt vom Büdchen."

Hoffentlich hat das keiner mitgekriegt. Die Jungs benehmen sich, als wärs 'ne Übung. Schließlich gibt es Schaulustige.

„In den Mannschaftstransporter damit, dann werden die Flaschen nicht so durchgeschüttelt!"

„Du hast Sorgen!"

Keine 10 Minuten später sitzen wir zu neunt auf dem LF 8/6, dem Löschgruppenfahrzeug der Freiwilligen Feuerwehr Esch, streng nach Sitzordnung. Mit Sonderrechten brettern wir auf die Straße und ziehen in scharfer Linkskurve in südlicher Richtung in die Dämmerung davon. Wenig später folgt das Mannschaftstransportfahrzeug mit dem Rest der Löschgruppe.

„Brand im Keller eines Mehrfamilienhauses", brieft uns Franjo, der Gruppenleiter, „starke Rauchentwicklung, das Haus wird bereits evakuiert. Wir können nicht ausschließen, dass sich noch jemand im Gebäude aufhält."

Siggi steuert unseren feuerroten Siebentonner sicher durch die Straßen im Kölner Norden. Respektvoll stehen Menschen und Autos am Rand und warten brav auf unsere Durchfahrt.

Hubert stößt mir in die Rippen und flüstert mit einer üblen Kölsch-Fahne: „Hab zusätzlich 'ne Gasflasche im Keller deponiert und danach die Tür verriegelt. Das wird richtig knallen."

„Nicht so laut", schimpfe ich leise.

„Reg dich ab", feixt Hero, „wissen doch sowieso alle. Vergiss nicht das Zieh-fix-Gerät!"

Ich verdrehe die Augen. Nur nicht widersprechen, sage ich mir, sonst rastet er noch aus. Im Suff kann Hero unberechenbar sein. Wegen seiner extremen Weitsichtigkeit – ich sage nur: Glasbausteine – darf er nicht mehr im Angriffstrupp mitmischen. Der Amtsarzt hats verboten. Die Degradierung hat ihn schwer getroffen. Seitdem trinkt er wieder mehr. Ein echter Kumpel, immer für alle da.

Am Einsatzort brodelt es. Hero hat nicht zuviel versprochen. Jede Menge Schaulustige, dazwischen ängstliche Menschen mit umgehängten Wolldecken. Bescheuert, wie im Film, und das bei lauschigen 28 Grad. Dunkler Qualm dringt aus Keller- und Flurfenstern des vierstöckigen Gebäudes. Wir sind heiß und brennen darauf, endlich loszulegen. Trotzdem pfeift uns Franjo zurück und erklärt die Lage für unklar. Keiner widerspricht. Unser Gruppenleiter weiß, was er tut. 24 Jahre Berufserfahrung. Zuerst muss er die Gefahrenstelle erkunden. Für unsere Gruppe heißt das, die Wasserversorgung von der Entnahmestelle bis zum Verteiler aufbauen. Ob alkoholisiert oder nüchtern beherrschen wir jeden Handgriff im Schlaf. In null Komma nix sind Angriffstrupp, Wassertrupp und Schlauchtrupp am Verteiler bereit. Wir stehen stramm, nur Hero schwankt.

„Hat hier jemand Pizza bestellt?", brüllt plötzlich jemand durch die Rauchschwaden. Zehn dampfende Kartons überwinden die rot-weißen Absperrbänder und wackeln auf unsere Löschgruppe zu.

„Bist du wahnsinnig!?", schnauzt Siggi den Mann mit der roten Baseballmütze an. „Du hast hier nichts zu suchen! Das ist die Todeszone! Verschwinde!"

„Jetzt mal höösch, höösch!", lässt sich der Pizzaservice nicht aus der Ruhe bringen und stellt die lauwarmen schlappen Lappen ins Löschfahrzeug. „Sonst freut ihr euch doch immer über was für ze müffele."

Ich glaub, ich krieg 'n Föhn. Der meint tatsächlich uns.

„Mensch, du bist viel zu früh!", zischt Hero sauer. „Du solltest doch erst in zwei Stunden liefern, zur Brandwache."

Die rote Baseballmütze setzt sich auf das Trittbrett des Siebentonners und wartet.

Keiner macht Anstalten zu bezahlen. Das ist mal wieder typisch. Bier saufen und Pizza essen wollen, aber beim Bezahlen die Letzten.

Einige Zuschauer lachen schon und machen blöde Witze.

Fluchend verlasse ich meinen Posten beim Angriffstrupp, streife mir die schweren Schutzhandschuhe ab und suche in meinem Sicherheitsanzug nach Geld. Ich zahle mit 'nem Fuffi.

Da kommt Franjo von seiner Erkundung zurück. „Alles klar! An die Arbeit!"

In kurzen Sätzen verteilt er die Aufgaben. Als Angriffstruppführer wiederhole ich seinen Einsatzbefehl. Wir packen zu zweit das Strahlrohr und marschieren in Richtung eiserner Kellertür. Sie ist rot glühend.

„Stehst du sicher?", frage ich meinen Partner.

Er nickt.

„Wasser marsch!"

Ich drehe den Absperrhahn der Spritze auf Vollstrahl. Die Kraft ist gewaltig. Ohne Stützkrümmer hätten wir keine Kontrolle über die Wassermassen. Ein gigantisches Gefühl. „Feuer! Wir kommen!", schreie ich. Ich bin in meinem Element.

Die Flüssigkeit explodiert zu Dampf, sobald sie auf die Kellertür trifft. Es zischt und knallt, ganz wie Hero versprochen hat. Ein toller Sound! Nachdem die Kellertür einigermaßen abgekühlt ist, packe ich das Zieh-fix-Gerät, mein erklärtes Lieblings-Instrument. Es gibt nichts Besseres zum Entfernen von Türzylindern. Ich setze den Stahlbohrer auf …

Schwarz ist alles um mich herum, und still ist es. Ein tiefes Brummen, sonst höre ich nichts, rieche, schmecke und fühle nichts. Ich bestehe nur aus Kopf, einer riesigen hohlen Birne, grenzenlos, wie ein Himmel ohne Sterne. Links oben schimmert ein blaues Licht. Es ist schön hier. Ich genieße meinen Zustand. Aus dem Universum tauchen Bilder auf. Verschwommen erkenne ich zunächst eine weite Ebene mit verdorrtem Gras, Kühe, den Rhein, gekachelte Häuser, den Dom, das Schokoladenmuseum …

Von weit, weit weg höre ich meinen Namen. Jemand ruft mich. Schon wieder. Wer weiß denn, dass ich hier bin? Ich hab keinem was erzählt.

„Ich gehe fest davon aus, dass Sie nicht geschlafen haben!", stellt der Vorsitzende unmissverständlich klar.

„Das wäre ein Revisionsgrund", flüstert mein Verteidiger mir ins Ohr, „dann müsste der gesamte Prozess wiederholt werden."

Ich blicke nicht durch. Ich strecke und recke mich, schaue in die Runde. Aller Augen sind auf mich gerichtet. Im Nu schießt mir das Blut in den Schädel, die Schläfen pochen. Ich stammele halblaut: „Entschuldigung, kommt nicht wieder vor. Seit meiner Gehirnerschütterung könnte ich immer pennen."

Richter Raderthal schüttelt den Kopf. „An Ihrer Stelle wäre ich ein bisschen aufmerksamer, wenn die Gutachter Stellung nehmen. Schließlich geht es um Ihre Zukunft."

Ich bin in Schweiß gebadet. Ich will hier raus. Ein Blick auf die beiden Mitangeklagten Hero und Peter, die zusammengesunken und zerknirscht Reue heucheln, genügt, um mir klar zu machen, dass es kein Entkommen gibt.

„Ich gehe davon aus, dass Sie sich zu den Ausführungen des Gutachters äußern möchten?"

Raderthal nervt.

„Weiß nicht. Was genau wollen Sie wissen?"

„Zum Beispiel, was Sie dazu getrieben hat, mit Ihren Zündelkumpanen in zehn Jahren 15 Millionen Euro zu verbrennen?"

Ich muss nachdenken. Jetzt muss ich clever sein. Nur keine Fehler. Cool bleiben. Souverän. Ich hänge mit einer Hand an der Klippe, wie Tom Cruise. Dem ist auch nichts passiert. Wie gings da eigentlich weiter? Ach ja, sein Handy klingelte …

„Wir warten", hakt der Vorsitzende unerbittlich nach. „Wie wäre es mit ein paar klärenden Worten?"

„Wie war noch mal die Frage?"

„Sie sehen doch die schwierige Situation, in der sich mein Mandant befindet", springt mein Anwalt mir endlich zur Seite. Das wurde auch Zeit. Schließlich kriegt er dafür Kohle. „Für diese Taten gibt es keine vernünftige Erklärung. Sie suchen vergeblich nach einer Motivation. Sie haben doch den psychiatrischen Gutachter gehört. Das schwierige Verhältnis zwischen Vater und Sohn hat entscheidend zur Fehlentwicklung dieses Jungen beigetragen. Das sind keine Verbrechen, das ist das Werk eines armen Kindes."

Redet der über mich? Wäre Hero, das Arschloch, nicht dabei beobachtet worden, wie er die Gasflasche im Keller deponiert und später den eifrigen Feuerwehrmann gespielt hatte, säße ich heute nicht hier.

Raderthal lacht kurz auf, aber schlagartig verdüstert sich seine Miene. „Das sind keine Bagatellen, über die wir hier zu Gericht sitzen. Hier geht es um gefährliche Brandstiftung mit Sachbeschädigung in Millionenhöhe. Garagen, Autos, Wohnwagen, Schulpavillons, Scheunen, Tennishallen, Häuser. Habe ich was vergessen?"

„Baumärkte", helfe ich seinem Gedächtnis wieder auf die Sprünge.

„Das ist kein dummer Jungenstreich!", schimpft Raderthal wütend. „Das ist kriminelles Verhalten. Die drei Angeklagten sind die Drahtzieher. Sie gehören bestraft nach dem Buchstaben des Gesetzes!"

Hoppla, Raderthal macht einen auf Richter Gnadenlos, spielt sich vor der Presse auf. Die haben ja keine Ahnung. Wir sind doch nur die Sündenböcke. Seien wir doch mal ehrlich: Alle haben es geahnt! Alle waren dabei, und alle haben die Action genossen. Aber man kann schlecht zig Familienväter vor Gericht stellen. Halb Esch würde in den Knast wandern, und die Familien würden der Stadt auf der Tasche liegen. Hero, Peter und ich haben keine Kinder. Deshalb erwischt es uns. Hauptsache, wir plaudern nicht.

Plötzlich zieht mein Verteidiger den letzten Trumpf: „Die Kellertür!"

„Wovon reden Sie?", will Raderthal wissen.

„Ich möchte an die schwere Explosion erinnern, bei der meinem Mandanten die Kellertür an den Kopf geflogen ist. Das Schädel-Hirn-Trauma hat ihn von Grund auf verändert: Aus dem Kind wurde ein Mann!"

„Stimmt!", breche ich mein Schweigen, „der Volltreffer hat mein Leben verändert!"
Der Verteidiger leise: „Halten Sie den Mund!"
Raderthal fragt ungläubig nach: „Soll das heißen, dass der Schlag gegen den Kopf ihm die Augen geöffnet hat?"
„Zuerst geschlossen", korrigiere ich ihn.
„In Gottes Namen: Halten Sie die Klappe", zischt mir mein Verteidiger ins Ohr, und laut zum Richter: „Der Schock hat ihn zum Nachdenken gebracht. Er bereut alles. Er weiß nicht, wie dass alles kommen konnte. Er war unreif – jetzt ist er erwachsen. Ich beantrage die Verurteilung nach Jugendstrafrecht."
„Er ist 25 Jahre!", bemerkt Raderthal kopfschüttelnd.
„Das ist nur eine Zahl. In Wirklichkeit ist er immer der dumme Junge geblieben, der er war."
„Ich bin nicht dumm!"
Wieder beugt sich mein Verteidiger zu mir und flüstert kaum hörbar: „Ich schwöre, dass ich Ihren Kopf in eine Tür klemme und sie zuschlage, wenn Sie jetzt nicht den Mund halten!"
Der Vorsitzende nickt: „Möchten Sie noch etwas sagen?"
Mit zusammengepressten Lippen schüttle ich den Kopf. Mein Anwalt atmet auf.
„Ich höre keine Einwände." Raderthal erhebt sich. „Das Gericht zieht sich zur Urteilsfindung zurück."

Ein Stunde später kommt Richter Raderthal mit seiner Combo zurück. Gleiches Ritual: Gemurmel verstummt, Aufstehen, Setzen.
„Im Namen des Volkes ergeht folgendes Urteil: Peter Porz bekommt als Jugendlicher wegen Beihilfe zur Brandstiftung eine zweijährige Haftstrafe. Diese Strafe wird zur Bewährung ausgesetzt.
Hubert Höhenhaus wird wegen schwerer Brandstiftung, Sachbeschädigung und Herbeiführens einer Sprengstoffexplosion zu sechseinhalb Jahren Haft verurteilt.
Boris Bilderstöckchen erhält eine Jugendstrafe von viereinhalb

Jahren. Trotz seiner 25 Jahre wendet das Gericht Jugendstrafe an, da die Wurzeln für die Brandstiftungen in seiner Jugend zu suchen sind. Wird auf Rechtsmittel verzichtet?" Der Richter hält einen Moment inne. „Ich höre und sehe keinen Widerspruch. Damit werden die Haftbefehle mit sofortiger Wirkung aufgehoben. Die Angeklagten befinden sich auf freiem Fuß. Wenn sie in der Zukunft nachweisen können, einer geregelten Arbeit nachzugehen und auch sonst den Auflagen des Gerichts zu folgen, dann kommen sie nach den Richtlinien des Strafvollzugsgesetzes in den offenen Vollzug."

„Tschacka!" Ich springe auf, bedanke mit mich bei meinem Anwalt und umarme ihn: „Wir haben gewonnen!"

Habe ich mich verhört, oder hat er gerade gesagt: Idiot?

Gisbert Haefs

Die Vorzüge des Baggerns

Ein Heim aus Schwertern und Wind, im Norden (Catull)

Ein zugiger Keller in Köln, in der Südstadt (B. Matzbach)

Vor ein paar Tagen war versucht worden, ins geräumte Antiquariat einzubrechen. Nachbarn hatten etwas gehört und die Polizei alarmiert. Als diese eintraf, waren die Schandbuben bereits verschwunden, besiegt von den massiven Stahlgittern, die ein früherer Ladeninhaber – Juwelier – vor etwa fünfzehn Jahren hatte anbringen lassen. Matzbach führte mehrere Telefonate, denen er interessante Dinge aus dem Vorleben des Hauses entnahm, und erhielt den überraschenden Anruf eines potentiellen Interessenten für den Laden. Eine Inspektion der geringen Einbruchschäden schob er bis zum Tag der Verabredung auf.

Nachdem er einen Parkplatz für seine DS gefunden hatte, suchte er sich einen Weg durch die ebenso labyrinthische wie laute Großbaustelle Bonner Straße/Chlodwigplatz. Vor dem weiland Antiquariat blieb er stehen, rümpfte die Nase und betrachtete die nicht sonderlich beeindruckenden Spuren, die Bohr- und Brechversuche hinterlassen hatten: kaum Verbiegungen, nur ein paar Kratzer in der Farbe.

„Sieht scheel aus", murmelte er; „vielleicht ist es ja Scheellack."

Er schloss die Tür aus Stahl und Panzerglas auf, betrat die leeren Räume und betätigte die Schalter, um den Schutzwall vor den Fenstern hoch zu rollen.

Von draußen drang ein Schwall unarrangierten Lärms ins Haus. Baltasar seufzte und warf einen Blick zurück zur offenen Tür. Aus der Jacke zog er ein paar gefaltete Papiere und legte sie samt

einem Kugelschreiber in die Schublade des einsamen Tischs. Er ging nach hinten, verschloss die Abstellkammer und steckte den Schlüssel ein.
Danach begab er sich in den Hausflur und schloss die Stahltür zur Kellertreppe auf. Aus der linken Außentasche seiner Jacke nahm er den Holzkeil, an dem er einen langen grauen Faden befestigt hatte, und schob ihn unter die Tür, um sie offen zu halten. Den Faden legte er so, dass man ihn weder sehen noch mit den Füßen an ihm hängenbleiben konnten, und führte ihn bis neben den Schnellkocher in der kleinen Küche.
Etwa eine Viertelstunde, nachdem er das betrübliche Vakuum betreten hatte, erschienen die beiden Herren. Einer trug einen grauen Anzug und weißes Hemd, aber keine Krawatte, der andere hielt einen großen Werkzeugkoffer in der Rechten und hatte sich in etwas gewickelt, was ein Overall oder ein Ganzkörperklo sein mochte. Matzbach entschied sich für ersteres und verschob Spekulationen über letzteres auf später. Beide Männer waren mittelgroß und sahen so durchschnittlich aus, dass Baltasar ziemlich sicher war, dass er sich später nicht einmal würde erinnern können, sie je vergessen zu haben.
„Ihre Pünktlichkeit entzückt mich." Matzbach deutete eine Verneigung an.
Einer der beiden lächelte, der andere nickte.
„Die Herren Müller und Schmitz?" Matzbach schloss einen Moment die Augen. „Falls ich mir diese ausgefallenen Namen richtig gemerkt habe."
„Haben Sie." Der mit dem Anzug und dem erlöschenden Lächeln wies auf den Inhalt des Overalls. „Das ist Herr Schmitz."
„Wenn ich die verfügbaren Möglichkeiten erwäge, erkühne ich mich zu der Mutmaßung, dass Sie Herr Müller sein müssten."
Schmitz knurrte etwas. Er sah sich um, als wolle er den Stauraum in den leeren Regalen berechnen; möglicherweise in Kubikdezimetern.
Müller sagte: „Sie haben also hier ein Antiquariat betrieben?"
Matzbach seufzte. „›Betrieben‹ scheint mir als Wort zumindest

für die letzte Zeit exzessiv. Ein alter Freund und ich haben vor Jahren die Räumlichkeiten hier gemietet und überzählige Bücher hineingestellt. Der Kumpel hat sich nun mit seiner Konkubine in die Karibik abgesetzt und mich mit den Büchern und dem Laden zurückgelassen. Es ist mir gelungen, die Bücher mit Verlust loszuschlagen; bleibt der Laden, für den ich keine Verwendung mehr habe. Und da jährliche Kündigung vereinbart war, zöge ich sinnloser Mietzahlung von März bis Dezember einen Nachmieter entschieden vor."

„Was gehört alles dazu?"

Matzbach deutete ungefähr nach hinten und nach unten. „Dieser große Raum und ein kleinerer, Klo und Küche, eine Abstellkammer, der Flur, den der Rest des Hauses ebenfalls benutzt, und drei Kellerräume."

Ein dumpfes Rumpeln kam von irgendwo, allgemein Richtung Erdmittelpunkt, schien Matzbachs Schuhsohlen zu sondieren, rüttelte an den Regalen und schwand.

„Die Bauarbeiten", sagte Matzbach, „die Aushöhlung des Käses namens Südstadt. Aber das wissen Sie ja."

„Kann man sich mal umsehen?" Schmitz blickte vorbei an Matzbach zu den hinteren Räumen; dabei kratzte er den Overall dort, wo einige Schichten tiefer der Nabel sitzen musste.

„Wenn die Herren mir folgen mögen?"

Matzbach ging voran, öffnete Türen, drehte Wasserhähne auf und zu, führte die beiden durch den Flur zur Treppe in den Keller und schloss die drei Räume auf. Sie waren ebenso leer wie die Regale des Ladens.

„Wenn Sie nun sagen wollten, dass man hier vom Boden essen kann, müsste ich Ihnen mitteilen, dass ich gewöhnlich Teller verwende", sagte Matzbach.

Schmitz und Müller wechselten Blicke; Müller berührte Matzbachs Arm. „Kommen Sie", sagte er, „gehen wir nach oben und bereden die Einzelheiten. Mein Kollege würde hier gern alles genauer ausmessen, aber dabei müssen wir ihm ja nicht zusehen."

Matzbach runzelte die Stirn, als Schmitz den Werkzeugkoffer absetzte und aus einer der Seitentaschen der Montur einen Zollstock zog.
„Wollen Sie hier unten eine Sauna einbauen oder derlei?"
„So ähnlich", sagte Müller; er wandte sich zur Treppe.
„Wie ›so ähnlich‹?"
„Ach, kommen Sie, ich erzähls Ihnen beim Verhandeln. Und … hätten Sie vielleicht ein Wasser oder so?"
„Darf's auch Kaffee sein? Ich wollte gerade welchen kochen."
Müller folgte ihm treppauf; dabei sagte er mit einem leichten Seufzer: „Ach nein, lieber keinen Kaffee – Nervengifte, wissen Sie."
„Weiß ich nicht. Aber Wasser können Sie kriegen."
In der Küche gab Matzbach ihm ein Glas und die Flasche Mineralwasser aus dem Kühlschrank. Während er den Schnellkocher füllte und handgemahlenen Kaffee in die Emaillekanne löffelte, hörte er Müller durch die beiden leeren Räume gehen und an der Tür der Abstellkammer rütteln.
„Den Schlüssel haben wir verschusselt", sagte Matzbach, ohne sich umzudrehen. „So einer müsste aber leicht zu beschaffen sein."
Müller schien am Schloss herumzufummeln; schließlich sagte er: „Blockiert. Oder der Schlüssel steckt von innen. Kann das sein?"
Matzbach schnaubte. „Eines der Kölner Heinzelmännchen wahrscheinlich. Ein Hausgeist. Oder der Unhold, der die Aufsicht über die Baggerei hat."
„Meinen Sie den?"
Das Haus schien ein wenig zu erschauern, als draußen eine Maschine brüllte und gleichzeitig eine andere (oder die gleiche) auf dem herumtrampelte, was in der Bonner Straße noch von der alten Asphaltdecke übrig war.
„Zum Beispiel, ja." Matzbach goss das kochende Wasser in die Kanne und ging zur Ladentür. Zehn Meter weiter links, an der Ecke zur Bonner Straße, hockte etwas, das aussah wie eine

Kreuzung aus Bagger und Schildkröte.
„Alles zappelt", knurrte er. „Gepriesen seien die Planer ob ihres prächtigen Reichtums an Einfällen." Er ging zurück zur Küche. Müller hatte die Flasche auf den Ikea-Tisch gestellt, notdürftiger Nachfolger des Louis-XV-Sekretärs, der lange Podest der selten satten Kasse des Antiquariats gewesen war.
„Was finden Sie denn so prächtig?"
„Dass hier seit Jahren gebuddelt wird. Bis in die Fundamente der Häuser, und alles für eine neue U-Bahn-Linie, die keiner will, weil alle lieber oberirdisch Straßenbahn fahren."
„Wollen wir uns setzen?"
Matzbach hob die Mineralwasserflasche, verschob den Tisch ein wenig, setzte die Flasche wieder hin und ließ sich auf den Stuhl nahe der Wand sinken. Von dort hatte er den Durchgang zur Küche und zum Flur ebenso im Blick wie die Tür der Abstellkammer.
„Nehmen Sie doch bitte Platz, Monsieur."
Müller setzte sich, stellte sein halbleeres Glas neben die Flasche und faltete die Hände auf dem Tisch. „Reden wir von den Konditionen."
„Die habe ich Ihnen doch schon am Telefon genannt."
Müller spitzte den Mund. „Ja, aber ... Wissen Sie, ich hoffe, dass Sie noch ein bisschen nachgeben. Beziehungsweise den Besitzer dazu bringen. Immerhin, bei dem, was wir hier vorhaben, wäre es beinahe eine gute Tat."
„Was denn? Ein Wettbüro? Tabakladen? Fixertreff?" Matzbach grinste.
„Ach, lassen Sie doch diesen billigen Zynismus." Müller beugte sich vor und blickte ihn eindringlich an. „Ein hübsches kleines vegetarisches Restaurant, natürlich rauchfrei, behaglich eingerichtet und mit Zeitschriften und Büchern – Sie sehen, wir werden uns gar nicht weit vom Antiquariat entfernen – für die besondere Kundschaft."
„Lassen Sie mich raten", sagte Matzbach. „Die Vegetarier unter den progressiven Pädagogen, die seit Jahren das Viertel verhee-

ren?“
Müller schüttelte den Kopf. „Einige von denen werden wohl auch kommen, aber – nein, das ist nicht die Zielgruppe. Falls es so eine gibt. Eigentlich sind es mehrere. Schwule, Lesben und andere diskriminierte Minderheiten.“
Matzbach hob die Brauen. „Rauchende Zigeuner? Neger, die korrekte Konjunktive verwenden? Juden, die Heinrich Heines Gedanken über die Vorzüge der Mettwürste billigen?“
„Ich glaube, Sie nehmen mich nicht ernst.“
„Ich muss mich entschuldigen. Ich hatte vergessen, dass … Nichtrauchende Zigeuner? Zigeunernde Nichtraucher?“ Er stand auf, ging um den Tisch herum und klopfte Müller auf die Schulter. „Moment, ich bin sofort wieder da.“
„Wohin wollen Sie?“
„Ich lechze nach Kaffee.“ Matzbach ging in die Küche. Dort rührte er mit einem langen Löffel in der Emaillekanne, damit der Kaffeesatz sacken konnte. Er tat Milch und Zucker in einen großen Becher und goss durch ein Teesieb Kaffee dazu. Dann öffnete er mit der Linken eine Schublade, zupfte mit der Rechten an dem grauen Faden, hörte das leise Klicken, mit dem sich die Tür zur Kellertreppe schloss, entnahm der Schublade einen neuen Löffel und ging rührend zurück zum Tisch.
„Und Sie wollen das wirklich trinken?“ Müller rümpfte die Nase.
„Mit Wonne, und dabei will ich mich noch einer anderen Delikatesse ergötzen.“ Er setzte sich. Aus der Schublade nahm er einen Aschenbecher und einen Zigarrenschneider, und aus der Innentasche seiner Jacke zog er eine Macanudo hervor.
„Dieses ökologisch einwandfreie Erzeugnis des karibischen Teils der Dritten Welt muss man zu allgemeinem Nutzen behutsam kastrieren … und sodann über der Streichholzflamme ein wenig drehen … ehe man den ersten Mund voll Lust nimmt. Gewissermaßen eine orale Ersatzhandlung, aber keineswegs zu unterschätzen.“
Müller bewegte beide Hände wie Dreschflegel, um die Wolke

zu verwirbeln, die Matzbach seufzend ausgestoßen hatte. „Widerlich!", ächzte er. „Müssen …"
Matzbach hob die Hand. „Um Vergeblichkeit, Herr Gedönsrat, aber ich möchte Ihnen eine kleine Geschichte erzählen. Sie wird nicht lange dauern, aber für beide Seiten, den Lauschenden wie den Erzählenden, mag sie allerlei Erheiterung bergen."
Müller verzog das Gesicht, trank einen Schluck Wasser, knallte das Glas auf den Tisch und schob die rechte Hand in die Jackentasche. „Da bin ich aber gespannt."
Baltasar lehnte sich zurück und ließ lange Rauchschlieren zur Decke steigen. Draußen, auf der Hauptstraße an der Ecke, nutzten mehrere Maschinen die Redepause, um nachdrücklich zu randalieren, und aus dem Keller war dumpfes Gerumpel zu hören.
„Vorige Woche", sagte Matzbach, als spräche er zu seiner Zigarre, „wurden die Anwohner darauf vorbereitet, dass ab heute einige stabilisierende Nebenbohrungen vorgenommen würden, die bis unter die Keller einiger Häuser reichen könnten. Es stund dies auch zu Frommen der des Lesens Kundigen in sämtlichen Gazetten dieser ehrwürdigen und heiligen Stadt. Zwei Tage später rief mich jemand an, verwies auf die seit Wochen, ach was, seit Monaten von nämlichen Gazetten verbreitete Annonce, der zufolge in der von Bau und Lärm betroffenen Gegend ein Ladenlokal samt Kellerräumen zu vermieten sei."
Müller bewegte die Hand in der Jackentasche. „Geht das noch lange so weiter?"
„Es währt, so lange es dauert, und es dauert mich, solange es dies wert ist. Also sputen wir uns nicht allzu sehr. Der Anrufer behauptete, an dem Laden brennend interessiert zu sein."
Müller nickte.
„Bis zum Beginn des ärgsten Lärms blieb noch fast eine Woche, aber der Herr Anrufer wollte sich unbedingt am Tag der schlimmen Randale einstellen. Nicht nur das; er behauptete auch noch, sein Name sei Müller, und er werde zusammen mit einem Herrn Schmitz vorbeikommen."

Müller setzte eine Art Lächeln auf. „Was er getan hat."

„Hätte er gesagt, Müller und Seidelbast oder Hagelgans und Schmitz oder derlei, wäre ich vermutlich – naiv, wie ich nun einmal bin – nicht auf böse Gedanken gekommen. Aber Müller und Schmitz? Zu viel. Und Herr Müller behauptete, von auswärts zu kommen und nicht eher als heute zu können; dabei verriet mir das nette kleine Schaufenster des Telefons, dass er aus Köln anrief."

„Und da Sie nicht nur ein erfolgloser Antiquar, sondern auch ein unbedeutender Privatdetektiv ..."

„Hobbydetektiv, bitte sehr", sagte Matzbach.

„Meinetwegen. Jedenfalls haben Sie angefangen zu forschen, nicht wahr?" Er zog die Hand aus der Tasche und richtete den Lauf einer Pistole auf Matzbach. „Lassen Sie hören, was dabei herausgekommen ist."

Matzbach betrachtete die Mündung des Laufs und sah, dass die Hand des Mannes ein wenig zitterte. Er schob die Unterlippe vor und sagte weinerlich: „Hören Sie, ich bin ein müder alter Mann. Sie wollen mich doch nicht ein Jahr vor meinen siebzigsten erschießen?"

„Ihr Geburtstag interessiert mich nicht. Und welcher Pazifist schießt schon gern? Also los, spucken Sies aus!"

„Auch noch Pazifist!" Matzbach wackelte mit den Ohren. „Grün, Vegetarier und politisch korrekt reichen nicht?"

„Sie haben den Antiraucher vergessen. Machen Sie die Zigarre aus!"

Matzbach legte die Macanudo in den Aschenbecher. „Die geht von selbst aus." Er lehnte sich wieder zurück und faltete die Hände hinter dem Kopf.

„Ihre Forschungen, bitte!"

„Tja. Vor etwa dreißig Jahren gehörte das ganze Haus einer Familie Becker, und das hier war ein Lebensmittelladen. Es gab einen Sohn, Peter – vermutlich Pitter, wie? Damals um die zwanzig, müsste heute Ihr Alter haben. Oder das vom Kollegen Schmitz, dem Kellerkind."

Müller hob die Brauen. „Pit Becker ist verschollen. Reden Sie weiter."

„Nicht viel zu reden. Der Vater ist krank geworden und gestorben, die Mutter ist bald danach verschwunden. Der Sohn hat alles geerbt und verkauft. Die Nachbarn sagten, er habe sich mit der Mutter nicht verstanden. Er sagte, die Mutter sei nach dem Tod des Vaters schwermütig geworden und habe mehrmals verkündet, sie werde ins Wasser gehen. Der Rhein ist zwar nicht trinkbar, aber er ist nicht weit weg."

„Und?"

„Tja, nix und. Die Mutter blieb verschollen, eine Leiche hat man nie gefunden. Und der Sohn ist seitdem futsch."

Müller verzog den Mund zu einem schiefen Grinsen. „Und das ist alles?"

„Nö."

Als Matzbach nicht weitersprach, sagte Müller: „Was denn noch? Los, machen Sie schon; wir haben nicht ewig Zeit." Er bewegte die Pistole.

„Also", sagte Matzbach. „Von der Mutter, habe ich gehört, hat die Polizei damals ein paar Dinge aufgehoben. Zahnärztliche Unterlagen, um das Gebiss zu identifizieren, falls ein Schädel irgendwo auftaucht. Eine Bürste mit Haaren, vielleicht ein Taschentuch mit Rotz, derlei – wahrscheinlich genug, um bei Knochenfunden die DNS zu vergleichen."

Müller kaute auf der Unterlippe, sagte aber nichts.

„Die Häuser hier sind älter, im Krieg zwar größtenteils zerstört worden, aber man hat auf den erhaltenen Fundamenten, Kellern, Untergeschossen neu aufgebaut. Oder einfach repariert."

Müller stöhnte. „Geht das nicht schneller? Was ist mit dem Neubauen und Reparieren?"

„Ganz früher", sagte Matzbach, „spätes Mittelalter oder so, gabs hier schon mal Häuser. Sogar mit Kellern. Die sind alle irgendwann eingestürzt, und man hat später auf den eingeebneten Trümmern weitergemacht. Unter den heutigen Kellern sind Reste von Uralt-Kellern, teilweise mit … na ja, Zugang zu alten

und neuen Kanalisationssystemen. Im Zweiten Weltkrieg als Luftschutzbunker genutzt. Damals konnte man gewissermaßen durch den Untergrund von einem Haus ins andere gelangen."
Müller hieb mit der Linken auf den Tisch. „Jetzt lassen Sie sich doch nicht die Würmer einzeln aus der Nase ziehen!"
„In meiner Nase sind keine Würmer. Jedenfalls keine, von denen ich wüsste."
Müller zeigte die Zähne. „Weiter, Mann!"
„Was haben Sie eigentlich mit mir vor?"
„Fesseln, knebeln, liegen lassen. Wenn Sie Glück haben, findet Sie jemand. Wenn Sie Pech haben und mir weiter so auf die Nerven gehen …" Er bewegte wieder den Lauf.
„Na gut." Matzbach seufzte. „Also weiter. Der Rest ist simpel. Bei den Mitteilungen an die Anwohner wurde darauf hingewiesen, dass diese uralten Unter-Unterkeller in die Bohrungen und Wühlungen einbezogen würden. Teil der großen Renovierung und Erneuerung der Kanäle und Gasleitungen und was nicht noch alles. Sie seien nach dem Krieg alle, sagen wir, versiegelt worden, aber man solle doch zur Sicherheit noch einmal nachsehen. Wahrscheinlich, damit nicht eine Springflut kölscher Ratten von unten in die Häuser schwappt."
Müller kniff die Augen zusammen. „Und? Haben Sie nachgesehen?"
„Nur oberflächlich. Ich habe keine Knochen gesucht, nur festgestellt, dass der alte Zugang in dem Kellerraum war, in dem Ihr Kollege Schmitz gerade mit Zollstock und Bohrer zugange ist. Was man wegen des Baulärms draußen nicht hört. Dann habe ich die paar Dinge zusammengezählt – Ihre blöden Pseudonyme, den Termin ausgerechnet heute, die Bereitwilligkeit, den Preis ohne Feilschen zu zahlen, die verschwundene Mutter. Und einen blöden Einbruchsversuch vor ein paar Tagen."
„Und dann haben Sie sich was ganz Tolles gedacht, oder?"
„Ja. Zum Beispiel, dass ich, wenn ich da wen versteckt hätte und jetzt großes Baggern und Wühlen angesagt wäre, ganz schnell nachschauen würde, ob ich Spuren zu beseitigen habe. Knochen,

zum Beispiel. Dass ich versuchen würde, irgendwie ins Haus zu kommen, zum Beispiel als Einbrecher; und für alle Fälle, falls das nicht klappt, könnte man ja noch einen Besichtigungstermin vereinbaren. Mit Hintergedanken."

„Und Sie haben sich trotzdem auf alles eingelassen?"

Matzbach nickte. „Und gewisse Vorkehrungen getroffen. Mit Hintergedanken. Was Sie nicht überraschen sollte."

Müller starrte ihn mit aufgerissenen Augen an. „Was für Vorkehrungen?"

Matzbach schaute demonstrativ an ihm vorbei zur Tür der Abstellkammer. Zugleich spannte er die Beinmuskeln.

„Zum Beispiel einen Mann im Keller postiert, der inzwischen Ihren Kumpel Schmitz dort eingesperrt hat."

„Das wird Ihnen hier oben nicht viel helfen." Müller bleckte die Zähne. „Ich werde Sie jetzt ein bisschen über den Haufen schießen, Schmitz rausholen und alles … aufräumen."

„Ich habe auch", sagte Matzbach betont beiläufig, „Schloss und Angeln der Abstellkammertür geölt, damit nichts quietscht. Sie sollten sich mal umsehen; da kommt gerade mein alter Freund Freddy heraus. Er ist kräftig gebaut, wissen Sie, Rausschmeißer in einem Puff hier in der Nähe."

„Blöder Trick", sagte Müller.

„Meinen Sie?"

„Ich soll mich jetzt bloß umschauen und Sie aus den Augen lassen. Und Sie meinen …"

Matzbach grinste. „Wie Sie wollen. Schnapp ihn dir, Freddy."

Müller fuhr herum. Matzbach hob den leichten Tisch an, warf ihn gegen seinen Besucher, sprang auf, stürzte sich auf den mit seinem Stuhl kippenden Müller und entriss ihm die Pistole.

„Ein Jammer um den Kaffee und die Macanudo", sagte er. „Die schöne Stahltür zum Keller ist zu, falls Sie sich da Hoffnungen machen. Sie, Monsieur, werden jetzt Tisch und Stuhl neu arrangieren, sich hinsetzen und die Händchen auf der Tischplatte falten."

Müller gehorchte wortlos.

Matzbach hielt die Pistole auf ihn gerichtet. Mit der Linken öffnete er die Schublade, holte einen vorbereiteten Mietvertrag und einen Kugelschreiber heraus und legte sie auf den Tisch.

„Wissen Sie", sagte er, „ich bin kein besonders gesetzestreuer Bürger. Ihre Mutter wird nicht mehr lebendig, ich will den Laden loswerden, und Sie können als neuer Mieter viel besser Spuren beseitigen. Füllen Sie das bitte mit Ihrem richtigen Namen aus, Adresse und so weiter, und unterschreiben Sie. Danach werde ich den Besitzer anrufen und herbitten."

„Aber ...", sagte Müller.

„Ich kann auch unsere Freunde und Helfer anrufen."

Müller stöhnte, biss sich auf die Unterlippe, nahm den Kuli und machte sich über den Vertrag her.

Matzbach wartete, bis Müller alles ausgefüllt und unterschrieben hatte. „Lassen Sie mal sehen", sagte er dann. Er überflog die mühsam lesbaren Angaben und grunzte leise.

„Von Peter Becker zu Paul Müller? Na ja, nicht besonders einfallsreich. Jetzt muss ich mich natürlich darauf verlassen, dass alles stimmt – Adresse, Bankverbindung und so weiter."

Müller runzelte die Stirn. „Ja, natürlich stimmt alles; wollen Sie meinen Ausweis sehen?"

„Auf dem natürlich Ihre Bankverbindung steht, wie? Und die Zusicherung, nicht unmittelbar nach Verlassen des Hauses den Vertrag zu widerrufen."

„Also, ein bisschen Vertrauen sollte schon möglich sein, unter uns. Immerhin haben Sie ja was gegen mich in der Hand."

„Nur, bis ich Sie aus meiner Obhut entlasse. Aber – tja, Vertrauen ist was Schönes, und davon sollte es unter den Menschen mehr geben. Vor allem unter uns Gaunern."

„Finde ich auch. Wollen wir jetzt den Kumpel aus dem Keller holen? Ist da wirklich einer, der ihn eingesperrt hat?"

„Die Tür hat sich geschlossen."

„Dann sollten wir sie öffnen." Müller schickte sich an aufzustehen.

„Andererseits", sagte Baltasar langsam, „haben Sie mehr Strafe verdient, als dieser Mietvertrag darstellt."

Müller setzte sich wieder. „Was kommt jetzt noch?"

„Das. Sie sind ein bisschen blöd, Mann. Statt sich die Zähne an den stählernen Hinterlassenschaften des Juweliers auszubeißen – der war nach Ihrer Zeit hier, oder? –, hätten Sie in eines der Nachbarhäuser einbrechen können. Um von da, von Unterkeller zu Unterkeller, Ihre Spurensuche zu betreiben. Wie gesagt: Früher konnte man im ganzen Viertel von unten in die Häuser."

Müller presste die Lippen zu einem dünnen Strich.

„Aber das ist nicht alles", sagte Matzbach. „Wissen Sie, eigentlich wollte ich sehen, ob man ein Geschäft machen kann. Wen interessieren alte Knochen, was zahlen Sie, wenn ich die Klappe halte … Am Ende wäre ich den Laden endlich los. Aber so, nein, ein Jammer." Er nahm sein Mobiltelefon aus der Brusttasche. Langsam, als müsse er sich der einzelnen Zahlen mühselig entsinne, tippte er eine Nummer.

„Wieso Jammer?" Müllers Stimme war ein belegtes Krächzen.

„Sie und Ihr politisch korrekter Stuss. Wenn Sie hier eine normale Kneipe oder so aufmachen würden, dann … Wir hatten genug Zensur und Inquisition; Ihre neue Sorte will ich nicht." Er klopfte auf den unterschriebenen Mietvertrag. „Nettes, aber nutzloses Souvenir."

„Wen rufen Sie an?"

„Die Kripo."

Kai Hensel

Ermahnungen für Sandra

1.

Liebe Sandra,

entschuldige, dass ich die letzten Tage nichts von mir haben hören lassen. Aber die Arbeit im Büro ist so viel, unsere Firma erstickt in Aufträgen, Firmen aus China und Brasilien, sie kaufen unsere Maschinen, damit sie selbst noch mehr Produkte herstellen können. Das ist für uns natürlich gut, aber es landet früher oder später eben alles in der Rechnungsabteilung; unsere Rechnungsabteilung ist, wie ein Kollege scherzhaft bemerkt, „das Nadelöhr, vor dem die Kamele Schlange stehen."

Hannah liegt krank, grippaler Infekt, nicht so schlimm wie eine richtige Grippe, aber es greift sie doch ganz schön an. Die Kinder gehen zur Schule, aber viele ihrer Mitschüler sind schon krank, ich frage mich, ob ich sie überhaupt gehen lassen soll, wegen der Ansteckungsgefahr - aber letztlich muss die Schule entscheiden, ob sie den Unterricht nicht lieber doch ganz ausfallen lässt, da steht die Schule in der Verantwortung. Aber das Wetter ist eben doch scheußlich, überall Wind und Matsch, und das ist auch der Grund, warum ich Dir diesen Brief schreibe:

- Iss regelmäßig Deinen Apfel! „An apple a day keeps the doctor away", das ist Englisch und heißt „Ein Apfel pro Tag hält den Doktor entfernt" womit natürlich nicht gemeint ist, dass der Doktor nicht kommt, sondern dass man ihn einfach nicht mehr braucht.

- Trinke viel, der Mensch braucht zwei Liter Wasser am Tag, das sind zehn Gläser. Auch und gerade in der feuchten Jahreszeit, wenn man keinen Durst hat, muss man sich zur Not ein wenig zwingen.
- Achte auf Deine Hygiene! Bakterien sammeln sich in den Zwischenräumen, auch zum Beispiel im Mund zwischen den Zähnen. Achte deshalb auf die Zahnseide, jeden Abend nach dem Zähneputzen, das tue ich auch – auch wenn sie manchmal lästig ist.

2.

Heute morgen, quasi von Zaun zu Zaun, ein Gespräch mit Frau Schuhmacher. Ob ich das nicht auch schrecklich fände mit der Entführung. Entführung? Sie hat es als erste erfahren, von ihrem Schwager, der bei der Polizei beschäftigt ist (aber wohl nicht als Polizist, eher in der Verwaltung). Aus seinem Wagen haben sie ihn gezerrt, den Jungen, gerade als er auf das Grundstück seiner Eltern fahren wollte. In einem Kastenwagen haben sie ihn entführt, und jetzt wartet alles – die Polizei, aber auch die Familie, die natürlich mit den Nerven am Ende ist – auf ein Lebenszeichen und womöglich Lösegeldforderung der Entführer. Und dass da eine Menge zu holen ist, ist ja klar, inzwischen war es auch im Radio und morgen mit Sicherheit in den Zeitungen. Die Familie besitzt Geschäftshäuser in der Schildergasse und am Heumarkt, außerdem Immobilienfirmen, Flughafenausbau, in solche Sachen verstrickt. Das Anwesen, wusste Frau Schuhmacher, ist eine Villa in Marienburg, von der man über die hohe Mauer praktisch gar nichts sieht. Zwei bis drei Millionen Euro mindestens, schätzt Frau Schuhmacher. Für den Jungen betet sie trotzdem.

Vom menschlichen Standpunkt tut es mir natürlich auch leid. Andererseits muss man schon fragen dürfen, warum z.B. ein

Neunzehnjähriger ein Cabrio fährt, das nicht nur teuer ist, sondern der Insasse für die Entführer eben auch leichte Beute. Warum der Junge, mitten in der Woche, von einer Party kam, obwohl er doch wohl in einem Beruf oder Ausbildung stehen müsste. Wenn er Alkohol im Blut hatte – was man als wahrscheinlich annehmen darf –, warum ihn die Polizei entweder gar nicht kontrolliert hat oder, falls es doch eine Alkoholkontrolle gab, ihn seine Eltern, die ja gute Beziehungen zu den Oberen der Stadt haben müssen, vermutlich wieder raushauen? Fragen, über die die Kölner Medienlandschaft den Mantel des Schweigens breitet. Und damit ein gesellschaftliches Klima schafft, das solche Entführungen – auch wenn sie jeder anständige Mensch natürlich verurteilt – eben doch begünstigt.

Liebe Sandra, ich fand unser gestriges Zusammensein wieder sehr schön. Ich freue mich auch, dass Dir mein Geschenk gefällt. Es ist ja gar nicht so einfach, Dir etwas zum Schenken mitzubringen, manchmal freust Du Dich wie ein kleines Kind, dann wieder bleibst Du stumm, und ich denke: „Oh, oh, dieses Mal lag ich wohl daneben." Aber mit dem Parfüm habe ich offenbar ins Schwarze getroffen. Es war auch nicht billig.

- Deine Reinheit ist Dein kostbarster Schatz. Hüte und bewahre ihn wie einen Augapfel!
- Hab keine falschen Träume! Sie vergiften Kopf und Körper.
- Sieh nicht zuviel fern! Dein Geschmack, fürchte ich, hat sich in letzter Zeit zum Nachteil verändert.

3.

Leo hat einen Brief seiner Schule mit nach Hause gebracht, dass seine Versetzung gefährdet ist. Er sagt, zur Mitte des Schuljahres übertreiben die Lehrer immer gern und so schlimm sieht es mit seinen Noten gar nicht aus – damit hat er wohl Recht, trotzdem ist es schlimm, dass so ein Brief überhaupt kommt, und schlimm ist auch, dass er ihn ein bisschen auf die leichte Schulter nimmt. Vor allem aber verstehe ich die Lehrer nicht, warum sie Leo nicht mehr fördern? An der Intelligenz liegt es sicher nicht, aber wenn man die Schüler nicht hin und wieder auch einmal zur Leistung zwingt – was soll dabei herauskommen? Jetzt wünschen sie sich auch noch einen Hund. Ein Spaniel aus ihrer Schule hat Junge geworfen, jetzt wollen sie unbedingt, dass wir einen nehmen. Ich bin hin- und hergerissen. Ein Hund bedeutet Verantwortung, und vielleicht ist Verantwortung genau das Richtige, das Leo jetzt braucht? Zuwendung, Auslauf, man kann so einen Hund nicht wie ein Spielzeug ins Regal stellen. Aber würde Leo seiner Verantwortung gerecht? Manchmal weiß ich nicht, wo mir der Kopf steht. Dann ist das Leben ein Sack Flöhe, alles springt in unterschiedliche Richtungen, ich soll den Sack zusammen halten und den Berg hoch tragen.

Hannah wieder auf den Beinen, noch etwas wackelig, es hat sie doch ganz schön niedergestreckt. Gleich wollte sie Hausputz machen und sogar den Rasen mähen, um diese Jahreszeit ist das nun wirklich Quatsch. Aber wir haben einen Spaziergang gemacht, nach Marienburg zur Villa. Genau genommen trennt uns nur die Autobahn (unten durch, am Ufer), trotzdem ist es von Rodenkirchen nach Marienburg gleich eine andere Welt, die Häuser haben generell anderes Niveau, und innerhalb des Niveaus sticht die Villa noch einmal heraus. Man konnte sie sehen, durch das geöffnete Tor, Polizeiwagen, Medienvertreter, Hannah natürlich gleich sehr beeindruckt, ich sehe das doch aus einem eher kritischem Winkel. Angesichts Hunderter Kinder, die in Köln jedes Jahr entführt werden und ohne dass ein Hahn nach ihnen kräht, muss man doch fragen, ob der Aufstand, der um diesen Einzelfall betrieben wird, nicht Aggression und Ungerechtigkeit schürt und damit genau die Verbrechen provoziert, die er eigentlich verhindern will?

Auf dem Rückweg ein kritischer Blick Hannahs in unseren Garten: „Der Ginsterstrauch muss weg." Der Ginsterstrauch verdeckt aber nun einmal den Lüftungsschlauch aus dem Keller – keine Angst, ich finde eine Lösung. Aber was mich vor allem ärgert ist, dass Hannah, nachdem sie das parkähnliche Anwesen der Villa konstatiert hat, unser Garten jetzt natürlich jämmerlich vorkommt.

Liebe Sandra, Du kommst jetzt in ein Alter, in dem es zunehmend wichtig wird, sich zwischen den Beinen zu rasieren:

- Verwende den beiliegenden Rasierer wie in der Gebrauchsanleitung beschrieben. Verwende viel Schaum, damit Du Dich nicht verletzt!
- Creme Dich danach schön ein, so schützt und pflegst Du Deine Haut.
- Alles muss zart und glatt und haarlos sein.

4.

Gehaltserhöhung. Und jetzt rate mal, wie viel mir nach Abzug aller Abzüge bleibt? 85,22 Euro. Du liest richtig: 85,22 Euro! Und das, sagen unsere Herren von der Gewerkschaft, hätten sie über Monate knallhart verhandelt. Dass sich da in den Menschen etwas empört, und dass die Empörung sich irgendwann Luft macht, statt in Wohlgefallen darin zu verdampfen – das kann sich wohl jeder ausmalen.

Den Hund konnte ich erstmal zurückstellen, auch weil er zu frisch geboren und noch an der Brust seiner Mutter hängt. Dafür wünscht sich Ronja nun ein Handy: „Damit ihr euch keine Sorgen machen müsst." Das ist natürlich eine Taktik und spielt auf die Entführung an. Wie vermutlich viele Kinder ihren Eltern jetzt die gleiche Predigt halten. Die vermeintliche Tragödie der Oberschicht wird umgemünzt auf die Bedürfnisse der Mittelschicht. Während die Befriedigung dieser Bedürfnisse wiederum die Oberschicht reicher und reicher macht. Das klingt wohl etwas abstrakt, ich sage bloß: Etliche Eltern kaufen jetzt, in diesem Moment, ihren Kindern ein Handy. Hannah wünscht sich sogar eine Alarmanlage mit Videoüberwachung, in der Werbung hat sie prompt ein Angebot gesehen. Vielleicht versucht Hannah – wie andere Frauen ihrer Klasse – auf diese Art sich ein bisschen der Oberschicht zugehörig zu fühlen, frei nach dem Motto: „Auch ich bin bedroht." Aber die wahre Oberschicht lacht sich ins Fäustchen, weil sie bei all dem kräftig abkassiert und glaubt, mit 85,22 Euro Gehaltserhöhung können wir uns an allen Enden zur Decke strecken.

Liebe Sandra, mit unserem letzten Zusammensein bin ich nicht vollständig zufrieden. Ich meine nicht die Rasur, obwohl auch sie nicht perfekt war, bitte verwende in Zukunft mehr Sorgfalt. Ich meine auch nicht die Veränderungen Deines Körpers, die ich Dir nicht ankreide, weil man kann die Uhr nicht zurückstellen, nicht eine Sekunde, nicht eine Minute, was damals schön war, wird in gleicher Weise nie wieder schön. Ist es der Fernseher? Es sind nicht mehr die Filme für Kinder, die Dir gefallen, manchmal bevor ich die Klappe öffne, lausche ich eine Weile und höre, was Du Dir, salopp gesprochen, so „reinziehst". Und wenn ich dann komme, spüre ich einen Widerstand, in Deiner Brust, Deinen Augen, etwas hat sich eingenistet, wie ein Pfropfen im Abfluss. Der muss raus, Du musst gegen ihn kämpfen, Du musst ihn herauswürgen, Du musst vor allem nicht diese Sendungen sehen. Ronja sieht sie und sie schaden ihr, fast empfinde ich morgens beim Frühstück gegen sie Abscheu.

Jeder Platz im Leben hat Rechte und auch Pflichten. Beides können wir uns nicht immer, sogar nur sehr selten aussuchen.
Arbeite an Deiner Reinheit! Sie ist nicht mehr wie früher!

5.

Happy Birthday to you
Happy Birthday to you
Happy Birthday, liebe Sandra
Happy Birthday to you.

Ich war wohl in meinem letzten Brief etwas ausfahrend. Es tut mir leid.

6.

Wer in diesem Lande alles Lehrer werden darf, es ist ein Skandal. Heute einen Termin bei Herrn Jonsten, Leos Klassenlehrer, ein Termin, um den Herr Jonsten gebeten hatte. Er trägt T-Shirt und Turnschuhe, womit er schon durch sein Auftreten jegliche Verantwortung negiert, für die er eigentlich bezahlt wird. Er sagt, Leo hat Schwierigkeiten. Er sagt, Leo ist abgelenkt und unkonzentriert. Er sagt, er ärgert seine Mitschüler und wird das Schuljahr bestimmt nicht schaffen. Aber auch, wenn er das Schuljahr wiederholt, stellt sich die Frage ... Was für eine Frage? Ich sage: „Gut, Herr Jonsten, nun ist Leo aber zuhause ein lieber und aufgeweckter Junge, wild, natürlich, aber im Herzen gut. Kann es sein, das Problem besteht vielleicht in Ihrer Schule? Kann es sein, dass Sie Schüler wie Leo systematisch unterfordern?“ Herr Jonsten tut verständnisvoll auf eine unangenehme Art. Er sagt, Leo hat ein Mädchen geschlagen. Er hat sie so stark geschlagen, dass sie aus der Nase blutete. Da stehe ich nun. Wie weit das eine Finte ist, wie kann ich das in diesem Moment beurteilen? Wie kann ich mich verteidigen, meinen Sohn verteidigen vor einem Lehrer, der ein blutendes Mädchen aus dem Hut zaubert wie ein drittklassiger Magier im Zirkus?! „Ihr Sohn“, sagt Herr Jonsten und schlägt wieder den Ton an, „hat Probleme. Ich frage mich, woher sie kommen? Wie kann man ihm helfen?“

Den halben Nachmittag tigere ich durch die Stadt, so aufgebracht, ja wütend bin ich. „Wie man ihm helfen kann?“, in dieser Frage steckt ja nichts als eine Absolutierung von jeder eigenen Schuld! „Wie kann man ihm helfen? Ich also nicht! Die anderen, da setze ich die Daumenschraube an, die setze ich auf die Anklagebank! Natürlich verteidigt er seine Privilegien. Beamtenstatus, jeden Nachmittag frei, ständig Ferien, Klassenfahrten auf Steuerkosten … In gewisser Weise tut das jeder, das werfe ich ihm nicht vor. Aber er verteidigt seine Privilegien auf dem Rücken von Leuten, die ihn dafür bezahlen! Und die sollen sich auch noch schuldig fühlen!

Wende im Millionärsfall. Es heißt nun, der Junge – obwohl man bei einem Neunzehnjährigen von einem Jungen m.E. nicht mehr sprechen kann – werde möglicherweise nicht weit der elterlichen Villa gefangen gehalten. Was mit dem Transporter zusammenhängt, den die Videoüberwachung der Villa gefilmt hat, der aber auf Filmen der anderen Kameras (Rheinbrücken? Autobahn?) nicht auftaucht. Das scheint mir als Begründung eines Verdachts reichlich nebelhaft, Frau Schuhmacher verweist auf ihre Quelle bei der Polizei, die Polizei selbst hat Nachrichtensperre verhängt. Was soll man glauben? Am besten gar nichts!

Liebe Sandra, keiner weiß so viel über mich wie Du. Zu niemandem bin ich so offen. „Mein Beichtmädchen“, denke ich manchmal (natürlich im Scherz!). Manchmal denke ich auch, werfe es mir vor, es mangelt mir an Vorsicht. Einmal hat Leo gesehen, wie ich aus dem Loch gekrochen bin. Das Heizungsrohr, habe ich gesagt, aber da standen eben auch die Lebensmittel. Das Regal kriegt er nicht beiseite geschoben, aber könnte er Dich – durch die Mauer, durch das Regal – gehört haben? Auf jeden Fall kriegt er den Hund, so viel steht fest. Und auf keinen Fall möchte ich, dass Du Geheimnisse vor mir hast. Du und ich – das ist ein losgelöster Bereich, alles aufgehoben, nichts versteckt, nichts zusammengeschnürt. Auch nicht länger Dein drittes Türchen.

Creme es gut ein, ein Fingerchen, zwei Fingerchen, drei Fingerchen, eine Weile halten.
Alle dreißig Minuten den Vorgang wiederholen.

7.

Katalog der Strafen:

- Entzug des Fernsehers
- Entzug der Nahrung
- Entzug des Lichts
- Bettarrest, gefesselt, mit Flaschenhals im dritten Türchen

Spucke nie wieder aus!

8.

Liebe Sandra,

wir arbeiten, wir arbeiten alle. Hannah im Haushalt, die Kinder in der Schule, ich sowieso und auf Deine Weise natürlich auch Du. Aber wofür alle Mühsal? Wir arbeiten nicht – in Deinem Alter ist das kaum zu begreifen – auf die Zukunft hin, sondern in die Vergangenheit. Augenblicke, die schön waren, wir wollen sie zurückholen. Mit Hannah und mir, genau so eine Sache. Denn auch wenn wir uns selten streiten, fordert es doch von uns beiden viel, immer mehr Disziplin, um so harmonisch miteinander zu sein wie früher. Sogar wenn wir uns streiten – es fehlt die Glut, die früher das Feuer der Versöhnung erst entfacht hat. Wir führen eine gute Ehe, besser als die meisten. Aber um der Vergangenheit so nahe zu kommen wie möglich, bedarf es harter und immer härterer Arbeit. Leo, der bockig ist, der sich zu dem Vorfall mit dem Mädchen nicht äußern will, außer dass das Mädchen schuld war (was ich ihm glaube und auch wieder nicht). Er ist noch der wilde Raufbold, aber eben nicht mehr der wilde Raufbold, der im Wald auf Bäume klettert. Eine neue Wildheit, eher problematischer als früher (und ich kann ihn wohl schlecht zwingen, auf Bäume zu klettern, damit er das Mädchen in Ruhe lässt). So arbeiten wir alle, disziplinieren uns, geben uns Mühe, damit der Verlust der Vergangenheit, die wir im Kopf natürlich auch idealisieren, nicht so stark ausfällt, sondern in Grenzen bleibt, von denen wir glauben (und hoffen), wir können sie gerade noch überbrücken.

Den Schmutz, den der Fernseher in Deinen Kopf gespült hat, kriege ich nie wieder heraus. Trotzdem nehme ich ihn dir weg in der Hoffnung, Dein Köpfchen möge sich wieder in die Reinheit und Unschuld entwickeln wie damals, gerade auch mit dem naiven Blick. Ebenso die Enge, die ich in Dir nicht mehr spüre, den leichten Schmerz, der doch so unendlich besser war als jetzt, wo Du scheinbar gar nichts mehr merkst, nicht das kleinste Zucken. Bringt uns das dritte Türchen zurück an den Anfang?

Du warst für mich nie irgendein Mädchen. Verfolgt habe ich Dich, in meine Fänge wollte ich Dich, in Deiner Siedlung, tagelang, was nicht einfach war, denn immer waren kleine Mädchen um Dich herum (oder Deine Mutter) aber die haben mich nie interessiert. Und als du endlich sicher in meinem Kofferraum bist und plötzlich klingelt Dein Handy und Du schreist und beißt und willst es Dir nicht wegnehmen lassen – wie groß meine Angst, dass zwischen uns alles aus ist, bevor es begonnen hat. Nun habe ich Dich, so lange schon, dicht in Deinem Nest, aber Du bist nicht mehr die, die ich einmal wollte – und ich versuche, sicher auch mit etwas Zwang, Dich so nahe an den Anfang zu bringen wie nur möglich. Aber ist das nicht Wahnsinn? Verlorene Liebesmüh? Je mehr man denkt, umso mehr schaut man in ein Schwarzes Loch! Worum ich Dich aber dringend bitte:

- Spiele wieder mit Deiner Puppe. Erinnere Dich, die erste Zeit – wie viel hat sie Dir bedeutet!
- Denke von Dir, Deinen Organen, Deinen Gliedern in der Verkleinerungsform: Mein Beinchen, mein Händchen, mein Mündchen … Sie sind wieder zart und unreif.
- Anbei erhältst Du alte Märchenbücher von Ronja. Blättere in ihnen, versetze Dich in die Geschichten, so stark Du kannst.

9.

Sie suchen. In den Häusern, gehen von Straße zu Straße, klingeln hier, klingeln dort. Polizei mit Geräten und Spürhunden, sie schlagen an – worauf? Ein anonymer Hinweis, sagt Frau Schuhmacher, hier, in unserem Viertel, in einem der Keller wird der Junge versteckt. Sie waren in der Rotdornstraße, in der Schützenstraße, jetzt sind sie im Nibelungenweg, vom Balkon kann ich sie sehen. Welche Maßstäbe? Kellertreppe außen? Gitter vor den Fenstern? Jeder ist verdächtig, jeder kann Opfer sein. „Räum schon mal den Keller auf" sagt Hannah, sie meint es natürlich im Scherz, aber Leo guckt komisch, was hat der Junge in seinem Blick? Ich bin so wütend, ich finde kaum Worte. Einfamilienhäuser, unauffällig, Menschen, die ihr Leben leben, an das Sahnehäubchen glauben sie schon lang nicht mehr, aber an die Krümel vom Kuchen, mit dem sich die anderen, die oben, den Bauch voll stopfen … Mein Versuch, mit einem der Polizisten ins Gespräch zu kommen. Aber er weiß nichts oder gibt nichts vor zu wissen. Sind sie uns Bürgern nicht Rechenschaft pflichtig? Heißt es nicht „Bürgerpolizei"? Der Rasenmäher steht vor dem Ginsterstrauch, damit selbst ein Blick von der Seite … „Ich habe doch nichts zu verbergen!" sagen alle. Und so steht jeder mit seiner Angst allein.

Hannah sagt, wir sollten in Urlaub fahren, mit den Kindern, solange es noch geht. Bald sind sie zu groß, wollen nicht mehr mit den Eltern, den „Alten". Auch das sagt sie scherzhaft, wie sie in letzter Zeit alles scherzhaft sagt, was bedeutet es, wenn ein Mensch alles scherzhaft sagt? „Ihr kriegt euren Hund", sage ich zu den Kindern, das lässt natürlich die Spannung noch einmal steigen, dreht sie aber wenigstens in ein positives Licht. Und solange der Welpe an der Brust seiner Mutter hängt, haben Hannah und ich Schonfrist.

In all dem Wirrsal versuche ich, Ansagen zu formulieren für die kommende Nacht. Damit es zwischen uns wieder schön wird. Damit wieder ein Moment entsteht, wo alles rein und aufgehoben ist, Momente, die in unseren ersten Monaten eher die Regel waren, nicht die Ausnahme. Dass wir wieder gemeinsam an die Quelle gehen. Dass einem diese Momente nicht zufliegen wie gebratene Tauben, ist ja klar, dass man dafür arbeiten muss, mit der Zeit immer härter – diese Überlegungen habe ich in meinem letzten Brief bereits dargelegt. Was ist das Paradies? Dein kleiner Kopf an meiner Brust. Mein Versprechen, dass da draußen Krieg ist. Schlimme Strahlen. Dass ich Dich da unmöglich rauslassen kann. Dass Deine Eltern, die auch in einer Höhle leben wie Du, Dich schrecklich vermissen. Aber bald, sobald die Strahlen aufhören, schließen sie Dich in die Arme. Weil sie Dich sehr, sehr lieb haben. Hier, siehst Du? Hast Du Schokolade, von Deinen Eltern. Die schicken sie Dir, obwohl es da draußen Schokolade fast gar nicht mehr gibt. Es klingelt an der Tür -

Meine Hände zittern, ich weiß gar nicht, wie ich schreiben soll. Eben klingelt es an der Tür, ich kenne meine Rechte, ich muss keine Polizei in mein Haus lassen, nicht ohne richterlichen Befehl. Aber Hannah kennt die Rechte offenbar nicht oder will sie nicht kennen, bevor ich die Treppe herunter komme, stehen die Beamten schon im Wohnzimmer, als ob es hier etwas gibt, das sie etwas angeht. Ob wir etwas gehört haben, fragen sie, betont harmlos, Geräusche, nachts, Transporter. Nein, sage ich, wir sind natürlich informiert, längst hätten wir, aus eigenem An-

trieb, Kontakt mit der Polizei … Da kommt Leo aus seinem Zimmer, guckt die Polizisten an und sagt, ob sie nicht den Keller sehen wollen …
Was?! Die Herren Beamten wollen ganz bestimmt nicht in unseren Keller sehen … Aber Leo insistiert, wenn die Polizei doch überall in den Keller guckt, geht er schon mal herunter und schiebt die Tischtennisplatte weg …
Ich sage: „Leo, was ist das? Schlägst du das Mädchen noch?"
Wovon Hannah gar nichts weiß, das war ja unser Geheimnis, unter Männern. Ich sage: „Unser Sohn schlägt in der Schule ein Mädchen, schlägt sie blutig, er ist krank, er ist gefährlich, sollen dich die Herrn Kommissare gleich mitnehmen? Ins geschlossene Heim?!"
Leo schreit, wirft sich auf den Boden, zerwirft noch eine Vase, Hannah schreit und weint, was ist das für eine Sache mit dem Mädchen?! Leo fährt in die Luft, ich muss ihn packen und den Mund zuhalten, ich sage: „Pubertät, die Herren, morgen geht es in Behandlung und Tabletten kriegt er auch!"
Die Polizisten, jung und verdattert, gehen dann schnell, das war knapp, Sandra, du glaubst nicht, wie knapp das war! Leo jetzt in seinem Zimmer, ich habe ihn eingeschlossen, bald muss ich ihn wieder rauslassen, was soll ich tun?!
Heute Nacht werde ich brutal sein, ich habe alles so satt, Du bist dann eben ein Körper, mit dem ich machen kann, was ich will (keine Angst, danach sehe ich in Dir wieder den Menschen). Je älter wir werden, desto seltener gibt uns das Leben eine Chance, desto mehr müssen wir das bisschen verteidigen, das wir besitzen. Wie lange reicht die Kraft?

- Denke dran, wenn ich brutal bin, belohne ich Dich danach mit einem Geschenk
- „Es gibt keinen Neuanfang ohne Hoffnung." (Hermann Hesse oder Goethe)

10.

Gefasst. Sie haben ihn gefunden, in einer Garage, unter, wie es heißt, „unwürdigen Bedingungen". In dem Transporter oder separat? Ist Lösegeld geflossen und wie viel? Die Polizei hält sich bedeckt, zwei der Entführer, heißt es, seien auf der Flucht, aber so viel steht vermutlich fest: Die Entführer waren nicht nur dem „Jungen" (in Anführungszeichen) sondern auch dem Elternhaus bekannt. Hausangestellte sowie der beste ehemalige Schulfreund des „Jungen". Muss es da nicht Mitwisser geben? Kann so ein Komplott in der Villa geheim bleiben? Heute Nachmittag gibt die Polizei eine Pressekonferenz, aber wenn Du mich fragst: Alle Details werden nie ans Licht kommen. Zu viele Personen sind in diese Sache verstrickt, zu viel Einfluss haben diese Personen. Deshalb wird man uns „Normalsterbliche" (wiederum in Anführungszeichen) mit Halbwahrheiten und Scheinerklärungen abspeisen, die nichts erhellen, aber umso mehr im Dunkeln lassen!

Wir fahren nun also doch in Urlaub. Hannah hat sich durchgesetzt – und natürlich die Kinder, plötzlich hält sie dieses Last-Minute-Angebot aus der Türkei in der Hand, der Preis so niedrig, ich konnte – und wollte – nicht nein sagen. Fünf Sterne mit eigenem Privatstrand, die Türkei werfen sie einem derzeit hinterher, aus, wenn Du mich fragst, sehr nachvollziehbaren Gründen. Ich komme nach zwei Wochen zurück, Hannah bleibt mit den Kindern eine Woche länger (mit Option auf noch eine vierte Woche). Mehr Urlaub konnte nicht freischaufeln, aber es gibt auch Gründe, die ich Dir wie folgt darlege:

Sicherlich erwartest Du, dass ich Dir Nahrungsmittel hinstelle, wie ich es bei anderer Gelegenheit getan habe. Dass Strom und Wasser weiterläuft, als wäre nichts verändert. Es ist aber alles verändert, bzw. die Veränderung ist mir seit letzter Nacht endgültig klar. Wir holen die gemeinsame Zeit niemals zurück.

Du warst glatt, Du warst geschmeidig, Du hast kaum geschrien, Dich sogar um meine Zuneigung bemüht. Aber nicht jede Zuneigung ist von Erfolg gekrönt. Die Unschuld der Vergangenheit ist nicht mehr die Unschuld der Gegenwart. Ich habe mir selbst in die Tasche gelogen, aber diese Tasche ist – bildlich gesprochen – nun voll. Mein Sohn verhält sich wieder sehr anständig, die Drohung mit dem geschlossenen Heim ist eine gute Drohung, weil sie wirkt. Aber ich möchte nicht, dass er eines Tages Fragen über den Keller stellt, auf die eine Antwort in der Form nicht möglich ist. Schließlich der Hund, der nach den Ferien die allgemeine – auch meine Aufmerksamkeit – beanspruchen wird, denn dass die Schule darunter nicht leiden darf, ist ja klar. So kommt eines zum anderen, wir wissen ja auch gar nicht, ob Deine Verletzungen unter den Bedingungen wieder heilen. Mit einem Wort: Ich drehe Strom und Wasser ab. Und auch wenn ich mich der Kritikwürdigkeit meines Unterfangens natürlich stelle – und dies ja auch tue –, muss ich ebenso akzeptieren, dass es keinerlei Möglichkeit gibt, Dich länger zu halten.

Ein Schriftsteller, ich glaube Günter Grass, hat einmal gesagt, das Paradies gibt es nicht. Nur Trümmer, in denen wir nach dem verlorenen Glück herumstochern. Auch wenn ich viele der politischen Ansichten von Grass nicht teile – in seiner Paradies-Analyse gebe ich ihm recht. Ich lege deshalb zu diesem Brief zwei Plastiksäcke. Bitte stecke in einen Deine Habseligkeiten, die Kleidung, die Puppe, meine Geschenke an Dich (fast vier Jahre – wie schnell ist die Zeit gerast). In den zweiten schlüpfst Du, wenn Du frierst, hinein, ziehst ihn zum Hals, sogar über den Kopf soweit möglich. Bis zum Ende hält er Dich gemütlich und warm. Kein Glanz in Deinen Äuglein, nicht mehr das kleine Mädchen, das ich einmal sehr, sehr lieb hatte – bedenke, dass auch Du, in einem umfassenden Sinne, nicht mehr wolltest.

- Denke an die schönen Momente. Je gerechter Du urteilst, umso mehr werden es.
- Halte Dich sauber bis zuletzt. Es erinnert Dich an Deine Reinheit.
- Trinke nicht Deinen Urin!

U. A. O. Heinlein

Netzwerk

------ Neue Nachricht

Von: Kaspar Bettel <kaspar.bettel@kasparkoenig.de>

Datum: Montag, 07. März, 16:31 Uhr

An: Habeas Koenig <habeas.koenig@kasparkoenig.de>

Betreff: Gürtler hat angerufen

Hey, Habby, auch wenn du's nicht glaubst: der Gürtler hat angerufen. Hat sich aufgeplustert und will sich mit mir treffen. Bin mal gespannt. Wie geht's dir? Immer noch erkältet? Meld dich mal, sobald du wieder am Leben teilnimmst.
LG, Kaspar

Kaspar Bettel
Bettel & König, Privatermittler, Köln
kaspar.bettel@kasparkoenig.de
www.kasparkoenig.de

------ Ende der Nachricht

------ **Neue Nachricht**

Von: Habeas König <habeas.koenig@kasparkoenig.de>

Datum: Montag, 07. März, 16:52 Uhr

An: Kaspar Bettel <kaspar.bettel@kasparkoenig.de>

Betreff: Re: Gürtler hat angerufen

Hi, Kaspar, geht wieder was besser. Vermutlich werde ich überleben. Zwei, drei Tage noch und ich kann wieder zu Alkohol- und Nikotinmissbrauch übergehen. Sag bloß: Gürtler, die alte Fischfunz! Schuldet mir noch zweihundert Ocken. Ist wahrscheinlich wieder zu faul und arbeitsunwillig. Gib Bescheid, wenn du was weißt.

Habeas König
Bettel & König, Privatermittler, Köln
habeas.koenig@kasparkoenig.de
www.kasparkoenig.de

------ **Ende der Nachricht**

Kaspar Bettel sog vorsichtig die Luft in die Nasenlöcher und über die Riechepithelien. Es roch schwach nach Müll. Entweder waren an der letzten Haltestelle einige Moleküle hereingedrungen, oder einer der Mitfahrenden trug das an sich. In der Straßenbahn miefte es eigentlich immer, aber diese Art von Geruch – das war schon speziell. Kaspar überlegte, wen er für schuldig hielt. Das vertrieb die Langeweile beim Bahnfahren, und außerdem regte es das Hirn an, wenn man sich ausmalte, was die anderen Bahnfahrer den ganzen Tag so trieben.
Der Typ gegenüber beispielsweise. Einen Brilli auf dem linken Nasenflügel. Vielleicht sogar geklebt und nicht durchgestochen. Lässig gekleidet, aber die Socken saßen wie angegossen, passten farblich zur Hose und waren nicht aus Synthetik. Eigentlich ein sicheres Zeichen. Kaspar hatte gute Erfahrungen damit gemacht, Menschen nach ihren Strümpfen zu beurteilen. Ging meistens gut. Bei dem hier gabs zwei Möglichkeiten: Entweder ein ultrahipper Deutschlehrer oder ein Computerfachmann, so mit Firmenbesuchen zur Problemlösung für 150 Euro die Stunde. Wahrscheinlich hatte er einen Führerschein, fuhr aber Bahn, weil er sich beim Auto fahren nicht genügend auf den Verkehr konzentrieren konnte, da er immerzu an abstürzende Programme dachte und daran, wie man sie wieder ans Laufen brachte.
Neben ihm eine ältere Dame, oder besser: ehemalige Dame; vom Typ so etwas wie eine sozial an den Rand gedrängte Montserrat Caballé. War vielleicht mal Chefsekretärin in einem mittelständischen Betrieb gewesen, dann hatte sie ihr Mann mit einer jüngeren Frau betrogen und war dann ausgezogen; sein Anwalt hatte den Rest erledigt. Sie hatte zu trinken begonnen, aber die Kurve gekriegt, bevor sie zur Säuferin wurde. In der neuen Stellung nach zwei Wochen heimlich abends kurz vor Feierabend nach einem Streit mit ihrer arroganten Kollegin einen Schluck aus der Pulle, dabei vom Chef erwischt und kurzerhand wieder gefeuert. Danach arbeitslos, nicht mehr vermittelt, erneut alkophil und seither mit dem letzten Hab und Gut in der Stadt unterwegs. Hatte die Aldi-Karre mit ihren Klamotten bestimmt

in der Nähe der Haltestelle stehen, an der sie aussteigen musste, weil sie sich immer noch schämte, irgendwo ganz drinnen.
Kaspar blickte kurz links neben sich. Schade, dass die nicht gegenüber saß. Da hätte er wenigstens etwas Angenehmes begucken können. Rehbraunes Haar, ein Teint wie Samt und Seide, ungepierct. Außerdem roch sie dezent nach Parfüm; bestimmt hieß es Surrender.
Was den Müllgeruch anging, tippte Kaspar alles in allem auf Montserrat Caballé. Aber inzwischen war das auch egal, denn er musste aussteigen. Die Anzeigetafel über dem Gang zeigte die nächste Haltestelle an: „Eupener Straße".
Warum sich Gürtler an diesem Ort treffen wollte, war nicht schwer zu erraten. Profane Gründe verdecken, indem man etwas anderes dick aufträgt – das passte zu Gürtler. „Am Tatort der Schleyer-Entführung" klang fast schon staatstragend; dass Gürtlers Apartment keine fünfzig Meter von der Einmündung der Vinzenz-Statz-Straße in die Friedrich Schmidt-Straße entfernt lag, klang dagegen weit weniger imponierend. Aber wie hieß es in Köln so schön: Jeder Jeck is anders. Wenn Gürtler also seinen Spaß an solchen Kinkerlitzchen hatte … Es tat ja keinem weh.
Kaspar überquerte die Aachener Straße und ging die Vinzenz-Statz-Straße hinunter; eine ruhige Gegend in gehobener Lage, mit Stadthäusern und kleinen Villen. Dreihundert Schritte bis zum Schleyer-Tatort, gleich gegenüber begann der Stadtwald. Kaspar zog sein Handy aus der Tasche und prüfte die Uhrzeit. Kurz vor Acht. Pünktlich wie der Maurer.
Unter den ersten Büschen des Stadtwaldes stand ein kleines Gedenkkreuz mit Blumen, in einem roten Plastikbecher flackerte einsam eine Kerzenflamme. Wer die wohl immer erneuerte? Kaspar hielt in einem Anflug von Pietät zwanzig Meter Abstand und ließ sich auf einem großen Stein im Schatten nieder. Gürtler musste ja gleich kommen.
Aber Gürtler kam nicht. Nicht pünktlich und nicht unpünktlich. Einfach gar nicht. Nach gut zwanzig Minuten hatte Kaspar die

Nase voll und bemühte sich redlich, seinen Zorn zu unterdrücken. Blöder Idiot mit seinen blöden Spielchen! Kunde hin, Kunde her, dem würde er was erzählen. Und zwar umgehend!
Allerdings gab es da ein Problem: Als er einige Minuten später bei Gürtler klingelte, machte niemand auf. Und damit hatte sich zwangsläufig fürs erste auch die Standpauke erledigt.
Komisch wars dennoch. Kaspar drückte auf eine andere der acht Klingeln des Apartmenthauses. Damit hatte er mehr Glück: Es knackte in der Sprechanlage und eine weibliche Stimme sagte: „Wer ist denn da, bitte?"
„Ähem, mein Name ist Bettel, Kaspar Bettel. Guten Tag! Ich war mit Herrn Gürtler verabredet, aber er scheint nicht da zu sein. Können Sie mir irgendwie weiterhelfen?"
„Nein, leider nicht. Ich habe Herrn Gürtler heute Nachmittag unten an der Haustür gesehen, als ich vom Einkauf zurückkam. Er verließ das Haus. Ob er zurückgekommen ist, kann ich Ihnen allerdings nicht sagen. Da er nicht öffnet, wird er wohl noch unterwegs sein."
„Ja, das scheint mir auch so. Vielen Dank für die freundliche Auskunft." Kaspar wandte sich missmutig zum Gehen. Mit dem Blödmann war er noch nicht fertig. Ganz bestimmt nicht.

------ **Neue Nachricht**

Von: Habeas König <habeas.koenig@kasparkoenig.de>

Datum: Dienstag, 08. März, 09:21 Uhr

An: Kaspar Bettel <kaspar.bettel@kasparkoenig.de>

Betreff: Re: Re: Gürtler hat angerufen

Mensch, Kaspar, das ist ja verrückt! Ich guck gerade in den Stadt-Anzeiger und denke, ich spinne! Gürtler tot!? Warst du das? Kleiner Scherz ;-) Was hatte er denn zu sagen gestern? Meld dich doch gleich mal, mir ist spannend.
Ungeduldig, Habby

Habeas König
Bettel & König, Privatermittler, Köln
habeas.koenig@kasparkoenig.de
www.kasparkoenig.de

------ **Ende der Nachricht**

------ **Neue Nachricht**

Von: kaspar.bettel@kasparkoenig.de

Datum: Dienstag, 08. März, 09:55 Uhr

An: Habeas Koenig <habeas.koenig@kasparkoenig.de>

Betreff: Re: Re: Re: Gürtler hat angerufen

Hi, Habby, ich wollte, ich wärs gewesen. Blöder Hund der Gürtler! Wollten uns um Zwei treffen, aber er war nicht da. Ich hatte so 'nen Hals! Aber inzwischen hab ich ihm vergeben. Wenn man vom Auto überrollt wird, gehen die folgenden Termine ja zwangsläufig auch mit drauf. Allerdings ist der Unfall angeblich kurz vor Neun passiert. Dann war er um Sieben ja offenbar noch am Leben und hat mich also doch draufgesetzt. Wenns nach mir gegangen wäre hätte die Strafe aber auch ein bisschen weniger drastisch ausfallen können. Außerdem: Was wollte er am Militärring um diese Zeit? Golf, Tennis, Fußball Picknick? Ist alles ein bisschen unpassend für den Abend.

LG, Kaspar

Kaspar Bettel
Bettel & König, Privatermittler, Köln
kaspar.bettel@kasparkoenig.de
www.kasparkoenig.de

------ **Ende der Nachricht**

------ **Neue Nachricht**

Von: Habeas König <habeas.koenig@kasparkoenig.de>

Datum: Dienstag, 08. März, 10:01 Uhr

An: Kaspar Bettel <kaspar.bettel@kasparkoenig.de>

Betreff: Re: Gürtler hat angerufen

Hm, wenn ich das richtig verstanden habe, ist er in Höhe der Gleueler Str überfahren worden. Da gibts in der Tat nur wenige Orte, die man zu Fuß erlaufen würde, sobald man das Auto verlässt. Tennisclub am Eichenpark, Kleingartenanlage, Restaurant in der Gleueler, Klubheim vom FC, Decksteiner Weiher. Wieso überhaupt zu Fuß? Ich versuch mal, ein paar Einzelheiten zu erfahren.
Bis später, Habby.

Habeas König
Bettel & König, Privatermittler, Köln
habeas.koenig@kasparkoenig.de
www.kasparkoenig.de

------ **Ende der Nachricht**

Eigentlich ja eine rundweg bescheuerte Idee, sich von Büro zu Büro E-Mails zu schicken. Aber Habby konnte mitunter ein ziemlicher Choleriker sein. Nett zwar, aber cholerisch. Nach diesem affenartigen Gepöbel letztes Jahr hätten sich andere Geschäftspartner vermutlich getrennt. Aber wenn das Geschäft die Existenz bedeutete, war man da ein bisschen weniger spontan. Außerdem hatten sie gerade einige Aufträge, nach denen sich andere Detekteien die Finger lecken würden. Hing wahrscheinlich damit zusammen, dass Habby seit einem Jahr Mitglied bei den Roten Funken war. Gürtler – ausgerechnet! – hatte ihm nach der erfolgreichen Zusammenarbeit vor zwei Jahren angeboten, dabei behilflich zu sein. Irgendwie musste man da empfohlen werden und Bürgen beibringen oder so was in der Art. Eine Folter für den gesunden Menschenverstand, sich vorzustellen, dass es dabei um eine Karnevalsgesellschaft ging. Aber erstens war Karneval in Köln bierernst, und zweitens konnte man das Wesen des Kölners erst dann richtig verstehen, wenn man begriff, dass es bei den Karnevalsgesellschaften eigentlich gar nicht um Karneval ging, sondern um Networking, wie man das auf neudeutsch nannte; quasi eine Analogvariante von MySpace, Facebook und Xing.
Kaspar war sich unschlüssig. Was Gürtler wohl vorgehabt hatte? Seit dem Fall vor zwei Jahren hatte Kaspar ihn hin und wieder in der Zeitung und im Lokalfernsehen entdeckt. Hatte sich offensichtlich inzwischen in der Kölner Politik etabliert. Das war vor zwei Jahren noch ganz anders gewesen.
Kaspar trat aus seinem Büro und ging zu einem der Aktenschränke, die im Flur zwischen den Türen zu den Büros standen. Vielleicht hatte Gürtlers Anruf etwas mit dem alten Fall zu tun? Damals ging es um die Beschattung eines Kölner Politikers, verblüffenderweise einer aus Gürtlers eigener Partei. Gürtler hatte durch irgendeine Indiskretion erfahren, wer genau daran interessiert war, den Baupreis für den Neubau des Wallraff-Richartz-Museums am Neumarkt in die Höhe zu treiben. Das „Große Kölner Loch“ hatte unterdessen mehr oder we-

niger brach gelegen, bis es – o Wunder! – dann doch zugebaut wurde. Egal, wer sich da saniert hatte: Für Gürtler schien es sich ebenfalls gelohnt zu haben. Wissen ist Macht.
Kaspar zog die Schublade F–L auf und suchte das Register G.

------ **Neue Nachricht**
Von: kaspar.bettel@kasparkoenig.de
Datum: Dienstag, 08. März, 11:24 Uhr
An: Habeas Koenig <habeas.koenig@kasparkoenig.de>
Betreff: Re: Re: Re: Re: Gürtler hat angerufen

Hey, Habby,
ich suche Gürtlers Akte. Ist nicht im Schrank. Hast du sie? Ich wollte da nicht suchen. Außerdem war deine Tür abgeschlossen ;-)
LG, Kaspar

Kaspar Bettel
Bettel & König, Privatermittler, Köln
kaspar.bettel@kasparkoenig.de
www.kasparkoenig.de
------ **Ende der Nachricht**

------ **Neue Nachricht**
Von: Habeas König <habeas.koenig@kasparkoenig.de>
Datum: Dienstag, 08. März, 19:13 Uhr
An: Kaspar Bettel <kaspar.bettel@kasparkoenig.de>
Betreff: Re: Re: Re: Re: Re: Gürtler hat angerufen

Hi, Kaspar,
nein, ich habe die Akte nicht. Vielleicht ist sie falsch abgelegt?
H.

Habeas König
Bettel & König, Privatermittler, Köln
habeas.koenig@kasparkoenig.de
www.kasparkoenig.de
------ **Ende der Nachricht**

------ Neue Nachricht

Von: kaspar.bettel@kasparkoenig.de

Datum: Dienstag, 08. März, 19:18 Uhr

An: Habeas Koenig <habeas.koenig@kasparkoenig.de>

Betreff: Gürtler mit G

Unter was denn? Gürtler fängt mit einem recht deutlichen G an. Außerdem hab ich die anderen Register schon durchsucht.

LG, Kaspar

P.S.: Wo warst du denn den ganzen Tag? Gibts was Neues?

Kaspar Bettel
Bettel & König, Privatermittler, Köln
kaspar.bettel@kasparkoenig.de
www.kasparkoenig.de

------ Ende der Nachricht

------ Neue Nachricht
Von: Habeas König <habeas.koenig@kasparkoenig.de>
Datum: Dienstag, 08. März, 19:26 Uhr
An: Kaspar Bettel <kaspar.bettel@kasparkoenig.de>
Betreff: Re: Gürtler mit G

Hab hier und da Erkundigungen eingezogen (hab noch einen anderen Fall!). Nein, nichts Neues. Was die Akte angeht: Da fällt mir ein, dass wir die möglicherweise gar nicht mehr haben.
H.

Habeas König
Bettel & König, Privatermittler, Köln
habeas.koenig@kasparkoenig.de
www.kasparkoenig.de
------ Ende der Nachricht

------ Neue Nachricht

Von: kaspar.bettel@kasparkoenig.de

Datum: Dienstag, 08. März, 19.28 Uhr

An: Habeas Koenig <habeas.koenig@kasparkoenig.de>

Betreff: Re: Re: Gürtler mit G

Nicht mehr haben? Was heißt das denn?
LG, Kaspar

Kaspar Bettel
Bettel & König, Privatermittler, Köln
kaspar.bettel@kasparkoenig.de
www.kasparkoenig.de

------ Ende der Nachricht

------ Neue Nachricht

Von: Habeas König <habeas.koenig@kasparkoenig.de>

Datum: Dienstag, 08. März, 19:32 Uhr

An: Kaspar Bettel <kaspar.bettel@kasparkoenig.de>

Betreff: Re: Re: Re: Gürtler hat angerufen

Na, wenn ich mich richtig erinnere, wollte Gürtler alle Unterlagen ausgehändigt haben, nachdem wir seinen Spezi beschattet hatten.

Habeas König
Bettel & König, Privatermittler, Köln
habeas.koenig@kasparkoenig.de
www.kasparkoenig.de

------ Ende der Nachricht

------ **Neue Nachricht**

Von: kaspar.bettel@kasparkoenig.de

Datum: Dienstag, 08. März, 19:35 Uhr

An: Habeas Koenig <habeas.koenig@kasparkoenig.de>

Betreff: Das ist blöd!

Hey, Habby,

das ist ja bescheuert! Seit wann geben wir unserer internen Infos weg? Wann haben wir das denn vereinbart? Das ist Scheiße! Was machen wir denn, wenn die Kripo bei Gürtler einen Hinweis auf unsere Detektei findet? Dann haben wir nichts, nichts, was wir da ggf präsentieren könnten. Nichts! Ich platze gleich! Du hast Glück, dass wir diese bekloppte E-Mail-Vereinbarung haben!

Kaspar Bettel

Bettel & König, Privatermittler, Köln

kaspar.bettel@kasparkoenig.de

www.kasparkoenig.de

------ **Ende der Nachricht**

------ Neue Nachricht

Von: Habeas König <habeas.koenig@kasparkoenig.de>

Datum: Dienstag, 08. März, 19.38 Uhr

An: Kaspar Bettel <kaspar.bettel@kasparkoenig.de>

Betreff: Re: Das ist blöd!

Sonst was? Schlägerei? Kasalla? Kühl ab, Mann! Er hat darauf bestanden. Was hätte ich da machen sollen? Ablehnen? Irgendwie brauchte ich das Honorar. Du nicht?

H.

Habeas König
Bettel & König, Privatermittler, Köln
habeas.koenig@kasparkoenig.de
www.kasparkoenig.de

------ Ende der Nachricht

Kaum zu glauben! Da saß man nun ein paar Meter voneinander entfernt und war nicht mal in der Lage, kultiviert zu kommunizieren. Kaspar Bettel stieß drei Mal die Luft durch die Nasenlöcher wie ein wütender Kampfstier. Idiot! Idiot! Alles Idioten! Bloß raus hier.
Eine Viertelstunde später saß er in der 1 Richtung Weiden West. Als er an der Haltestelle Eupener Straße ausstieg, fragte er sich, was er da eigentlich gerade vorhatte? Obwohl es im Grunde genommen logisch und einfach war: Wenn Gürtler die Unterlagen hatte, musste man sie bei Gürtler einsehen. Was schwierig werden würde, wenn da gerade irgendwelche Hinterbliebene nach Erbmasse suchen sollten. Kaspar lugte dem Mann in der nächsten Sitzreihe über die Schulter. Er las im EXPRESS. Rechts unten auf Seite 5 stand „Ratspolitiker: Tod kein Unfall?“ Ach herrje! Dann hatte die Kripo Gürtlers Wohnung sicher auch schon mit feinem Kamm gekämmt. Na, mal sehen.
Kurz nach Acht war oben im Haus alles dunkel. Ein Vorteil, dass Gürtler im Penthouse wohnte. Kaspar atmete tief durch und drückte dann auf einen Klingelknopf im ersten Stock.
„Ja, bitte?“, schallte es einige Sekunden später aus der Gegensprechanlage.
„Sakczynski, Kripo Köln“, gab Kaspar dreist zurück. „Meine Kollegen haben eine Tasche im Penthouse vergessen. Drücken Sie bitte auf!“
„Na, hoffentlich geht das jetzt nicht tagelang so!“, antwortete die Stimme, aber der Türsummer begann erfreulicherweise zu brummen.
Eine Minute später stand Kaspar ganz oben, nicht etwa vor Gürtlers Wohnungstür, sondern vor der Eisentür zum Dach. Vermutlich kam man von außen einfacher ins Apartment. Vor allem mit Glück: Die Tür hatte ein einfaches Schloss, nichts im Vergleich mit den Fertigkeiten, die er sich während seiner Zeit bei Kripo und privatem Sicherheitsdienst angeeignet hatte. Kurz darauf glitt er über die Dachrinne hinunter auf den umlaufenden Balkon.

Große Fenster einschlagen machte einen Höllenlärm und viele Scherben. Interessiert betrachtete Kaspar das Oberlichtfenster zum Bad. Etwas über Kopfhöhe, ungefähr zwei Meter breit und einen halben hoch; längs oberhalb der Badewanne. Das konnte klappen. Er fingerte den Glasschneider aus der Tasche und ritzte die Scheibe hart am Rahmen und mehrmals quer. Dann stieß er mit dem Ellenbogen zu. Klirrend fielen ein paar Fragmente hinein in die Wanne. Vorsichtig brach Kaspar weitere Stücke heraus und stieg dann durch die Öffnung hinein.

Er huschte aus dem Bad hinaus in den Flur und probierte vorsichtig, ob sich die Wohnungstür öffnen ließ. Als er sich dessen sicher war, schnüffelte er kurz durch Küche und Arbeitszimmer und kehrte dann mit einer alten Zeitung und einer Rolle Tesafilm zurück ins Bad. Milde lächelnd klebte er den Fensterrahmen mit Zeitungspapier zu. Das war nicht nur notdürftig repariert, das sah auch so aus. Jedenfalls nicht so, als ob es ein Einbrecher geflickt hätte.

Kaspar betrat das Arbeitszimmer und brauchte knapp zwanzig Minuten. Dann hatte er den Ordner mit den Unterlagen gefunden.

Genau: Nockenthal. Dr. Herbert Nockenthal, Rechtsanwalt, Fraktionschef der Christdemokraten, stellvertretender Bürgermeister. Hatte sich auf Malle ein Haus bauen lassen. Von Fux & Meier. Große Baufirma. Baute zurzeit an drei Großprojekten in Köln. Zusammen mit zwei kleineren Firmen: Segima und Doerfel & Olpe. Die kümmerten sich um Innenausbau und Haustechnik. Schien eine in Köln sehr erfolgreiche Troika zu sein. Müllverbrennungsanlage, Kölner Loch, nicht schlecht. Hatten inzwischen – vermutlich nicht grundlos – ihre Firmenzentralen nach Köln verlegt.

Kaspar blätterte nachdenklich weiter in den Notizen. Wie hatte Gürtler von all dem profitiert? Der Stadtrat hatte den Neubau eines Museumsbaus beschlossen und das alte Rautenstrauch-Museum abreißen und die riesige Baugrube ausheben lassen. Plötzlich fiel auf, dass das Geld gar nicht reichen würde. Folge:

Bau auf unbestimmte Zeit gestoppt. Der Landeszuschuss wurde eingefroren. Bis es nach fast zwei Jahren wieder weiter ging. Vermutlich mit Neuausschreibungen und so weiter. Und wenn die Baufirma Nockenthal eine Bude auf Malle hinstellte, dann hatte der zweifellos nachgeholfen, entweder beim Verzögern oder bei der Neuvergabe. Man kannte das ja: Erst mal sinnvoll unter dem Angebot der Mitbewerber bleiben, verteuern konnte man es hinterher. Lief bei der neuen U-Bahn ähnlich. Hauptsache, bei der Stadt spielte man an geeigneter Stelle mit.
Kaspar musterte die nächste Notiz. Eine Todesanzeige. Karl-Werner Grote. Grote? Den Namen hatte er auch schon mal gehört. Ah, richtig: Der Mann war so eine Art Referent bei Nockenthal gewesen. Habby hatte den Kontakt damals hergestellt. Eine wertvolle Quelle. Hatte eine Menge über Nockenthal zu erzählen. Hm, wann war der gestorben? Vor einem Jahr? Mit 46! Donnerwetter, alt war das nicht.
Na, wie auch immer: Gürtler hatte eine Menge zusammengetragen über diesen Dr. Nockenthal. Vielleicht gehörte das zum Alltagsgeschäft in diesen höheren politischen Kreisen, dass man die Leichen im Keller der anderen kannte und etwas in der Hinterhand hatte zum Schachern.
Kaspar hielt inne.
Ein Geräusch.
Plötzlich fühlte er sich nicht mehr allein in der Penthouse-Wohnung. Beobachtet, bedroht.
Er kam noch nicht einmal mehr dazu, sich ganz umzudrehen. Der Schlag in den Nacken fällte ihn mitten in der Bewegung. Während er zu Boden ging, schoss ihm ein irritierendes Detail durchs Gehirn. Dann war alles schwarz.

Als Kaspar erwachte, war es fast 1:00 Uhr. Stöhnend fuhr er sich mit der Hand über den Nacken. Es schmerzte teuflisch. Wahrscheinlich war der Kopf gar nicht mehr mit dem Rumpf verbunden und wurde nur noch von der Haut des Halses davon abgehalten, zu Boden zu fallen. Vorsichtig erhob sich Kaspar und schaltete die Beleuchtung seines Handys ein. Der Ordner mit den Unterlagen war weg. Dann war es wohl angebracht, ebenfalls zu gehen.

------ Neue Nachricht

Von: kaspar.bettel@kasparkoenig.de

Datum: Dienstag, 09. März, 08:28 Uhr

An: Habeas Koenig <habeas.koenig@kasparkoenig.de>

Betreff: Neuigkeiten!

Hey, Habby,
du glaubst nicht, was mir passiert ist. Ich wurde niedergeschlagen. Hab so ne Birne. Furchtbar. Hast du noch Aspirin?
LG, Kaspar

Kaspar Bettel
Bettel & König, Privatermittler, Köln
kaspar.bettel@kasparkoenig.de
www.kasparkoenig.de

------ Ende der Nachricht

„Niedergeschlagen? Wo denn?“ Habeas König hatte Kaspars Bürotür aufgestoßen, ohne groß anzuklopfen. Das war ja was ganz Neues: Direktkontakt, keine E-Mail.

„Bei Gürtler. Ich wollte einen Blick in die Unterlagen werfen. In unsere Unterlagen! Du erinnerst dich sicher?“

Habby schüttelte den Kopf. „Ich versteh nicht, wieso du dich da so reinhängst. Es hat uns doch niemand beauftragt, oder doch?“

„Natürlich nicht. Gürtler ist tot. Wie soll er uns da beauftragen?“

„Sehr witzig. Also, warum?“

Kaspar schnaufte kurz. „Na, weil er mit uns reden wollte. Das reicht mir für die Annahme, dass er uns beauftragen wollte. Woll-te, verstehst du?“

Habby nickte. „Ja, schon. Aber wozu soll das jetzt noch gut sein? Da er diesen Unfall hatte, wird sich die Kripo darum kümmern und fertig. Er könnte uns ja eh nicht mehr bezahlen.“

Kaspar platzte fast der Kragen. „Ja, aber interessiert dich denn überhaupt nicht, was er von uns wollte?“

„Nein“, blaffte Habby zurück. „Aber wenn du damit deine Zeit verplempern willst, bitte. Ansonsten: E-Mail. Sonst werde ich wahnsinnig. Weiß nicht, weshalb ich überhaupt herübergekommen bin.“ Dann verließ er das Büro und schloss die Tür.

So ein Idiot, dachte Kaspar. Manchmal konnte er ganz schön kompliziert sein. Kompliziert und gut gekleidet. Schicke Anzüge, schicke Krawatten, schicke Schuhe. Sehr schicke Schuhe, sehr ausgefallen. Slipper mit einer Sonne aus Metall als Schließe. Kaspar versetzte sich selbst eine Ohrfeige. Was ging denn hier vor? Irgendwo in seinem schmerzenden Schädel generierten wild feuernde Nervenzellen das virtuelle Bild einer kleinen metallenen Sonne.

------ Neue Nachricht

Von: kaspar.bettel@kasparkoenig.de

Datum: Dienstag, 09. März, 09:01 Uhr

An: Habeas Koenig <habeas.koenig@kasparkoenig.de>

Betreff: Re: Neuigkeiten!

Hey, Habby,
eine Frage noch: wie viel hast du Grote bezahlt für seine Indiskretionen?
LG, Kaspar

Kaspar Bettel
Bettel & König, Privatermittler, Köln
kaspar.bettel@kasparkoenig.de
www.kasparkoenig.de

------ Ende der Nachricht

------ Neue Nachricht

Von: Habeas König <habeas.koenig@kasparkoenig.de>

Datum: Dienstag, 09. März, 09:03 Uhr

An: Kaspar Bettel <kaspar.bettel@kasparkoenig.de>

Betreff: Re: Re: Neuigkeiten!

Grote? Welcher Grote?
H.

Habeas König
Bettel & König, Privatermittler, Köln
habeas.koenig@kasparkoenig.de
www.kasparkoenig.de

------ Ende der Nachricht

------ **Neue Nachricht**

Von: kaspar.bettel@kasparkoenig.de

Datum: Dienstag, 09. März, 09:12 Uhr

An: Habeas Koenig <habeas.koenig@kasparkoenig.de>

Betreff: Re: Re: Re: Neuigkeiten!

Karl-Werner Grote. Der Assi von Dr. Nockenthal. Du weißt schon: Nockenthal, CDU, der mit dem Haus auf Malle. Wie viel also? Hat Gürtler dir das Geld dafür gegeben?

LG,

Kaspar

Kaspar Bettel

Bettel & König, Privatermittler, Köln

kaspar.bettel@kasparkoenig.de

www.kasparkoenig.de

------ **Ende der Nachricht**

------ **Neue Nachricht**

Von: Habeas König <habeas.koenig@kasparkoenig.de>

Datum: Dienstag, 09. März, 09:14 Uhr

An: Kaspar Bettel <kaspar.bettel@kasparkoenig.de>

Betreff: Geld

Klar. War aber nicht so toll. Ein paar Euro.

H.

Habeas König

Bettel & König, Privatermittler, Köln

habeas.koenig@kasparkoenig.de

www.kasparkoenig.de

------ **Ende der Nachricht**

------ Neue Nachricht

Von: kaspar.bettel@kasparkoenig.de

Datum: Dienstag, 09. März, 09:19 Uhr

An: Habeas Koenig <habeas.koenig@kasparkoenig.de>

Betreff: Re: Geld

Hört sich preiswert an. Und was hat er dafür geliefert?
LG, Kaspar

Kaspar Bettel
Bettel & König, Privatermittler, Köln
kaspar.bettel@kasparkoenig.de
www.kasparkoenig.de

------ Ende der Nachricht

------ **Neue Nachricht**

Von: Habeas König <habeas.koenig@kasparkoenig.de>

Datum: Dienstag, 09. März, 09:22 Uhr

An: Kaspar Bettel <kaspar.bettel@kasparkoenig.de>

Betreff: Re: Re: Geld

Mein Gott! Du bist heute echt zäh! Was hat er dafür geliefert? Na, was wohl? Infos über Nockenthal. Der war damals Vorsitzender des Finanzausschusses. Hat seine Finger immer noch überall drin, der alte Hund.
H.

Habeas König
Bettel & König, Privatermittler, Köln
habeas.koenig@kasparkoenig.de
www.kasparkoenig.de

------ **Ende der Nachricht**

------ Neue Nachricht
Von: kaspar.bettel@kasparkoenig.de
Datum: Dienstag, 09. März, 09:24 Uhr
An: Habeas Koenig <habeas.koenig@kasparkoenig.de>
Betreff: Re: Re: Re: Geld

Woran ist Grote denn eigentlich gestorben? Autounfall?
LG, Kaspar

P.S.: Hast du neue Schuhe?

Kaspar Bettel
Bettel & König, Privatermittler, Köln
kaspar.bettel@kasparkoenig.de
www.kasparkoenig.de
------ Ende der Nachricht

------ Neue Nachricht

Von: Habeas König <habeas.koenig@kasparkoenig.de>

Datum: Dienstag, 09. März, 09:31 Uhr

An: Kaspar Bettel <kaspar.bettel@kasparkoenig.de>

Betreff: Re: Re: Re: Re: Geld

He, Kaspar,
was soll das dauernd mit diesem Grote? Und wie er gestorben ist? Ich erinnere mich nicht daran. Und ja, ich habe neue Schuhe. Warum ist das auf einmal wichtig?
H.

Habeas König
Bettel & König, Privatermittler, Köln
habeas.koenig@kasparkoenig.de
www.kasparkoenig.de

------ Ende der Nachricht

Kaspar massierte verzweifelt seine Hände. Wieso? Es gab keine andere Erklärung. Eins plus Eins ist nur selten gleich Drei. Dieser Idiot! Wieso?

------ **Neue Nachricht**

Von: kaspar.bettel@kasparkoenig.de

Datum: Dienstag, 09. März, 09.41 Uhr

An: Habeas Koenig <habeas.koenig@kasparkoenig.de>

Betreff: Re: Re: Re: Re: Re: Geld

Ach, Habby,
das ist wichtig, weil ich erst kürzlich eine kleine Metallsonne an einem Schuh gesehen habe. Heute Nacht, bei Gürtler. Als ich zu Boden ging. Dass du mich irgendwann mal schlagen würdest, hatte ich mir ja schon gedacht. Aber in fremder toter Leute Wohnung? Und von hinten? Du feiges Schwein! Hast du Gürtler …, nun ja, du weißt schon? Ach, und Grote vielleicht auch? Und sonst noch jemanden, auf den ich momentan nicht gleich komme?
Konsterniert,
Kaspar

P.S.: Habe gerade die Kripo verständigt. Wenn du klug bist, bleibst du einfach in deinem Sessel sitzen, bis sie da sind.

Kaspar Bettel
Bettel & König, Privatermittler, Köln
kaspar.bettel@kasparkoenig.de
www.kasparkoenig.de

------ **Ende der Nachricht**

Als der Schuss fiel, kapierte Kaspar nicht sofort, was da soeben passiert war. Verdattert sprang er auf und stürzte hinüber zum anderen Büro. Habeas König war vornübergesunken. Sein durchlöcherter Kopf ruhte auf Gürtlers Unterlagen, mitten in einer großen Blutlache.
Fassungslos schlug Kaspar die Hände vors Gesicht.
So ein elender Blödmann! So ein Idiot! Alles Idioten!

Angela Eßer

Opas Geheimnis

Na, wen haben wir denn hier? Ach ja, den Herrn Schmitz, also, dann wollen wir mal! Wie geht es uns denn heute?
Ach Schwester, beschissen wär noch geprahlt … aber sag mal, dich kenn ich ja noch gar nicht.
Gestern hatte ich meinen ersten Tag.
Hab ichs mir doch gedacht, deine Körbchengröße ist mir hier noch nicht untergekommen.
Wie bitte? Sie …
Ha, war nur Spaß, Kind. Bisschen Spaß muss sein, oder? Lieg mal angeschnallt wie ich hier im Bett und guck den ganzen Tag auf diese dämliche portugiesische Abendstimmung, da freut sich doch jeder über eine Abwechslung. Und übrigens, du kannst ruhig wie die anderen Willy zu mir sagen oder wenigstens Opa Schmitz.
Herr Schmitz, dat hört sich immer so förmlich an.
Aber Sie heißen doch gar nicht Willy, sondern … ähm … Rudolf.
Dat ist doch ejal. Alle sagen Willy zu mir. Dat ist janz komisch, wenn jemand Herr Schmitz zu mir sagt …
Wieso sagen denn alle Willy zu Ihnen?
Na, wegen dem Millowitsch, weil ich dem so ähnlich seh.
Ach …
Sie sind aber irgendwie noch nicht lange in Köln?
Morgen wird es eine Woche.
Ach so, erst grad mal eine Woche. Wo kommst du denn her, wenn ich mal fragen darf?
Äh, … aus dem Allgäu, aber …
Auch schön. Wir sind von der Innung da mal hingefahren. Zwei Tage Oberstdorf. Mein Gott, Oberstdorf. War das nicht da, wo

damals der dämliche Richard aus Nippes …? Stimmt. Also, ich sag dir, der war echt ein Ferkel, der hat doch tatsächlich auf der Rückfahrt der Ilse …, und da musste ich den …, ist keinem nachher aufgefallen. Aber wat erzähl ich Ihnen denn hier?

Ach, Sie können mir gerne was erzählen, aber Fiebermessen müssen wir jetzt auch noch, Herr Schmitz.

Muss das denn sein, kommt doch sowieso jeden Tag dasselbe dabei raus.

Herr Schmitz, bitte!

Willy!

Gut, dann eben Willy. Jetzt messen wir aber endlich Fieber …

Hoppla Mädchen, wat machst du denn da?

Fiebermessen, wieso?

Also ich weiß nicht, aber ich an deiner Stelle würde dat andere Ende nehmen.

Oh …

Früher hätt mich dat ja noch gefreut, aber … Himmel, Mädchen, wehe du steckst mir dat jetzt in den Mund!

Entschuldigung, aber ich weiß auch nicht, bin wohl irgendwie ein bisschen nervös.

Schon gut, mach dir man keinen Kopp. Nimm einfach dat Ergebnis von jestern. Is sowieso ejal. Ich bin jetzt achtzig, und dat war jetzt dieses Jahr schon der dritte Herzinfarkt hintereinander. Glaub mir, bald hab ich et auch geschafft. Sag mal, ist mein Enkel eigentlich schon da?

Ihr Enkel?

Na, ich muss mit dem noch unbedingt reden. Et is ungeheuer wichtig, dat der noch kommt, bevor ich die Radieschen von unten anguck, weißte?

Also, soweit ist es doch wirklich noch nicht, Willy!

Nix, Willy. Lang dauert dat nicht mehr bei mir, dat merkste einfach. Ich hätt schon längst mit Tommy reden sollen, aber ich Doofkopp hab immer gedacht, et is ja noch Zeit. Ob du et jetzt glaubst oder nicht, Kind, aber et hängt doch alles davon ab.

Abhängen, was hängt denn so Dringendes davon ab?

Ja, unser Unternehmen! Wat denkst du denn?

Ihr Unternehmen hängt davon ab, ob ihr Enkel kommt?

Und wie. Tommy ist doch mein Erbe. Mädchen, Mädchen, du bist wirklich noch nicht lang hier. Metzgerei Schmitz! DIE Metzgerei Schmitz. Metzgerei Schmitz – alles andere ist ein Witz! Noch nie von gehört?

Ich … äh …

Jetzt sag bloß nicht, du bist Vegetarinerin oder wie dat heißt … also, ich erklär dir dat mal. Erst Luft holen. So, und dann weiter. In Bayenthal, ach wat sach ich, in Köln gibbet eigentlich nur zwei Metzgereien. Also ich mein die, die wirklich wat drauf haben. Wir und die Mäuesse. Aber richtig gut sind eigentlich nur wir. Der Mäues ist nicht schlecht, aber der hat eben nicht – ja, wie soll ich dir dat jetzt erklären – also, der hat nicht den letzten Pfiff, der hat einfach nicht kapiert, dass Metzger sein allein nicht reicht.

Ach, wirklich? Was hat er denn nicht kapiert?

Alles, wenn de mich fragst. Und jetzt stell dir mal vor, beim Mäues, da heißt dat Mädchen, die dat Geschäft übernehmen soll, doch glatt Soraya. Überleg mal, Soraya Mäues! Dat sacht doch alles, oder? Da kann sich doch kein Mensch vorstellen, dat die ne ordentliche Wurst zustande bringt. Apropos, wie heißt du denn?

So … So … äh … Sonja.

Siehste, dat ist doch ein schöner Name. Wie Tommy. Bei dem habe ich auch den Namen bestimmt. Ja, auf den Jung kann ich stolz sein. Dat is ein Metzger mit Fleisch und Blut. Ist der denn immer noch nicht da?

Nein, Herr … Willy, der ist noch nicht da.

Ich sag dir, wat der Tommy aus unserer Wurst macht: ein Gedicht! Dat fühlt man, dat sieht man, dat riecht man und wenn man genau hinhört, kann et man richtig hören. Ganze Arien macht der, ach wat sag ich: Opern. Wenn der in der Metzgerei steht und ich dem beim Wursten zuschaue, wie der in all den leckeren Innereien wühlt und dat frische Blut rührt, dann ist

der Jung in seinem Element … und jetzt muss der nur noch, also wenn der dann alles in die Därme füllt …
In die Därme, aha, wie geht es denn mit dem Stuhlgang?
Wie soll et schon gehen? Stuhlgang is Scheiße, aber Gehen geht noch. Kind, ich hab et doch nit an den Füßen, obwohl ich jahrelang in unserer Metzgerei gestanden hab. Tag für Tag und mit …
Herr Schmitz! Sie wissen genau, was ich meine. Was macht Ihre Verdauung?
Nix macht sie, die Verdauung. Was soll sie auch machen? Bei dem Pampf, den es hier zu essen gibt. Ich hab es doch auch nicht am Magen, und ich sag dir, Verhungern ist auch kein schöner Tod. Nee, glaub mir, schön ist anders. Ich weiß ja, du kannst ja nix dafür, aber dat Essen hier ist schlimmer als im Krieg. Und dann Russland … aber wenn Russland nicht gewesen wäre, dann wären wir heute auch nicht die Nummer eins. Tja, so hat eben alles seine zwei Seiten. Was spritzt du denn da in die Tropfflasche?
Vitamine.
Kann ich dann davon besser kacken oder wat?
Willy, bitte! Erzählen Sie doch noch was vom Krieg, was war denn da in Russland?
Vom Krieg? Sonst gehen immer alle laufen, wenn der Opa vom Krieg erzählt. Kind, sag mal … bist du sicher, dat dat Vitamine waren? Mir is, ich weißet auch nicht …
Ja, sind Vitamine. Wir wollen doch alle, dass es Ihnen wieder besser geht, oder? Also, und wenn Ihr Enkel gleich kommt, dann sind Sie wieder fit wie ein Turnschuh. Und wie war das jetzt mit der Nummer eins und im Krieg?
Ahhhh … schön …
Wie schön? Oh, verdammt, Willy, Sie laufen aus.
So ist dat nun mal, oben jeht et rein, unten wieder raus. Dat sind aber tolle Vitamine. Ich hab jetzt zwar so'n komischen Kräutergeschmack im Mund, aber dat is gut. Dat hätten die mir auch schon mal früher rein tun können. Also, wenn du noch mehr

hast, immer rein damit.
Mach ich gern, aber erzählen Sie mir doch einfach vom Krieg, Willy … igitt.
Ich sag nur: Sibirien. Also, die Russen kamen eines Tages mit einem Schwein, das wir für die machen sollten. Das Wasser ist uns im Mund zusammengelaufen, und was haben wir gekriegt? Nichts, nicht ein Fitzelchen. Aber der Magen hat geknurrt, dat war lauter als die Domglocken. Jede Woche ging dat so. Da musste ich doch wat machen, bevor wir alle draufgehen …
Was machen?
Ja, wie fing dat denn noch mal an? Stimmt, da war der Jupp … also dat war ein echtes Kameradenschwein. Wir haben uns schließlich alle selber helfen müssen … stimmt, Jupp hieß der. Nee, hab ich mir gedacht …
Ja? Ich hör Ihnen zu, Willy. Was haben Sie sich gedacht?
Nee, nee, wenn ich da noch dran denke. Also jedenfalls, all die Schweine, die haben wir dann richtig schön verwurstet. Den Russen ist gar nicht aufgefallen, wenn einer von uns gefehlt hat. Ein Maul weniger zu stopfen, haben die sich wahrscheinlich gedacht, auch wenn nichts als Brot gab. Blut ist Blut. Fertig. Aber ich sag dir, bei den meisten, die Leber und vor allem die Nierchen, ein Gedicht … eine richtige Delikatesse. Du rümpfst jetzt vielleicht die Nase, dat hat so mancher erst gemacht, aber wenn dus mal probiert hast, da leckst du dir noch nach Tagen die Finger. Man muss sie nur lang genug in Wasser liegen lassen.
Wie, bei den Nierchen? Wasser?
Ja, Wasserlassen funktioniert einwandfrei, Schwester.
Das sehe ich, Willy. Und der Boden ist auch schon …
Also, meine Würstchen waren einmalig, dat kann ich dir flüstern. Die anderen Kameraden haben gejubelt, jedenfalls, die die übrig geblieben sind.
Und die anderen sind dann in die Wurst …
Damals war alles schwer, Kind, aber Köpfchen, sag ich da nur, Köpfchen. Zurück aus Sibirien und ab, gleich wieder in die Metzgerei. Lief erst nicht so gut, hatte ja keiner wat an den Fü-

ßen. Und dann kam der Hermann rein und quatscht blöd wegen dem Jupp, weil der doch sein Bruder war, die Kameradensau, und dann … Sag mal, ist der Tommy immer noch nicht da? Ich glaub, ich mach et echt nicht mehr lang, und ich muss doch dem Tommy noch … Schwester, bin ich wieder ausgelaufen? Mir ist so warm …

Ja, Willy, ähhh … aber das macht gar nichts, ich mach das nachher dann weg. Jetzt bleiben Sie einfach mal so liegen und … wie war das jetzt mit dem Hermann?

Der Hermann. Ja, … wie war dat noch mal?

Den Hermann … in die … Wurst?

Ne, den Herrmann in die Flönz. War doch für den Pokal. Klaus ins Würstchen. Wat musste der auch ausgerechnet in die Metzgerei kommen, als ich gerade den Hermann … is hoch her gegangen, damals. Der Klaus war doch ein Hungerhaken. Eine Wildsau in der freien Landschaft, aber nix dran. War wirklich kein Verlust. Die Frauen standen auf den. Warum weiß kein Mensch. Wir konnten mit dem jedenfalls nicht viel anfangen. Hat einfach zuviel geraucht. Die Lunge hättest du mal sehen sollen, 'ne Straße hätte man damit teeren können. Aber der Hermann, der war satt im Futter.

Und mit dem gab es dann den … äh … Flönz-Pokal?

Logisch, dat geht nur mit meinem Spezial-Rezept, wenn du verstehst?

Und wat is jetzt da genau drin?

Jetzt klingst du aber schon wie ein echt kölsches Mädchen …

Ähm, ich meinte, was ist da drin, Wilhelm?

Willy. Ja, dat Spezial-Rezept, unser Geheimnis. Wir müssen doch die Nummer eins bleiben, sonst holt uns der Mäues doch noch ein und holt womöglich auch noch den Pokal. Und außerdem muss der Tommy doch auch in die Bruderschaft. Bisher konnte ich denen in Frankreich immer noch verklickern, dass nur einer aus Köln mit dabei sein darf und konnte den Mäues raushalten, aber ohne mein Geheimnis ist …

… ist der Tommy nichts?

Ach Mädchen, der geht schon seinen Weg, aber dann sind wir auch nicht besser als andere. Ist der Tommy denn immer noch nicht da? Et wird wirklich langsam Zeit. Warum habe ich Dussel dat nicht auch schon früher erledigt.
Nein, Willy, der ist noch nicht gekommen.
Der feiert wahrscheinlich noch. Ist ja auch klar. Der bekommt heute nämlich seinen Meisterbrief und feiert mit seinen Kumpels, den ‚Flying Flönz'. Dat sind Kameraden, Mannomann, dat kann ich dir flüstern. Prima Jungs. Der Tommy hat mich mal mitgenommen, aber dat ist nix mehr für mich. Ich wär ja mehr für den FC, aber der Tommy ist nun mal ein Basketball-Fan. Auch gut. Jedem Jeck sein Kapp, sag ich immer. Und den Tommy, weißte, wie die den nennen? Pitbull-Tommy. Herrlich.
Das Rezept, Willy?
Mädchen, puhh … sach mal, der rechte Arm wird so kalt und der fühlt sich auch so ganz komisch an.
Der Tropf … ach, da ist jetzt alles auch noch runter gelaufen. Alles halb so wild, ich kümmere mich gleich darum, Willy. Jetzt erzähl erst mal weiter.
Kind, sach mal, würdest du … also, könntest du dem Tommy was von mir sagen?
Natürlich, das mache ich doch gerne, Willy, Ehrensache. Was soll ich ihm denn sagen?
Der Tommy, also, der muss doch noch das große Geheimnis von unserm Flönzmachen wissen. Und da sind wir nun mal Meister drin und das soll auch so bleiben mit Orden und Pokal, wie sich dat gehört, und da hat der Mäues nix zu suchen – vor allem nicht so ne Soraya. Soraya. Da kriegt macht doch sonst wat, allein schon vom Namen. Der Tommy muss Ritter der Blutwurst werden. Ich sag dir, ich freu mich schon auf den Tag, wenn der den Eid schwört, und wenn ich et aus dem Himmel angucken muss: „Auf Grill und Gabel schwöre ich, dass ich für alle Zeiten und an allen Orten die Blutwurst …"
Willy?
Ja, hier!

Nicht einschlafen. Das Rezept?
Krieg ich noch mal Vitamine?
Klar.
Eigentlich ist dat ganz einfach. Frisch gerührtes Blut muss rein, sonst wird das nichts. Schwarte, Blut und dann lecker abschmecken. So richtig wissen will ja keiner, was da drin ist, genauso wie bei eurer Weißwurst in Bayern. Hauptsache, sie schmeckt, sag ich immer. Ich verrate dir jetzt mal was: auf die Gewürze und vor allem auf die richtige Mischung kommt es an. Sagst du das dem Tommy, kann ich mich auch darauf verlassen?
Die Mischung ist?
Kind, zwischen Himmel und Äd, ich mein: Himmel und Erde, da spielt sich doch dat ganze Leben ab. Wenn mal alles vorbei ist, dann kommen wir unter die Erde und dann in den Himmel und dazwischen, als da ist dat Leben. Ja, und so zwischen Himmel und Äd, also da sind wir. Die Kölner. Also eigentlich ja ein echtes Kölner Schwein. Speck, Fleisch und Blut, dat muss natürlich auch noch rein, sonst schmeckt es ja nicht. Und vor allem ein Schwein muss rein.
Was jetzt? Ein Kölner Schwein?
Ja sicher, dat muss rein, sonst wärs ja ne Flönz wie bei allen anderen. Ne, was haben wir das letzte Mal beim Pitter debattiert. Überall laufen sie rum, habe ich gesagt. In der Kirche, in der Politik, einer mehr oder weniger, würd dat jemand auffallen? Ne. Da gibt es keinen Brandt oder Wehner mehr, oder meinetwegen auch einen Barzel. Alles solche aufgeblasenen Hanswürste, hähä, sagt ja schon der Name, ne, wat man mit denen machen soll, hähä … also, wie der bei mir auf der Bank …, und alles Halsabschneider. Ich sag dir, überall laufen solche elendigen Schweine rum. Aber der Tommy, dat ist ein Prachtstück, also kannst du dem dat mit dem Kölner Schweinen …
Mach ich, Willy, ganz bestimmt … und weiter?
Also die kleinen Fettstücken, die kommen am besten aus der Hüfte. Haben ja alle genug Speck drauf. Nee, Hungerleider gibt es heutzutage ja keine mehr. Gottseidank. Sind eh alle eher zu

fett … aber, du wärst mir genau richtig und du würdest richtig gut zu meinem Tommy passen. Habe ich schon gesagt, oder? Weil Blut kannste ja sehen …

Das wars?

… und eine Spur von Majoran, aber nur ne Spur!

Nicht zu fassen. War doch ganz einfach, oder? Ich hab alles im Kopf, Willy.

Dat is schön. Aber bloß nicht vergessen, ja? … und alles dem Tommy sagen, aber nur dem Tommy! Kann ich mich darauf …

Wird erledigt.

Krieg ich noch ein bisschen? Eins erzähl ich dir noch, hihi. Heidewitzka, Herr Kapitän. Jedes Mal, wenn so ein Schwein in meine Flönz kam, dann hab ich wat für den Dom gespendet. Viva Colonia … Immer ein bisschen was für den lieben Gott, dat muss sein, habisch jesacht …

Jaja, is ja gut jetzt.

Wat denn? Ich find dat schön, wenn ich so vom Himmel durch dat Fenster in der Dom gucken kann und dann der dolle Kardinal Meisner, hähä, der sieht dann auch von innen auf lauter schöne Schweine … lustisch is las Sigäunerleb …

So, du Grufti, jetzt ist Schluss mit lustig und ich erzähl dir mal was. Auf deinen Tommy kannste lange warten, den habe ich heute Morgen erst mal außer Gefecht gesetzt, der braucht noch ne Weile bis der wieder klar denken kann. Ab morgen, Willy Schmitz, da macht dein Tommy stinknormale Würstchen, da kriegste mein Wort drauf, und wir sind dann die Nummer eins in Köln, haste gehört? Wir, die Mäuesse, hörste? Am besten, ich fang mit dem Tommy an. Na, was hältste davon?

Wat waar daaat …?

Schnaps. Wenn et genau wissen willst, die netten Vitamine waren dat Gebräu aus Düsseldorf. Kennste Killepitsch? Verdammt, wat ist dat jetzt hier glitschig? Ekelhaft. Der haut rein, Opa, wenn man nicht drauf geeicht ist, was?

Schnaaaps, daaaaaaaaaa … puuuuhhhh

Willy … hallo … Willy, jetzt komm … uiihhhha …

Komisch, sagt Tante Erna, und du weißt gar nix? Keinen blassen Schimmer, antwortet der alte Mäues, ich hab keine Ahnung, warum die zu dem ollen Schmitz hin ist. Kann sich auch an nichts mehr erinnern. Sagt, dat sie da überhaupt nicht war. Umschulen will sie jetzt. Floristin. Und Wurst und Fleisch isst sie auch nicht mehr. Kannst du dir dat vorstellen? Mein Kind. Eigen war die Soraya ja schon von klein auf, aber dat? Die wollt doch immer die Metzgerei, ich versteh dat alles nicht. Is die jetzt ein bisschen, ja wie soll ich dat jetzt, wat sagt denn der Arzt?, fragt Tante Erna. Bleibt so, erzählt der Mäues weiter, ach, wie hat der sich denn jetzt nochmal ausgedrückt? Partizi …, also, 'ne Art Gedächtnisverlust oder so … dat kommt auch nicht wieder, aber sonst, alles vollkommen normal. Is alles von dem Sturz. Is auf irgendwat Nassem ausgerutscht, hat er gesagt, und mit dem Kopp auf dat Nachtkästchen. Hat dabei dem Schmitz alle Strippen rausgerissen, aber da war der schon tot. Herzinfarkt. War ja auch schon der vierte. Gottseidank is nicht mehr passiert. Gottseidank, sagt die Erna.

Sabina Naber

Kölner Finale

Der Bär winkte mit seinem goldenen Arm. Wenn das Metall in der Sonne aufblitzte, irrlichterten weiße Flecken über die bunten Stoffe. Die Kleider und Hosenanzüge wirkten dadurch lebendig. Vollkommen gleichmäßig winkte der Bär. Und mit jedem Blinken pulsierte der Hass in Irmgard bis zum Anschlag.

Nicht nur, dass du mich bestohlen hast, du stellst auch den Bären von Vater aus!

Natürlich, darum geht es doch.

Du bist tot.

Jedes Mal, wenn die kleine Goldfigur winkte, sah es aus, als würde sie einen Colt ziehen. Die finale Lösung. Das flüsterte Teddy ihr zu. Knall ihn ab, lös dich von der Vergangenheit, mach sie weg.

Im Geschäft war niemand zu sehen. Die Verkäuferin war wohl auf der Toilette. Irmgard huschte hinein zur Figur, wischte sie auf den Boden, huschte auf den Gehsteig zurück. Und suchte, wieder sicher hinter der Auslagenscheibe, den Bär am Boden.

Er winkte noch immer. Vollkommen regelmäßig. Wie vor sieben Jahren winkte er, als sie eine Haarnadel in sein Getriebe gesteckt und ihn in den Müll geworfen hatte. Als sie das Veedel verlassen und geschworen hatte, sie würde nie wieder in Köln auch nur umsteigen oder zwischenlanden, geschweige denn einen Fuß ins Belgische Viertel setzen. Nicht nach dieser Tortur vor Gericht. Kaum jemand hatte Rücksicht genommen, dass sie in Trauer gewesen war. Sie hatten an ihr gezweifelt. Sie angeklagt. Und jetzt war sie in diese unsensible Stadt mit diesen unsensiblen Einwohnern zurückgekehrt, stand vor dieser Auslage in der Maastrichter Straße, die die Niederlage ihres Lebens ausstellte, und starrte auf Vaters Teddy. Die Missgeburt musste ihn aus dem Müll herausgefischt haben. Und der Bär winkte wieder. Rauf und runter. Sie war sich nicht sicher, ob es ein Willkommen oder eine Warnung war.

A: 16.59 Uhr, Objekt gesichtet. Over.
B: Verstanden. Over.

Irmgard spürte einen Menschen neben sich und wurde dadurch erst gewahr, dass sie den Kopf gegen die Scheibe presste. Kein Wunder, dass der Mann sie anschielte. Da stand eine erwachsene Frau Ende zwanzig, extrem geschmackvoll und teuer gekleidet, und klebte an einer Auslage wie ein hungriges Kind bei einer Bäckerei. Sie lächelte ihn an. Angriff war die beste Verteidigung. Doch er beachtete sie gar nicht. Sie war ihm egal. Wohl ein Einheimischer. Was sagte alle Welt von den Kölnern? Sie seien nur deswegen so weltoffen, weil sie im Grunde niemand anderer als sie selbst interessierte. Das war natürlich übertrieben, sie hatte hier viele liebe, warmherzige Freunde gewonnen. Für Konrad, diesen Auswurf der Menschheit, allerdings stimmte das Vorurteil.
Der Mann seufzte und ging die Straße weiter Richtung Hohenzollernring. In jene Richtung, aus der sie gerade gekommen war. Aus dem Friesenviertel. Vom Friesenwall. Dort, wo sie beim Blick in die Auslagen von Modegeschäften am liebsten laut geschrieen hätte. Überall war die Kreation vertreten. Und hier in diesem Geschäft, wo sie nun stand, wo sie sich einst, als es noch ein Friseurgeschäft gewesen war, ihre Zöpfe hatte abschneiden lassen, an dem sie tagtäglich vorbeigegangen war, wo der Duft ihres Veedels an den Häusern entlangstrich, hier kulminierte der Affront. Denn hier prangte auch sein Name am Schild, als wäre er Chanel und Lang in Personalunion. Mit dem Bär als Logo. Wie hatte Konrad es nur wagen können! Er war das Letzte vom Letzten.
Ein Stich fuhr durch Irmgards Kopf, und er schien in der nächs-

ten Sekunde platzen zu wollen. Sie bekam keine Luft. Die Auslagenscheibe zog sich von ihr zurück, was sie taumeln ließ, und schien sie im nächsten Augenblick verschlingen zu wollen. Sie linste die Straße hinauf zum Brüsseler Platz, es war viel zu weit bis zum nächsten Lokal. Sie ließ sich einfach in die Hocke gleiten und lehnte sich an die Auslage.
Als Silke ihr beim Skaten von diesem neuen Designer vorgeschwärmt hatte – So wie der müsstest du arbeiten, dann hättest du endlich Erfolg – hatte sie zuerst nur die wohl bekannten Bauchkrämpfe bekommen, Ja, ja, alle meinten es immer gut mit ihr. Das solltest du tun, dann wirst du. Das musst du tun, dann wirst du. Silke hatte, wie all die anderen lieben Menschen in ihrem Leben, nicht gemerkt, wie sehr sie Irmgard damit verletzte. Sie sollte immer wie jemand sein. Das musste aufhören, sie wollte endlich, dass jemand so sein sollte oder wollte wie sie.
Ich habe meine eigene Linie.
Das glaube ich nicht. Zeig sie mir doch endlich.
Sie ist noch nicht perfekt.
Silke hatte gelacht und war ihr davongeskatet. Er sei genau so Kölner wie Irmgard – was natürlich nur eine Hamburgerin glauben konnte, die nicht wusste, dass Auswärtsgeborene nie Kölner werden konnten. Aber es war müßig gewesen, Silke das zu erklären. Das Wort Scheitern hatte es für sie nicht gegeben. Und sie hatte ihre positive Sicht der Dinge auch Irmgard aufgedrängt. Blabla. Sie müsse auf den Zug aufspringen, müsse sich endlich trauen, ihre Kollektion herzuzeigen, denn nur dann würde sie lernen. Blabla. Sie wolle doch nicht mit ihren Entwürfen für diese Hausfrauen-Direktverkauf-Firma in der Regionalliga versauern. Blabla. Und der Zeitpunkt sei günstig, denn durch Konrad Berg gebe es jetzt für Kölner – Sippenhaftung, Silke zwinkerte ihr zu – in der Bundesliga vielleicht Rückenwind.
Sippenhaftung. Ihre Freundin hatte nicht gewusst, was sie da vor ihrem Sturz in die Elbe so gelassen ausgesprochen hatte. Denn auch wenn sich Irmgard einzureden versuchte, dass es sich bei Konrad Berg um eine simple Namensgleichheit han-

delte, so spürte sie in derselben Sekunde, dass es sich beim neuen Stardesigner um ihren Halbbruder handelte. Wusste es, nachdem er ihr in allen aktuellen Modezeitschriften entgegen gesprungen war. Ihr Halbbruder Konrad. Den sie jetzt zu besuchen beabsichtigte. Zur Rede stellen wollte. Wie hatte er es nur wagen können, ihre Entwürfe umzusetzen, ihre Phantasie, ihre Kreativität zu stehlen! Und Teddy in die Auslage zu stellen.
Irmgard hievte sich hoch und schleppte sich zum Platz. Der vertraute Weg schien seine Länge verdreifacht zu haben. St. Michael wollte einfach nicht näher kommen.

A: 17.14 Uhr: Objekt nähert sich. Over.
B: Verstanden. Over.

Designer. Konrad Berg und Designer. Der Loser, die Dumpfbacke ein umjubelter Star. Leitbild. Ein unwiderstehlicher Drang auszuspucken überkam sie. Sie kramte ein Taschentuch aus ihrem Bag und wischte sich den Mund. Doch der metallische Geschmack blieb. Frau Schmitz, die noch immer über der Bäckerei wohnte, kam aus dem Haus und winkte ihr zu. Irmgard tat so, als ob ihr etwas ins Auge gefallen wäre und sie nichts sähe. Um nichts in der Welt wollte sie jetzt sagen müssen, wie gut es ihr jetzt im Exil – haha – in Hamburg gehe und wie sehr sie sich freue, Konrad wiederzusehen – und dass er Erfolg habe, vielleicht auch noch das. Die Schmitz zögerte und bog dann in die Brüsseler Straße ab.
An das hatte sie in ihrer Wut nicht gedacht, dass sie hier natürlich jeder kannte. Sie als Heimkehrerin begrüßen würde. Doch sie konnte in der schlimmsten Stunde ihres Lebens niemandem in die Augen schauen. Sie musste sich aber beruhigen, bevor sie dem Scheißkerl gegenübertrat. Er durfte nicht spüren, wie sehr er sie gekränkt und erniedrigt hatte. Immer schon.
Warum magst du mich nicht?
Du bist ein Unfall von Papa.
Das ist nicht wahr.

Der Polster auf seinem Gesicht war keine gute Idee gewesen, sie hatte damals einfach zu wenig Kraft gehabt. Glücklicherweise hatten Vater und Gisa Rangeleien unter Kindern als Förderung der Streitkultur gesehen.
Irmgard, geschützt durch das Taschentuch vor dem Gesicht, sah sich mit gesenktem Kopf um, ob noch irgendeine bekannte Seele auf dem Platz herumlungerte. Die Luft war rein. Mit dem Blick auf den Boden lief sie zum Guten Abend und setzte sich in die hinterste, schattige Ecke. Nach ein paar gestrahlten Es geht bestens in Hamburg, ist aber kein – Raunen – Vergleich zu Köln – Grinsen – brachte ihr Rainer endlich das Kölsch. Das Einzige, was sie wirklich vermisste, seit sie weggegangen war. Es verdunstete in ihrer Kehle, sie bestellte ein zweites und sah nach links unter den Bäumen durch.

A: 17.21 Uhr: Objekt sitzt in Kneipe. Over.
B. Verstanden. Over.

Der Anblick ihres ehemaligen Zuhauses war hätte idyllischer nicht sein können. Das Blau der Fensterumrahmungen leuchtete wie der Himmel an einem Sommertag. Sonnensprenkel tanzten auf den Möbeln der Chinoiserie, wo zwei Pärchen speisten, vielleicht einen Tapas-Teller oder eine Senftorte. Davor spielten im Schatten der Bäume drei Buben und ein Mädchen Fußball, wobei das Mädchen immer den Bereich als Tor bezeichnete, in den sie gerade schoss. Kluges Kind.
So klug wie Konrad. Als sie ihn kennen gelernt hatte – wie alt waren sie gewesen? Vier und fünf Jahre, ja – zeigte er ihr sofort ihre Hälfte seines Zimmers. Sie hatte sich angenommen gefühlt. Doch am nächsten Tag baute er die Ritterburg in ihrer Hälfte auf. Das war nun die Grenze für diesen Tag. Und am nächsten Tag und am darauf folgenden Tag und immer, immer wieder galten neue Grenzen. Neue Regeln. Alles war seins. Seine Eltern hatten redlich versucht, das Ungleichgewicht aufzuheben und ihr viele Geschenke gemacht, vor allem der Vater. Ihrer beider

Vater. Diesen kleinen goldenen Bären. Teddy. Was so klang wie – dem sie dann ihre Geheimnisse – der nun so heftig winkte, dass sie meinte, es bis hierher ins Lokal zu sehen.
Und Gisa hatte sie in den Arm genommen. Sie, das arme Hascherl, das seine Mutter verloren hatte. Sie, die nun ihre Tochter werden würde. Und trotzdem hatte sich Irmgard geweigert, das Zauberwort auszusprechen. Die Frau ihres Vaters blieb immer Gisa, wurde nie Mama. Wahrscheinlich hatte sie damals bereits gespürt, was sie ein wenig später wusste, dass nämlich dieses Muttergetue reiner Eigennutz von Gisa gewesen war. Sie konnte seit Konrads Geburt keine Kinder mehr bekommen, hatte aber immer ein Mädchen gewollt, dem sie Zöpfe flechten konnte. Was sie dann auch tat. Wie am ersten Schultag.
Ich hasse dich.
Aber wieso denn?
Weil du nicht meine Mama bist.
Die Glocken von St. Michael hallten über den Platz. Wie damals, als Gisa – schwups – ins Auto gelaufen war. Dadingdadong. Natürlich wie damals, wie eh und je, warum sollten sie in den letzten sieben Jahren auch zu läuten aufgehört haben. Dadingdadong. Zu jeder Tages- und Nachtzeit. Irmgards Herz wurde groß, so mächtig, dass es Tränen in ihre Augen drückte. Sie winkte Reiner um ein drittes Kölsch. Es war dieser Klang, dieses Allumfassende und zugleich Ferne, das sie ruhig und glücklich machte. Trotz aller Verletzungen und trotz der Atem raubenden Einsamkeit. Denn St. Michaels Glocken klangen wie jene in dem salzburgischen Ort, in dem sie mit ihrer Mutter Gugelhupf aus Erde gebacken hatte. Ihre Mutter. Die immer ein wenig traurig gewesen war.
Warum hast du den Kanari durchs Fenster fliegen lassen, Mama?
Weil er jetzt so glücklicher ist.
Dann musst du auch fliegen, Mama, wie der Kanari.
Wie lange läuteten diese verdammten Glocken noch? Das war ja wie auf einem Begräbnis. Auf dem Begräbnis von Mama.

Nachdem sie beim Fensterputzen in die Tiefe gestürzt war. Und sie alleine gelassen hatte. Für immer. Irmgard trank die ganze Stange leer.
Begräbnis war eigentlich ein guter Gedanke. Was sollte sie schon mit Konrad reden? Er hörte sowieso nicht zu. Seine Taubheit gegenüber den Wortauswürfen anderer, wie er die Kommunikationsversuche von in seinen Augen dummen Menschen, und das waren alle außer ihm, bezeichnete, würde in den letzten sieben Jahren nicht abgenommen haben. Es war bei ihm wie mit diesen Glocken auf dem Platz. Solange er seinen eigenen Gedanken und Ideen lauschte, sie wog und durchleuchtete, sie schlussendlich immer wieder für großartig befand, solange übertönte das Gesülze alles andere.
Reiner stellte ihr das vierte Kölsch hin. Sie hatte vergessen, den Bierdeckel auf das Glas zu legen. Egal. Bei der finalen Lösung musste sie nicht wortgewaltig sein. Und Alkohol brachte vielleicht ihre Phantasie auf Trab, denn die Frage war, wie sie es anstellen sollte, dass es endlich einmal klappte. Ihm ein Messer in den Bauch rammen, wonach ihr im Moment der Sinn stand, war nicht nur eine Schweinerei, sondern auch eindeutig ein Verbrechen und kein Unfall. Doch sie wollte ihm so gern wehtun, zu viel hatte sich angehäuft.
Wie etwa der erste Tag im Schulhof, als ihre Zöpfe ein nicht versiegender Quell der Erheiterung gewesen waren. Sie spürte es in dieser Minute, als wenn es gestern gewesen wäre, wie sich ihr Blick verschleierte, sie mit einer schnellen Handbewegung über die Augen wischte, damit niemand sah, dass sie weinte. Sie suchte ihn, rief ihn im Gedanken, rannte zu ihm, als er mit seinen Freunden aus der Aula kam, mit fliegenden Zöpfen rannte sie zu ihm, nun nicht mehr die Tränen beherrschen könnend, und er nahm sie in den Arm, die anderen verstummten, er grinste mit seinen acht Jahren wie ein Großer, zuckte entschuldigend mit den Schultern, und sagte dann nur ein Wort: Ösi.
Die Durchgeknallte aus dem Ösi-Land war sie bis zum Abitur geblieben, obwohl sie drei Mal die Schule gewechselt hatte.

Warum hast du mir nicht geholfen?
Du bist ein Miststück.
Und du nicht mein Bruder.
Die Verwirrung wegen dieses Satzes hatte ihn zwar ganz leicht vom Kletterseil abrutschen lassen, doch hatte er sich nur das Bein gebrochen.
Irmgard ging zum Nachbartisch und schnorrte sich eine Zigarette. In bestem Kölsch. Die Antwort kam in bestem Kölsch. Kein Zwinkern, kein mitleidiges Lächeln, das hinausschrie, sie als Hochstaplerin erkannt zu haben. Sie war eine Einheimische. Das war sie. Was sollte sie nach vierundzwanzig Jahren denn sonst sein? Ja, sie war kein Ösi mehr. Kein Imi. Denn auch wenn Konrad immer so tat, als wäre dieser Spitzname nur seine liebevolle Abkürzung für ihren Vornamen, so wusste sie doch seit jenem Augenblick, als Patrick durch die Klassentür gekommen, als Neuer aus Berlin vorgestellt und sofort das böse Wort geraunt worden war, was Konrad mit Imi ihr tatsächlich täglich, stündlich sagen wollte: Du gehörst nicht zu uns. Und so war sie mit Patrick beim Karneval an den Touristentischen gesessen, war die Flippige geworden, die ihre Klamotten selbst nähte und ein Chamäleon als Haustier hatte. Die Häuser besetzte und einen Weltrekordversuch im Luftanhalten machte. Die verdammt gut war.

A: 18.48 Uhr: Objekt will Kneipe verlassen. Over.
B: Aufhalten. Over.

Irmgard warf Sechsfünfzig neben das noch volle Kölsch und ging auf den Platz hinaus. Sie nahm einen tiefen Zug von der Zigarette, schleuderte sie auf den Boden, zerrieb sie mit dem Fußballen in mikroskopisch kleine Teile.
Sie war gut. Und Konrad war ein Schmarotzer.
Wer war nach der Hausbesetzung auf die Titelseite der Kölnischen Rundschau gekommen? Konrad. Der sie auf Befehl der Eltern hatte abholen sollen. Der sich angesichts der vielen Fo-

tografen in Positur geworfen hatte und seitdem der Ritter für soziale Ungerechtigkeit war. Wer war der Held der Tierschützer geworden, weil er das Chamäleon zum Sondermüll tragen und dort umbringen hatte wollen, dabei von der Greenpeace-Tusse aus der Zehn A gesehen worden war und seine Schwester flugs als Tierquälerin angeschwärzt hatte? Er, immer nur er. Dieser Bastard. Diese Krätze ihres Lebens. Und jetzt klaute er ihr auch noch ihre Entwürfe, der Star-Designer Konrad Berg. Nach all den Jahren.
Was hast du da, Imi?
Nichts. Das geht dich nichts an.
Klar. Ist ja auch totale Kacke, was du da machst.
Irmgard starrte hinauf zu den Dachgeschoßfenstern. Er hatte sich an der Dachrinne halten können, bis die Feuerwehr gekommen war. Nichts hatte er gesagt, aber in seinen Augen hatte sie gelesen, dass sie ab nun auf der Hut sein musste. Was sie bis jetzt gewesen war. Aber jetzt war der Zeitpunkt der finalen Rache gekommen. Jetzt musste sie aus der Deckung.
Sie machte einen Schritt, da packte sie Reiner am Arm. Der Typ, dem sie die Zigarette abgeschnorrt hatte, wollte sie unbedingt einladen. Reiner zwinkerte. Er wusste, dass sie einem Flirt niemals abgeneigt war. Aber sie wollte doch – nein, es war besser, noch etwas zu trinken. Sie hatte noch keinen Plan. Die Einladung war ein Geschenk des Schicksals, sie würde doch sonst nur stammelnd vor ihrem Halbbruder stehen und vielleicht etwas tun, was auf sie zurückfallen würde. Das war dieser Kretin nicht wert.

A: 18.59 Uhr: Objekt bleibt in Lokal. Over.
B: Gut gemacht. Over.
A: Zufall. Over.

Der Typ war genau richtig für diese Situation. Er flirtete sie an und quasselte unentwegt. Wahrscheinlich dachte er, dadurch charmant wirken zu können. Sie setzte ein Lächeln auf und klappte die Ohren nach innen. Ließ den Blick schweifen, um nur ja nicht zu interessiert zu wirken. Das da drüben war doch – um Himmels willen – er durfte doch nicht – nein, ein Irrtum. Es reichte. Sie musste nachdenken, wie sie das alles wegmachen konnte. Denn Konrad fraß sich in ihre Gedanken, in ihr Hirn, sodass sie schon meinte, jeder Schatten auf diesem Platz sehe wie er aus.

Im Grunde wäre es am besten, Konrad zu verklagen. Sein Schmerz über diese Schande würde ihr die Arbeit abnehmen. Doch niemand konnte ihre Urheberschaft bezeugen, niemand hatte die Entwürfe gesehen, bevor sie sie ihm gezeigt hatte. Auch Silke hatte sie erst danach gesehen, abgesehen davon, dass Silke überhaupt nichts mehr bezeugen konnte. Dass er nicht der Sohn ihres Vaters war, hatte sie ihm schon ins Gesicht geschleudert, als er Gefahr lief, mit Auszeichnung die Schule abzuschließen. Das war gut gewesen damals. Er hatte das Abitur bis jetzt nicht nachgeholt. Alles, was sie jemals gegen ihn in der Hand hatte, hatte sie schon irgendwann einmal eingesetzt. Es war zum Verzweifeln.

Der Typ nahm Irmgards Hand. Sie entzog sie ihm lächelnd, dabei sah sie ihn zum ersten Mal bewusst an. Er hatte dieselben Goldsprenkel in der Iris wie ihr Vater. Ihr Vater, der ihr bis zuletzt seinen Namen verweigert hatte.

Warum adoptierst du mich nicht?

Weil du uns nie adoptiert hast, Irmgard.

Du bist so gemein.

Ausgerechnet an diesem Abend hatte er seine Cognac-Milch nicht getrunken, dafür Stella, Konrads Katze. Wenigstens etwas. Doch diese stinkende Masse quer durch die Stadt zu einem wildfremden Mistkübel zu tragen, hatte ihre Schadenfreude beinahe aufgelöst. Wenn Dinge weg waren, sollten sie einfach weg sein. Den Rest des guten Gefühls hatte die Erkenntnis erledigt, die von ihrem Bauch ins Hirn und dann in ihr Herz gewandert war, die Erkenntnis, dass all ihr Sehnen auf unfruchtbaren Boden fiel. Vater hatte sie immer nur geduldet, er hatte sie immer nur als unangenehmes Ergebnis eines Seitensprungs betrachtet. Dabei war sie sein einziges Kind, denn Konrad war ja von seinem Vorgänger. Die kleinen Sünden straft Gott sofort. Nun gut, manchmal hatte sie Gisa wegen ihrer Unfruchtbarkeit sogar ein wenig bemitleidet. Sie war ja kein Unmensch. Doch dass ihr Vater sie nie anerkannt hatte, das tat weh, das war nicht zu verzeihen gewesen. Wie auch Konrads Sünden nicht zu verzeihen waren.

A: 20.11 Uhr: Objekt verlässt wieder das Lokal. Over.
B: Geht jetzt in Ordnung. Over.

Sie hörte den Typen hinter ihrem Rücken jammern. Widerlich. Konnte er die Niederlage nicht wie ein Mann ertragen?
Irmgard stoppte vor der Eingangstür ihres Zuhauses – ehemaligen Zuhauses – und schaute wie schon hunderte Male zuvor auf den Querbalken. A. D. MDCCCIC. Mit ihrem Bedürfnis, diese Buchstaben zu verstehen, hatte Vater sie gezwungen, dieses verstaubte Latein zu lernen, das so verstaubt war wie er selbst. Ja, so war er gewesen. Er hatte ihr nie geholfen, sie nie an der Hand genommen. Sie hatte immer alles selbst lernen müssen. Das wird dir im Leben helfen. Bullshit. Diese Scheißschule nur wegen ein paar Buchstaben. 1899. Hätte er ihr das nicht ganz einfach sagen können? Hätte er ihr nicht auch sagen können, dass sie die Einzige war für ihn? Die Ironie des Schicksals war nur, dass die Verwandte dieser Zahl, 1999, für ihn eine Bedeutung bekommen sollte.
Um Himmels willen, was machst du da, Irmi?
Ich zwinge dich zu sagen, dass du mich lieb hast.
Aber das weißt du doch. Das weißt du doch!
Wieso hatte er es nicht sagen können? Weil er nicht so empfand. Sie hatte nichts anderes getan, als seine jahrelange Heuchelei zu beenden. Im Grunde war für diese unendliche Quälerei seiner Tochter der Fall von der Zugspitze viel zu kurz gewesen.

A: 20.20 Uhr: Objekt geht ins Haus. Over.
B: Alles klar. Over.

An der Tür prangten noch immer ihrer aller vier Namen. Konrad war hoffnungslos sentimental. Er sang auf dem Karneval ja auch immer alle Lieder mit. Bis zum Tod des Vaters. Die Frage war nur, wie er es geschafft hatte, sich von seinem Schock zu erholen. Wie er von den Drogen losgekommen war. Vielleicht würde sie ihn das noch fragen, bevor sie ihn bestrafte. Wie ein unsichtbarer Racheengel bestrafte. Wie gut, dass sie die Schlüssel hatte nachmachen lassen, bevor sie sie Konrad damals publikumswirksam in der Kneipe vor die Füße geworfen hatte. Jetzt konnte sie ihn überraschen. Er würde keine Verteidigungsstrategie haben. Er würde nicht vorbereitet sein. Sie würde sich in die Wohnung schleichen, sich in der Küche die Schürze umbinden, die Arme mit Plastiktüten verhüllen, den Baseballschläger, Konrads Ein und Alles, fest in beide Hände nehmen, in sein Zimmer schleichen, wo er aller Wahrscheinlichkeit nach mit Kopfhörern Leonhard Cohen hören würde, und ihm den Kopf zertrümmern, irgendwelche Wertsachen an sich raffen, sie am Dachboden verstecken. Perfekt.
Ja, sie würde hiermit die Todesstrafe für Diebe einführen. Wenn er nur ihre Entwürfe gestohlen hätte, würde sie nicht so vehement vorgehen, doch er hatte ihr das Leben gestohlen. Es war nur recht und billig.
Dann würde sie eine Weile in der Kneipe unten warten, weil sie ihren Bruder nicht angetroffen hatte. Schließlich würde sie verzweifelt gegen die Wohnungstür trommeln, die Nachbarn würden nachsehen kommen, gemeinsam würden sie die Leiche finden. Einbrecher bei einem berühmten Mann. Erledigt. Und zu allem Überfluss würde sie viel Geld erben und das Design in seinem Sinne weiterführen. Irgendwann würde sich kein Mensch mehr daran erinnern, dass der Erstentwurf einst von Konrad gestammt hatte.
Sie schloss die Tür auf, unendlich behutsam. Sie schlich durch

die dunkle Wohnung, vollkommen sicher. Sie schlüpfte in Konrads Regenmantel, nahm seinen Baseballschläger. Sie wischte die Tränen der Freude, die über ihr Gesicht rannen, weg, spürte in dem Moment, als sie das Wohnzimmer betrat, die Ahnung eines Lufthauchs. Sie sah die schemenhafte Fratze ihres Sargnagels, sah den goldenen Arm im Licht der Straßenlaterne blinken. Sie hatte doch keine Halluzinationen. Konrad war tatsächlich auf dem Platz, offensichtlich auch im Geschäft gewesen.

Nein, du bist tot. Du wirst es nicht mehr schaffen zuzuschlagen, Imi. Denn mein Bodyguard hat in der dunklen Wohnung einen Einbrecher erwischt. Leider war das ein Irrtum. Und es hat dich erwischt.

Warum, Konrad, warum?

Das Gericht hat dich freigesprochen. Aber ich nicht.

Er schleuderte ihr den goldenen Teddy entgegen, sie fing ihn instinktiv auf. Sie wollte dieses Ding nicht in Händen haben, doch zugleich spürte Irmgard einen Schmerz in ihrem Rücken, der in derselben Sekunde ihre Brust erreichte, was alles andere, jedes Wollen, jede Absicht, überlagerte. Dann war der Schmerz weg, stattdessen wurden ihre Beine weich. Wer hätte damit gerechnet, dass dieser Scheißkerl seinen Vater rächte, der nicht einmal sein Vater war. Das konnte nicht sein. Wahrscheinlich hatte bloß ein Kölner den anderen gerächt. Sie hatte eben nie richtig dazugehört. Sie umklammerte den Arm des Teddys.

Er hörte auf zu winken.

Nachwort zum Vorwort:

Zeugen fanden abgetrennten Unterarm

Köln - 13.10.2008 - 15:13
Am Freitag hat ein Angler (28) in Köln-Deutz den abgetrennten Unterarm eines bisher unbekannten Mannes (10.10.08) unterhalb der Severinsbrücke am Uferrand aufgefunden.
Der 28-Jährige hatte sich an diesem Vormittag zum Angeln auf die Landzunge unterhalb der Severinsbrücke begeben. In Höhe der Wassergrenze entdeckte er plötzlich einen menschlichen Unterarm. Der Zeuge setzte umgehend die Kölner Polizei von seinem Fund in Kenntnis.
Nach Angaben der Gerichtsmedizin handelt es sich um den linken Unterarm eines Mannes, der cirka eine Woche im Wasser gewesen war. …

Quelle: http://www1.polizei-nrw.de/presseportal/

Die Autorinnen und Autoren

Jacques Berndorf (Pseudonym des Journalisten Michael Preute) wurde 1936 in Duisburg geboren und wohnt in der Vulkaneifel. Seine Romane um den Ermittler Siggi Baumeister haben mittlerweile eine Gesamtauflage von drei Millionen erreicht, mit seinem jüngsten Roman „Mond über der Eifel“ stiegt er sofort auf Platz 1 in die Bestsellerliste ein. Im Dezember 2006 wurde sein Theaterstück „Eifel-Frieden“ aufgeführt, für Heyne schreibt er seit 2005 eine Reihe packender Polit-Thriller.

Dr. Jürgen Ehlers, geboren 1948, schreibt kurze und lange Krimis. Für seine Kriminalgeschichte „Weltspartag in Hamminkeln“ (2005) erhielt er 2006 den Friedrich-Glauser-Preis in der Sparte Kurzkrimi. Seine Story „Killer aus Hamminkeln“ wurde 2007 mit dem 1. Krefelder Kurzkrimipreis ausgezeichnet. Kriminalromane: „Mitgegangen“, „Neben dem Gleis“ und „Die Nacht von Barmbeck“.
members.aol.com/EhlersKrimi/

Angela Eßer wurde in Krefeld geboren, studierte Theaterwissenschaft und war als pädagogische Mitarbeiterin an der Volkshochschule München und am Theater tätig. Sie lebt mit ihrer Familie in der Nähe von Augsburg und gibt Krimi-Kochseminare, in denen die Essvorlieben von berühmten Privatdetektiven und Kommissaren aus der Kriminalliteratur aufgedeckt werden. Außerdem ist sie Herausgeberin einiger Krimi-Anthologien, Mitorganisatorin von Krimifestivals (u.a. Krimifestival München), neben Jürgen Kehrer und Andreas Izquierdo im Sprecherteam des Syndikats, der Autorengruppe deutschsprachiger Kriminalliteratur und bekennender Köln-Fan.
www.angelaesser.de

Helmut Frangenberg, geboren 1966 im Severinsklösterchen, Journalist, Historiker und Karnevalssitzungspräsident, Autor der Köln-Krimis „Marathon“ und „Trümmer“, seit 2005 Redakteur des „Kölner Stadt-Anzeigers“, vorher bei „Radio Köln“ und der „Kölnischen Rundschau“.

Brigitte Glaser, geboren 1955, aufgewachsen am Rand des Schwarzwaldes, kam 1980 nach Köln. Schrieb für den Kölner Stadtanzeiger Kurzkrimis unter dem Titel „Tatort Veedel" und hat dabei Stadtteile erforscht, die viele Kölner noch nie betreten haben. Kein Wunder also, dass es die Heldin ihrer Kriminalromane, die Spitzenköchin Katharina Schweitzer, ausgerechnet auf die „schäl Sick" verschlägt …
www.brigitteglaser.de

Gisbert Haefs, geboren 1950, lebt und schreibt in Bonn, ist als Übersetzer zuständig u.a. für Jorge Luis Borges, Rudyard Kipling, Georges Brassens, Arthur Conan Doyle, als Autor haftbar für Krimis („Matzbach"), Erzählungen und historische Romane (Hannibal, Troja, Raja, Caesar, etc.)

U. A. O. Heinlein, geboren 1955 in Hildesheim, Professor für Genetik, Musiker und Publizist, hat in den letzten Jahren für seine Polit-, Wirtschafts- und Wissenschaftsthriller angelsächsischer Prägung ausgesprochen gute Kritiken erhalten.
www.uaoh.de

Carsten Sebastian Henn, geboren 1973, lebt mit Frau, Kindern, Katzen, unzähligen CDs und zwölf Rebstöcken bei Köln. Seine Reihe um den Koch und Meisterdetektiv Julius Eichendorff verkaufte sich bereits über 100.000 mal und erscheint auch in Hörbuchform, gelesen von Jürgen von der Lippe. Sein neuester Roman „Tod & Trüffel" stand mehrere Wochen in der Spiegel-Bestsellerliste. www.carstensebastianhenn.de

Kai Hensel, geboren 1965 in Hamburg, lebt als freier Autor und Reisejournalist in Berlin. Aktuelle Infos unter
www.kiepenheuer-medien.de

Norbert Horst ist im Hauptberuf Kriminalhauptkommissar bei der Polizei des Landes Nordrhein-Westfalen. Für seinen ersten Roman mit KHK Kirchenberg, „Leichensache", erhielt er den Friedrich-Glauser-Preis 2004 für das beste Krimidebüt; für „Todesmuster" wurde er mit dem Deutschen Krimipreis 2006 ausgezeichnet. Der Autor ist verheiratet, hat zwei Kinder und lebt in Ostwestfalen.
www.norbert-horst.de

Andreas Izquierdo, geboren 1968, Sohn eines deutschen Ingenieurs und einer spanischen Krankenschwester; aufgewachsen in Iversheim (Nord-Eifel), nach dem Abitur (1987) nach Köln gezogen. Zusammen mit Jürgen Kehrer und Angela Eßer Sprecher des Syndikats.
www.izquierdo.de

Ralf Kramp, geboren am 29. November 1963 in Euskirchen, lebt heute in der Eifel als Autor und Karikaturist. Für sein Debüt „Tief unterm Laub" erhielt er 1996 den Eifel-Literatur-Förderpreis. Unter dem Titel „Blutspur" veranstaltet er Krimiwochenenden in der Eifel.
Im Jahr 2002 erhielt er den Kulturpreis des Kreises Euskirchen.
Seit 2007 leitet er mit seiner Frau Monika das „Kriminalhaus" in Hillesheim mit Deutschlands einzigem Krimi-Café und dem „Deutschen Krimi-Archiv" mit etwa 30.000 Büchern.
www.ralfkramp.de

Hartwig Liedtke studierte Psychologie und Medizin in Berlin, Mainz und Köln, ist Mitglied im Syndikat, dem Verband deutschsprachiger Krimiautoren, und dem Bundesverband deutscher Schriftstellerärzte. Er arbeitet heute als Handchirurg in eigener Praxis.
www.chirurg-koeln.de

Julius Moll verfasst Romane, Novellen, Glossen, Lyrik und Mundarttexte und züchtet Koi-Karpfen für die Spitzengastronomie. Der Autor lebt in Gummersbach und Köln.
www.juliusmoll.de

Sabina Naber, geboren 1965 in Niederösterreich, studierte Theaterwissenschaften und anderes in Wien. Ihr erster Kriminalroman mit der Wiener Kommissarin Maria Kouba „Die Namensvetterin“ erschien 2002. Inzwischen liegen vier Maria Kouba-Krimis vor. Für ihre Story „Peter in St. Paul“ wurde Sabina Naber 2007 mit dem Friedrich-Glauser-Preis ausgezeichnet.
www.sabinanaber.at

Sibylle Spittler stammt aus Franken, einem Landstrich im Süden, dessen Bewohner als schwermäulig, stur und trinksüchtig gelten. Wegen mangelnder Schwermäuligkeit verließ sie die Heimat und landete nach Jahren künstlerisch wertvoller Arbeit als Schauspielerin, Regisseurin und Sängerin 1993 versehentlich in Köln. Hier lebt und wirkt sie seitdem als Freie Autorin.

Antje Stockmann, Illustratorin, geboren 1970, ist diplomierte Grafikdesignerin. Sie lebt und arbeitet in Köln und Düsseldorf. Näheres über sie erfährt man unter
www.antjestockmann.de